# O que acontece em Londres

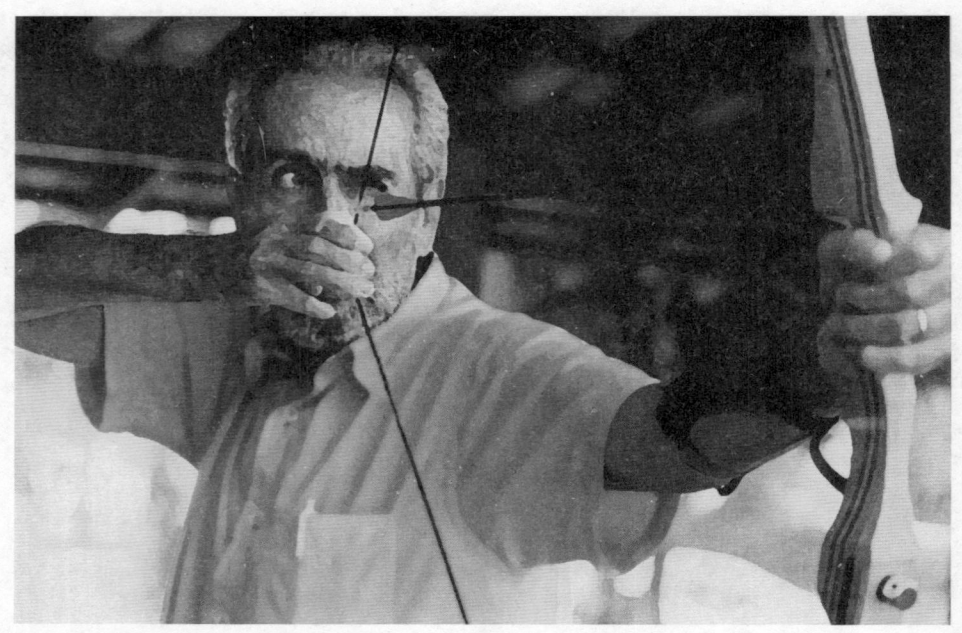

# O Arqueiro

GERALDO JORDÃO PEREIRA (1938-2008) começou sua carreira aos 17 anos, quando foi trabalhar com seu pai, o célebre editor José Olympio, publicando obras marcantes como *O menino do dedo verde*, de Maurice Druon, e *Minha vida*, de Charles Chaplin.

Em 1976, fundou a Editora Salamandra com o propósito de formar uma nova geração de leitores e acabou criando um dos catálogos infantis mais premiados do Brasil. Em 1992, fugindo de sua linha editorial, lançou *Muitas vidas, muitos mestres*, de Brian Weiss, livro que deu origem à Editora Sextante.

Fã de histórias de suspense, Geraldo descobriu *O Código Da Vinci* antes mesmo de ele ser lançado nos Estados Unidos. A aposta em ficção, que não era o foco da Sextante, foi certeira: o título se transformou em um dos maiores fenômenos editoriais de todos os tempos.

Mas não foi só aos livros que se dedicou. Com seu desejo de ajudar o próximo, Geraldo desenvolveu diversos projetos sociais que se tornaram sua grande paixão.

Com a missão de publicar histórias empolgantes, tornar os livros cada vez mais acessíveis e despertar o amor pela leitura, a Editora Arqueiro é uma homenagem a esta figura extraordinária, capaz de enxergar mais além, mirar nas coisas verdadeiramente importantes e não perder o idealismo e a esperança diante dos desafios e contratempos da vida.

# Julia Quinn

# O que acontece em Londres

TRILOGIA BEVELSTOKE 2

ARQUEIRO

*tradução:* Thaís Paiva
*preparo de originais:* Marina Góes
*revisão:* Flávia Midori e Camila Figueiredo
*diagramação:* Adriana Moreno
*capa:* Emma Graves / LBBG
*adaptação de capa:* Ana Paula Daudt Brandão
*ilustrações de capa:* Yoco / Dutch Uncle
*impressão e acabamento:* Bartira Gráfica

CIP-BRASIL. CATALOGAÇÃO NA PUBLICAÇÃO
SINDICATO NACIONAL DOS EDITORES DE LIVROS, RJ

Q64q    Quinn, Julia, 1970-
        O que acontece em Londres/ Julia Quinn; tradução de Thaís
        Paiva. São Paulo: Arqueiro, 2020.
        288 p.; 16 x 23 cm.  (Bevelstoke; 2)

        Tradução de: What happens in London
        ISBN 978-85-306-0136-2

        1. Ficção americana. I. Paiva, Thaís. II. Título. III. Série.

20-62246                            CDD: 813
                                    CDU: 82-3(73)

Todos os direitos reservados, no Brasil, por
Editora Arqueiro Ltda.
Rua Funchal, 538 – conjuntos 52 e 54 – Vila Olímpia
04551-060 – São Paulo – SP
Tel.: (11) 3868-4492 – Fax: (11) 3862-5818
E-mail: atendimento@editoraarqueiro.com.br
www.editoraarqueiro.com.br

*Para Gloria, Stan, Katie, Rafa e Matt. Para mim, não existe "a família do meu marido". Só existe a nossa família, ponto.*

*E também para Paul, mesmo que ele tenha todos os genes dominantes.*

# Prólogo

Aos 12 anos, Harry Valentine tinha dois conhecimentos que o distinguiam dos outros garotos de sua estirpe na Inglaterra do início do século XIX.

Primeiro, ser fluente em russo e francês. Mas não havia muito mistério envolvendo esse talento, pois sua avó, a mui aristocrática e obstinada Olga Petrova Obolenskiy Dell, fora morar com a família Valentine quatro meses após o nascimento de Harry.

Olga abominava a língua inglesa. Em sua opinião (que ela jamais se furtava de oferecer), absolutamente tudo que havia a se dizer no mundo poderia ser dito em russo ou francês.

Agora, por que ela resolvera se casar justo com um inglês, isso ela nunca explicava de maneira satisfatória.

– Imagino que seja porque a explicação deveria ser dada em *inglês* – murmurara a irmã de Harry, Anne, certa vez.

Harry apenas deu de ombros. E riu (como qualquer irmão que se preze) quando o comentário rendeu a Anne um puxão de orelha. *Grand-mère* entendia perfeitamente a língua inglesa, por mais que a desprezasse, e tinha ouvido de tuberculoso. Quando estava por perto, era uma péssima ideia murmurar qualquer coisa – em qualquer idioma. Fazê-lo em inglês já era uma grande tolice. Fazê-lo em inglês e ainda por cima insinuando que a capacidade vernacular do francês ou do russo era insuficiente para exprimir a mensagem em questão…

Sinceramente, Harry ficou surpreso por Anne não ter apanhado de palmatória.

Mas a menina nutria pelo russo o mesmo desprezo que *grand-mère* reservava ao inglês. Era muito *cansativo*, queixava-se ela, e o francês era quase tão difícil quanto. Anne tinha 5 anos quando *grand-mère* fora morar com eles, seu inglês já arraigado demais para que desse chance a outro idioma.

Harry, por outro lado, não se fazia de rogado e respondia no idioma em que lhe dirigissem a palavra. O inglês se prestava aos assuntos corriqueiros; o francês, à elegância; e o russo logo se tornou próprio para o drama e a emoção. A Rússia era vasta. Fria. E, acima de tudo, *grande*.

Pedro, o Grande. Catarina, a Grande. Harry crescera ouvindo essas histórias.

– Bah! – zombava Olga quando o tutor de Harry tentava ensinar a história da Inglaterra. – Quem é esse tal de Ethelred, o Despreparado? *Despreparado?* Que tipo de país permite que um governante seja despreparado?

– A rainha Elizabeth foi uma grande governante – retorquiu Harry.

Olga não se deixou intimidar:

– E por acaso ela é chamada de Elizabeth, a Grande? Ou a Grande Rainha? Não. Ela é chamada de Rainha Virgem, como se *isso* fosse motivo de orgulho.

Nesse momento, as orelhas do tutor ficaram muito vermelhas, o que Harry achou bastante curioso.

– Ela *não foi* uma grande rainha – prosseguiu Olga, a voz gélida. – Sequer gerou um herdeiro ao trono de seu país.

– A maioria dos historiadores concorda que ela foi prudente ao evitar o casamento – retrucou o tutor. – Elizabeth precisava dar a impressão de ser uma governante livre de influências e...

Ele não terminou a frase. O que não surpreendeu Harry: *grand-mère* tinha cravado nele seu olhar mais afiado e aquilino. O menino não conhecia ninguém que fosse capaz de continuar falando incólume depois de ser crivado por aquele olhar.

– Você é um homenzinho estúpido – sentenciou ela, dando-lhe as costas.

Olga o demitiu no dia seguinte, tomando para si a tarefa de educar Harry até que um novo tutor fosse encontrado. Não era bem de sua alçada contratar e demitir os educadores das crianças Valentines, que já eram três (Harry tinha 7 anos quando o pequeno Edward chegou), mas parecia improvável que outra pessoa assumisse a função. A mãe de Harry, Katarina Dell Valentine, nunca a contrariava. Quanto ao pai... bem...

O pai tinha muito a ver com o segundo conhecimento incomum que habitava o cérebro de 12 anos de Harry.

Sir Lionel Valentine era um bêbado.

Não era *esse* o conhecimento incomum, afinal, todos sabiam que sir Lionel bebia mais do que devia. Não havia como esconder. Ele vacilava e tropeçava (na fala *e* no caminhar), ria quando ninguém mais ria e, para o terror das duas criadas (e dos dois tapetes do escritório de sir Lionel), tinha um hábito que explicava por que todo aquele álcool não se convertia em gordura corporal.

E foi por isso que Harry virou especialista em limpar vômito.

A primeira vez foi quando ele tinha 10 anos. Harry provavelmente teria deixado a sujeira onde estava se não tivesse resolvido pedir alguns trocados ao pai – e cometeu o erro de fazê-lo já tarde da noite. Depois de tomar seu conhaque vespertino, seu trago da tardinha, seu vinho do jantar e seu Porto de sobremesa, sir Lionel estava de volta à sua bebida favorita, o supracitado conhaque contrabandeado da França. Harry tinha plena certeza de que havia usado frases coerentes (em inglês) ao fazer seu pedido, mas o pai apenas o encarou, piscando várias vezes, como quem não entende o que ouve, até que, de repente, vomitou nos sapatos do filho.

Harry não teve como ignorar a sujeira.

Depois disso, foi como se não tivesse mais volta. O incidente se repetiu passada uma semana (embora, dessa vez, não no pé de Harry) e também no mês seguinte. Fosse qualquer outra criança, ao completar 12 anos já teria perdido a conta da quantidade de vezes que tivera que limpar a sujeira do pai, mas Harry sempre fora um garoto muito analítico. Assim, a partir do momento que começou a contar, foi difícil parar.

A maioria das pessoas teria perdido a conta por volta da sétima vez. Afinal, Harry sabia, graças a seu abrangente conhecimento de lógica e aritmética, que sete é o maior número que as pessoas são capazes de assimilar visualmente. Marque sete pontos num papel e, após uma rápida olhada, a maioria de nós conseguirá afirmar: "Sete." Acrescente um, porém, e quase todos perderão as contas.

Harry conseguia visualizar até 21.

Portanto, não era de surpreender que, após quinze incidentes, Harry soubesse exatamente quantas vezes havia encontrado o pai tropeçando pelo corredor, desmaiado no chão ou mirando (mal) um penico. Então, por volta dos 20 anos, a questão tomou proporções um tanto acadêmicas e ele sentiu que *precisava* contabilizar.

Afinal, ele tinha que pensar no assunto como uma questão acadêmica.

Do contrário, ele correria o risco de se ver chorando antes de dormir em vez de ficar encarando o teto e avaliando: "Quarenta e seis, mas com um raio um pouco menor do que na terça-feira passada. Presumo que não tenha comido muito no jantar."

Já fazia tempo que a mãe de Harry decidira ignorar a situação por completo, preferindo passar seus dias no jardim cuidando das espécies de rosas exóticas trazidas da Rússia tantos anos antes pela avó dele. Anne também já tinha declarado que planejava se casar e "sair desse inferno" assim que completasse 17 anos. O que, de fato, aconteceu – uma proeza que se devia inteiramente à própria determinação, já que nem o pai nem a mãe mexeram um dedo sequer para lhe arranjar um marido. Quanto a Edward, o caçula, ele aprendera a se adaptar, tal como Harry. Depois das quatro da tarde, o pai não tinha utilidade alguma, mesmo que parecesse lúcido – e geralmente ele mantinha as aparências, mas só até a hora do jantar, quando a coisa descarrilhava de vez.

A criadagem toda também já sabia. Não que houvesse legiões de criados; os Valentines tinham uma condição financeira bastante boa, com sua casinha jeitosa em Sussex e as 100 libras anuais que ainda recebiam como parte do dote de Katarina, mas não era uma riqueza fenomenal. Por isso, a criadagem dos Valentines se reduzia a oito pessoas: mordomo, cozinheira, governanta, cavalariço, dois lacaios, arrumadeira e copeira. Quase todos decidiram permanecer trabalhando para a família mesmo tendo que lidar com os desagradáveis deveres relacionados ao álcool. Sir Lionel podia ser um beberrão, mas não era um beberrão mau. Também não era sovina, de modo que até as criadas se acostumaram a limpar a bagunça dele se isso lhes rendesse uma moeda extra aqui e ali – quando ele se lembrava do ocorrido o suficiente para ficar constrangido.

Assim, Harry não sabia ao certo *por que* continuava a limpar a sujeira do pai, uma vez que outra pessoa poderia fazê-lo. Talvez não quisesse que os empregados se dessem conta da frequência dos episódios; talvez precisasse de um lembrete visceral dos perigos do álcool. Diziam que seu avô paterno fora igualzinho. Será que aquele tipo de coisa corria no sangue da família?

Ele não queria pagar para ver.

Então, muito de repente, *grand-mère* morreu. E não foi o fim pacífico de quem morre dormindo – Olga Petrova Obolenskiy Dell jamais desperdiçaria sua derradeira oportunidade de fazer drama. Estava sentada à mesa do jantar, prestes a mergulhar a colher na sopa, quando levou a mão ao peito, começou a arquejar violentamente e caiu dura. Uma análise posterior constatou que ela ainda tinha algum nível de consciência quando bateu com a testa na mesa. Porque não apenas evitou cair de cara no prato, como também, sabe-se lá como, deu um jeito de acertar a colher de modo a espirrar um jorro de sopa fumegante sobre sir Lionel, cujos reflexos embotados o impediram de se esquivar a tempo.

Harry não foi testemunha ocular do acontecimento; aos 12 anos, não tinha permissão de jantar com os adultos. Mas Anne presenciou a cena toda e contou tudo ao irmão, detalhe por detalhe, quase sem parar para respirar.

– E aí ele arrancou fora a gravata!

– À mesa?

– À mesa! Deu até para ver a queimadura! Desse tamanho! – Com o polegar e o indicador, Anne indicou que devia medir uns 3 centímetros.

– E a *grand-mère*?

Anne assumiu um ar mais sério. Só um pouco.

– Acho que ela morreu.

Harry engoliu em seco.

– Bem, ela já era muito velha – comentou ele.

– Uns 90 anos, no mínimo.

– Acho que não chegava a 90, não.

– Mas *parecia* – resmungou Anne.

Harry não disse nada. Não sabia direito como era uma mulher de 90 anos, mas era inegável que não conhecia ninguém que tivesse mais rugas do que *grand-mère*.

– Sabe o que foi mais estranho? – prosseguiu Anne, inclinando-se para a frente. – A *mamãe*.

– O que ela fez?

– Nada. Nadinha.

– Ela estava sentada perto da *grand-mère*?

– Não, não é disso que estou falando. Ela estava do outro lado da mesa, e na diagonal, longe demais para poder ajudar.

– Então…

– Ela só ficou lá sentada – interrompeu Anne. – Nem se mexeu. Não fez a menor menção de se levantar.

Harry ponderou. Triste dizer, mas aquilo não o surpreendia.

– A expressão dela nem se alterou. Ela ficou lá sentada, *assim*.

Anne assumiu uma expressão vazia inconfundível, e Harry teve que admitir que era idêntica à da mãe.

– Vou lhe dizer uma coisa – prosseguiu Anne. – Se ela caísse de cara na sopa na minha frente, eu ficaria no mínimo *muito* surpresa. – Ela balançou a cabeça. – São inacreditáveis, esses dois. Papai só faz beber e mamãe não faz é nada. Olha, mal posso esperar pelo meu aniversário. Não me interessa se deveríamos estar de luto. Eu *vou* me casar com William Forbush e não há nada que eles possam fazer para me impedir.

– Acho que você não tem com o que se preocupar – disse Harry. – Mamãe provavelmente não vai manifestar qualquer opinião sobre o assunto e papai vai estar bêbado demais para perceber.

Anne contraiu os lábios, formando uma careta triste.

– Humpf. Você tem razão. – Em seguida, numa demonstração nada comum de afeto fraternal, afagou o ombro dele. – Não se preocupe. Em breve você também vai embora.

Harry aquiesceu. Em poucas semanas, ele partiria para o colégio interno.

E, embora sentisse um pouco de culpa por ir embora e deixar Anne e Edward para trás, a sensação foi totalmente suprimida pelo alívio esmagador que tomou conta dele ao partir.

Foi um momento muito bom. Com todo o respeito a *grand-mère* e seus monarcas favoritos, ir embora foi um *grande* momento.

A vida como estudante se revelou tão satisfatória quanto Harry esperava. Ele frequentava o Hesslewhite, um colégio interno razoavelmente rigoroso para meninos cujas famílias não tinham influência (ou, no caso de Harry, interesse) suficiente para mandá-los para Eton ou Harrow.

Ele adorava a escola. *Adorava*. Adorava as aulas, adorava os esportes e adorava ir dormir sem ter que fazer a ronda na casa em busca do pai, torcendo para que ele tivesse desmaiado a tempo de não se vomitar todo. Na escola, Harry ia do salão de convivência direto para o dormitório, e adorava cada passo daquele tranquilo caminho.

Como todas as coisas boas têm fim, aos 19 anos Harry se formou com sua classe, da qual fazia parte Sebastian Grey, seu primo e melhor amigo. Houve uma cerimônia, já que esse é o tipo de ocasião que as pessoas gostam de celebrar, mas Harry se "esqueceu" de avisar à família.

– Onde está sua mãe? – perguntou tia Anna.

Assim como a mãe de Harry, tia Anna não carregava nenhum sotaque, apesar da insistência de Olga em se dirigir às filhas apenas em russo desde que eram criancinhas. Anna se saíra melhor do que a irmã ao se casar com o segundo filho de um conde, mas isso não causou nenhuma rixa entre as duas. Afinal, sir Lionel era um baronete, o que significava que, apesar de tudo, Katarina é que mantinha o título de "Sua Graça". Por outro lado, Anna tinha a influência e o dinheiro e, talvez o mais importante, um marido que quase nunca se permitia tomar mais do que uma taça de vinho no jantar – isto é, até a morte dele, dois anos antes.

Assim, quando Harry murmurou uma desculpa qualquer, alegando que a mãe se sentia um pouco cansada, Anna entendeu no mesmo instante: se a mãe dele comparecesse, o pai também estaria presente. E, depois do espetáculo trôpego que sir Lionel dera em 1807, durante a cerimônia de convocação do Hesslewhite, Harry relutava muito em convidá-lo para qualquer outro evento escolar.

Sir Lionel tendia a falar engrolado quando bebia, e Harry não sabia se seria capaz de sobreviver a outro discurso sobre a "esgola esblêndida, zimblesmente esblêndida", ainda mais se, como na primeira ocasião, fosse proferido pelo pai em cima de uma cadeira.

E durante aquele que deveria ser um minuto de silêncio.

Harry tentara tirar o pai de lá, e teria conseguido se a mãe, do outro lado de sir Lionel, houvesse ajudado na empreitada. Mas ela só ficou olhando para a frente, como sempre fazia nesses momentos, fingindo que nada estava acontecendo. Então restou a Harry dar um puxão no pai, que perdeu o equilíbrio e caiu, com um grito e um estrondo, batendo com a bochecha no espaldar da cadeira da frente.

O episódio poderia ter deixado qualquer um possesso, mas não sir Lionel. Ele apenas deu um sorriso estúpido, chamou Harry de "rabaz esblêndido" e cuspiu um dente.

Harry ainda guardava aquele dente. E nunca mais permitira que o pai pusesse os pés no colégio. Mesmo que, com isso, fosse o único garoto sem os pais na cerimônia de formatura.

Depois, a tia fez questão de levá-lo em casa, para gratidão de Harry.

Ele não gostava de receber convidados, mas tia Anna e Sebastian já sabiam tudo o que havia para saber sobre sir Lionel. Quer dizer, quase tudo: Harry os privara da informação referente às 126 vezes em que ele tivera que limpar a sujeira do pai. Também omitira a recente perda do precioso samovar de *grand-mère*, que acontecera quando sir Lionel tropeçara em uma cadeira, dera um salto curiosamente gracioso no ar (talvez numa tentativa de recobrar o equilíbrio) e caíra de barriga no aparador.

Três pratos de ovos e uma travessa de bacon também se perderam naquela manhã.

Os cães, por outro lado, nunca comeram tão bem na vida.

O Hesslewhite fora escolhido por ser próximo da propriedade da família, de modo que, após meros noventa minutos de carruagem, eles saíram da estrada e pegaram a alameda que levava à casa.

– As árvores estão bem frondosas este ano – observou tia Anna. – Imagino que as rosas de sua mãe estejam vingando bem.

Harry assentiu distraidamente, tentando calcular as horas. Ainda era fim de tarde ou já era noite? Se a hora estivesse avançada, seria obrigado a convidá-los para ficar para o jantar. Não havia como fugir de convidá-los a entrar – tia Anna decerto gostaria de ver a irmã –, mas, se ainda fosse cedo, os convidados esperariam apenas um chá, o que significava que poderiam entrar e sair sem nem avistar sir Lionel.

No jantar, aí seriam outros quinhentos. Sir Lionel insistia em sempre se vestir formalmente para a ocasião, o que, segundo ele, era a marca de um cavalheiro. E, por menor que fosse a reunião (99 por cento das vezes, eram apenas sir Lionel, lady Valentine e os filhos que estivessem em casa), ele fazia questão de bancar o anfitrião. O que geralmente significava muitas histórias e tiradas jocosas, só que sir Lionel tendia a esquecer o que acontecia do meio para o fim e suas tiradas estavam mais para sofríveis.

O que, por sua vez, implicava um silêncio doloroso por parte dos demais, que passavam boa parte do jantar fingindo não notar que ele derrubara a molheira ou que sua taça de vinho fora enchida uma segunda vez.

E uma terceira.

E uma quarta.

E, é claro, uma quinta vez.

Ninguém nunca pedia que ele parasse. De que adiantaria? Sir Lionel sabia que bebia demais. E de uma coisa Harry já perdera a conta: quantas vezes o pai se virara para ele, soluçando, e dissera: "Eu zindo muito, zindo muito mesmo. Não guero zer um vardo. Vozê é um bom garodo, Harry."

Mas de nada adiantava. Qualquer que fosse a motivação de sir Lionel para beber, era muito mais poderosa que qualquer culpa ou arrependimento de onde pudesse tirar forças para parar. Sir Lionel tinha perfeita noção do tamanho de seus problemas. Mas era completamente impotente diante deles.

Assim como Harry, cuja única opção seria amarrar o pai na cama – o que ele não estava disposto a fazer. Portanto, restava não convidar os amigos para visitá-lo, evitar jantar em casa e, agora que a escola tinha terminado, contar os dias para ir para a universidade.

Antes disso, porém, ele precisava sobreviver ao verão. Assim que a carruagem parou na frente da casa, Harry desceu e estendeu a mão para ajudar a tia. Sebastian saiu em seguida e, juntos, os três foram para a sala de visitas, onde Katarina estava absorta em seu bordado.

– Anna! – exclamou ela, e fez menção de se levantar (só menção mesmo). – Que surpresa agradável!

Anna foi abraçá-la e depois se sentou de frente para a irmã.

– Achei que seria bom dar uma carona ao Harry na volta da escola.

– Ah, então acabou o semestre? – murmurou Katarina.

Harry deu um sorriso tenso. Ele tinha sua cota de culpa pela ignorância dela, precisava admitir, já que não dissera nada sobre estar prestes a se formar. Por outro lado, não era um dever de mãe ficar a par desses detalhes?

– Olá, Sebastian – disse Katarina, virando-se para o sobrinho. – Você cresceu.

– Acontece – brincou Sebastian, exibindo seu sorriso torto de sempre.

– Misericórdia – disse ela, sorrindo. – Logo, logo você será um perigo para as jovens.

Harry se segurou para não revirar os olhos. Sebastian já tinha conquistado quase todas as meninas da vila perto de Hesslewhite. O primo devia exalar alguma espécie de almíscar, porque as fêmeas viviam aos pés dele.

Seria revoltante, não fosse pelo fato de que era impossível *todas* as moças dançarem com Sebastian. E Harry ficava mais do que feliz em ser o rapaz mais próximo assim que a decepção delas passava.

– Não haverá tempo para isso – atalhou Anna. – Adquiri uma patente para Sebastian. Ele parte em um mês.

– Vai entrar para o Exército? – Katarina se virou para o sobrinho, surpresa. – Que maravilhoso.

Sebastian deu de ombros.

– Mãe, a senhora já sabia disso – comentou Harry.

O futuro de Sebastian havia sido decidido vários meses antes. Desde que o marido morrera, Anna andava preocupada com a falta de referências masculinas na vida do filho. E, como era improvável que Sebastian herdasse título ou fortuna, subentendia-se que deveria forjar seu próprio caminho no mundo.

Ninguém, nem mesmo Anna, que não via defeitos no rapaz, chegou a *sugerir* que ele considerasse o clero.

Sebastian não estava muito animado com a perspectiva de passar uma década lutando contra Napoleão, mas, como ele mesmo dissera a Harry, o que mais poderia fazer? Seu tio, o conde de Newbury, o detestava, e já deixara claro que Sebastian não deveria esperar qualquer ajuda dele – nem financeira nem de outra natureza.

– Quem sabe ele não morre? – sugeriu Harry, com todo o tato de um garoto de 19 anos.

Pelo menos Sebastian não se ofendia fácil, ainda mais com relação ao tio. Ou do único filho do tio, que herdaria Newbury.

– Meu primo é ainda pior – respondeu Sebastian. – Ele tentou me humilhar em Londres, me ignorou quando nos encontramos em um evento da alta sociedade.

Chocado, Harry sentiu as sobrancelhas se erguerem. Uma coisa era abominar um membro da família; outra completamente diferente era tentar humilhá-lo em público.

– O que você fez? – perguntou Harry.

Sebastian abriu um sorriso lento.

– Seduzi a garota com quem ele queria se casar.

Harry encarou o primo de um jeito que transmitia toda a sua incredulidade.

– Ah, está bem, não foi exatamente isso – cedeu Sebastian. – Mas seduzi a garota em quem ele estava de olho no pub.

– E a garota com quem ele queria se casar?

– Bem, agora ela não quer mais se casar com ele! – Sebastian riu.

– Céus, Seb, o que você fez?

– Ah, nada grave. Até eu sei que não convém se engraçar com a filha de um conde. Eu só... despertei o interesse dela, só isso.

Contudo, como sua mãe havia observado, Sebastian não teria muitas oportunidades de envolvimento amoroso dali para a frente, não com a vida militar esperando por ele. Harry tentava não pensar na partida do primo. Seb, afinal, era a única pessoa no mundo em quem ele confiava totalmente.

A única que nunca o decepcionara.

Na verdade, fazia todo o sentido. Sebastian não era burro – muito pelo contrário –, mas não era afeito à vida acadêmica. Decerto se sairia muito melhor no Exército. Ainda assim, sentado ali, na desconfortável poltrona da sala de visitas pequena demais para ele, Harry não pôde deixar de sentir um pouco de pena de si mesmo. Nem de ser egoísta. Preferia que Sebastian fosse para a universidade com ele, mesmo que essa não fosse a melhor escolha para o primo.

– Qual será a cor do seu uniforme? – perguntou Katarina.

– Azul-escuro, eu acho – respondeu Sebastian, educadamente.

– Ah, você ficará belíssimo de azul. Não acha, Anna?

Anna assentiu.

– Você também ficaria, Harry – acrescentou Katarina. – Talvez devêssemos providenciar uma patente para você também.

Atônito, Harry ficou mudo. Nunca o Exército fora considerado uma possibilidade para seu futuro. Ele era o primogênito e herdaria a propriedade, o baronato e todo o dinheiro que o pai não torrasse em bebida antes de morrer.

Era melhor que não fizesse nada que o pusesse em perigo.

Além disso, era um dos poucos alunos de Hesslewhite que realmente *gostavam* de estudar. Os garotos o apelidaram de "professor", e Harry não se incomodava nem um pouco. O que a mãe dele estava dizendo? Parecia até que não o conhecia! Estava mesmo sugerindo que entrasse para o Exército para poder vestir uma roupa da *moda*?

– Ah, não. Harry jamais poderia ser soldado – comentou Sebastian, maliciosamente. – Ele não consegue acertar um alvo nem à queima-roupa.

– Que absurdo – retrucou Harry. – Posso não ser tão bom quanto *ele* – e indicou o primo com a cabeça –, mas sou melhor que todo o resto.

– Então você é bom de mira, Sebastian? – perguntou Katarina.

– O melhor.

– Também é a modéstia em pessoa – resmungou Harry.

Mas era verdade. Sebastian era um exímio atirador e o Exército se beneficiaria muito com seu alistamento, se ao menos conseguissem impedi-lo de seduzir Portugal inteiro.

Quer dizer, metade de Portugal. A metade feminina.

– Então por que não pega uma patente também? – insistiu Katarina.

Harry se virou para ela, tentando decifrar a expressão da mãe. Ou melhor, tentando decifrar *a mãe*. Katarina era sempre tão vaga que dava nos nervos, como se o passar dos anos aos poucos tivesse apagado tudo que formara sua personalidade, tudo que lhe dera *sentimentos*. Não tinha opiniões, só deixava o mundo girar à sua volta, entregue à inércia, aparentando completo desinteresse por tudo.

– Acho que você se daria bem no Exército – disse ela calmamente.

E ele pensou: ela já havia feito algum comentário nesse sentido antes? Já dera alguma opinião sobre o futuro dele, sobre seu bem-estar?

Será que estivera apenas esperando a hora certa?

Ela sorria como de costume: um sorriso acompanhado de um pequeno suspiro, como se o esforço fosse quase excessivo.

– Você ficaria esplêndido de azul. – E se voltou para Anna. – Não acha?

Harry abriu a boca para dizer... bem, para dizer alguma coisa. Assim que descobrisse o quê. Ele não pretendia ingressar no Exército. Iria para a universidade. Tinha conseguido uma vaga na Pembroke College, em Oxford. Vinha pensando em estudar russo. Desde a morte de *grand-mère*, quase não praticava o idioma. A mãe falava russo, mas eles mal terminavam uma conversa em inglês, que diria em russo.

Puxa vida, que saudade Harry sentia de *grand-mère*! Ela nem sempre agia da forma mais correta e nem sempre era agradável, mas era divertida. E o amava.

O que a avó haveria de querer que ele fizesse? Harry não sabia. Se fosse para passar os dias imerso em literatura russa, ela decerto aprovaria que Harry fosse para a universidade. Mas também respeitava muito os militares e zombava abertamente do pai de Harry por nunca ter servido ao país.

Claro, zombava abertamente do pai de Harry por vários motivos.

– Você deveria considerar a ideia, Harry – declarou Anna. – Tenho certeza de que Sebastian iria gostar de ter sua companhia.

Harry lançou um olhar desesperado para o primo. Sebastian com certeza entenderia o sofrimento que a ideia lhe causava. Onde as duas estavam com a cabeça? Esperavam que ele tomasse uma decisão importante como aquela no meio do *chá*? Que pensasse no assunto enquanto dava uma mordida no biscoito e então decidisse que, sim, azul-marinho era *mesmo* uma cor perfeita para um uniforme?

Mas Sebastian só deu de ombros muito discretamente, daquele seu jeito levantando um ombro só, como quem diz: *Fazer o quê? As pessoas falam cada coisa...*

A mãe de Harry levou a xícara de chá aos lábios, mas, se chegou a beber, não foi possível saber. Então a pousou de volta no pires e fechou os olhos.

Foi um mero piscar, ligeiramente mais longo que uma piscadela normal, mas Harry já sabia o que significava. Katarina tinha ouvido passos. Dele. Ela era sempre a primeira a ouvi-lo. Talvez fosse em função dos anos morando sob o mesmo teto, quiçá no mesmo mundo. Sua capacidade de fingir que a vida era muito diferente da que de fato vivia se desenvolvera junto com a habilidade de antever o paradeiro do marido em todos os momentos possíveis.

Era muito mais fácil ignorar o que se mantinha fora de vista.

– Anna! – exclamou sir Lionel, surgindo à porta e logo se recostando no batente. – E Sebastian. Que ótima surpresa. Como vai, meu garoto?

– Vou bem, senhor.

Harry observou o pai entrar na sala. Não dava para saber ao certo o nível de embriaguez em que se encontrava. Seus passos não vacilaram, mas Harry não gostou nada de ver o jeito como os braços dele balançavam.

– Que bom ver você, Harry – disse sir Lionel, tocando brevemente o ombro do filho antes de seguir para o aparador. – Então quer dizer que vocês já terminaram a escola?

– Sim, senhor – respondeu Harry.

Sir Lionel encheu um copo (Harry estava longe demais para ver qual bebida era), virou-se para o sobrinho com um sorriso frouxo e perguntou:

– Você está com quantos anos mesmo, Sebastian?

– Dezenove, senhor.

Igual a Harry. Só tinham um mês de diferença.

– E você está servindo chá, Kat? – perguntou sir Lionel à esposa. – Que ideia! Ele já é um homem.

– Pai, chá é uma bebida mais que adequada – interrompeu Harry.

Sir Lionel se virou para o filho com uma expressão surpresa, quase como se tivesse esquecido sua presença.

– Harry, meu garoto. Que bom ver você.

Os lábios de Harry se contraíram, e depois ele disse:

– É bom ver o senhor também, pai.

Sir Lionel tomou um longo gole da bebida.

– Então acabou o período, certo?

Harry aquiesceu e respondeu com seu costumeiro "Sim, senhor".

Sir Lionel franziu o cenho e tomou mais um gole.

– Você se formou, não foi? Recebi um aviso da Pembroke College sobre sua matrícula. – Franziu o cenho de novo, depois piscou algumas vezes e deu de ombros. – Não sabia que você tinha se inscrito. – E, como se só então lhe ocorresse, completou: – Muito bem.

– Eu não vou.

As palavras de Harry se atropelaram boca afora, surpreendendo-o. O que estava dizendo? Claro que ia para Pembroke. Era o que ele queria. O que sempre quisera. Gostava de estudar. Gostava de livros. Gostava de números. Gostava de se enfurnar na biblioteca mesmo em dias de sol, mesmo com Sebastian tentando arrastá-lo para uma partida de rúgbi.

(Era uma batalha, contudo, que Sebastian sempre ganhava. Os dias de sol eram tão raros no sul da Inglaterra que era imprescindível sair e aproveitar quando surgiam. Sem falar que o primo era, acima de tudo, persuasivo como o diabo.)

Não havia em toda a Inglaterra um rapaz mais adequado à vida acadêmica. Contudo…

– Vou entrar para o Exército.

As palavras brotaram de novo, sem o menor sinal de autocontrole. Harry se perguntou o que estava dizendo. *Por que* estava dizendo.

– Com Sebastian? – indagou tia Anna.

Harry assentiu

– Alguém precisa cuidar para que ele não seja morto – respondeu ele.

Sebastian lançou um olhar torto para o primo, mas era claro que estava feliz demais com a reviravolta para responder ao insulto. Sempre tivera dúvidas sobre seu futuro nas Forças Armadas; Harry sabia que, apesar de toda a bravata, ele ficaria aliviado se pudesse estar junto com o primo.

– Você não pode ir à guerra – refutou sir Lionel. – Você é meu herdeiro.

Todos os presentes (sendo os quatro seus parentes) se viraram para o baronete, demonstrando graus variados de surpresa. Era bem possível que aquela tivesse sido a única coisa sensata que saíra da boca dele em anos.

– O senhor ainda tem Edward – retrucou Harry, sem rodeios.

Sir Lionel bebeu, piscou e deu de ombros.

– Bem, é verdade.

Harry já esperava que ele fosse dizer algo assim, mas isso não o impediu de sentir um nó de decepção na garganta. E de ressentimento.

E de mágoa também.

– Um brinde a Harry! – bradou sir Lionel em tom jovial, erguendo o copo. Nem pareceu notar que ninguém o acompanhava no brinde. – Vá com Deus, meu filho. – Levou o copo aos lábios e o virou, e foi só então que percebeu que estava vazio. – Ora, diabos – murmurou. – Que vergonha.

Harry se afundou na cadeira. Sentia uma comichão nos pés, como se estivessem ansiosos para se mexer. Para correr.

Reabastecendo-se com prazer, sir Lionel perguntou:

– Quando vocês vão?

Harry olhou para Sebastian, que respondeu no ato:

– Devo me apresentar na próxima semana.

– O mesmo vale para mim – informou Harry ao pai. – Precisarei do dinheiro para adquirir a patente, é claro.

– É claro – concordou sir Lionel, respondendo instintivamente ao tom autoritário na voz de Harry. – Bem.

Sir Lionel fitou os próprios pés, depois olhou para a esposa, que tinha o olhar perdido na janela.

– É mesmo um prazer ver vocês.

Ele deixou o copo na mesa de forma abrupta e andou lentamente até a porta, cambaleando apenas uma vez.

Harry o observou partir, sentindo-se estranhamente distanciado da cena. Não que nunca tivesse imaginado isso, é claro. Não o alistamento no Exército, mas a partida. Sempre supusera que iria para a universidade, colocando as malas na carruagem da família e pronto. Mas sua imaginação se entregara a incontáveis saídas dramáticas – desde gestos alucinados até olhares gélidos. As preferidas incluíam garrafas lançadas contra a parede. As mais caras. As contrabandeadas da França.

Seu pai ainda apoiaria os malditos franceses comprando bebidas ilegalmente enquanto o filho os enfrentava no campo de batalha?

Harry encarou o espaço vazio onde o pai estivera. Não importava mais, não é mesmo? Seu tempo ali acabara.

Chega. Estava farto daquele lugar, daquela família, de todas aquelas noites guiando o pai para a cama, tendo o cuidado de deitá-lo de lado para que, caso voltasse a vomitar, não se engasgasse.

Chega.

Acabou.

O problema era que se sentia tão vazio, tão amuado... Sua partida fora marcada por... nada.

E ele levaria anos para perceber que tinha sido enganado.

# Capítulo um

— Dizem que ele matou a noiva.

Foi o suficiente para fazer lady Olivia Bevelstoke parar de mexer o chá.

– Quem? – perguntou ela, pois, na verdade, não vinha prestando a menor atenção na conversa.

– Sir Harry Valentine. Seu novo vizinho.

Olivia olhou séria para Anne Buxton, depois para Mary Cadogan, que assentia, concordando com a amiga.

– Você só pode estar de brincadeira – rebateu ela, embora soubesse muito bem que Anne jamais zombaria dos rumores.

Fofoca era mais importante do que oxigênio para ela.

– Não, ele é mesmo seu novo vizinho – acrescentou Philomena Waincliff.

Olivia bebeu um golinho de chá, só para ter tempo de manter o semblante neutro em vez de deixá-lo à vontade para transparecer um misto de exasperação e incredulidade.

– Eu me referia à parte sobre o assassinato – disse ela, com mais paciência do que as pessoas costumavam esperar dela.

– Ah. – Philomena pegou um biscoito. – Desculpe.

– Eu *sei* que me contaram que ele matou a noiva – insistiu Anne.

– Se tivesse matado alguém, estaria preso – observou Olivia.

– Não se não conseguissem provar.

Olivia sentiu o olhar se arrastar um pouco para a esquerda, onde, atrás de uma grossa parede de pedra, havia 3 metros de ar fresco de primavera até outra parede grossa, desta vez de tijolos, a da casa recém-alugada de sir Harry Valentine, logo em frente.

As outras três moças seguiram a direção de seu olhar, o que fez Olivia se sentir bastante tola, pois todas encaravam um ponto vazio na parede da sala de visitas.

– Ele não matou ninguém – afirmou ela.

– Como pode saber? – perguntou Anne, e Mary concordou.

– Eu sei e pronto – insistiu Olivia. – Se ele tivesse matado alguém, não estaria morando aqui em Mayfair, na casa em frente à minha.

– Não se não conseguissem provar – repetiu Anne, e Mary concordou.

Philomena comeu outro biscoito.

Olivia se esforçou para curvar ligeiramente os lábios. Torcia para que tivesse conseguido curvá-los para cima, porque uma careta não era aceitável. Eram quatro da tarde. As outras moças tinham chegado cerca de uma hora antes para jogar conversa fora, fofocar (é claro) e discutir as vestimentas que usariam nos três eventos sociais seguintes. Os encontros aconteciam uma vez por semana, em média, e Olivia apreciava a companhia delas, mesmo que lhes faltasse a envergadura de sua melhor amiga, Miranda – Cheever quando solteira, agora Bevelstoke.

Sim, Miranda havia se casado com o irmão de Olivia. O que era bom. Maravilhoso, até. Tinham sido amigas desde o nascimento e agora seriam irmãs até a morte. Isso também significava que, como não era mais uma dama solteira, Miranda não era mais obrigada a fazer coisas de dama solteira.

### Coisas de dama solteira
*por lady Olivia Bevelstoke, dama solteira*

*Vestir tons pastel (e dar-se por satisfeita caso
tenha um tom de pele que orne bem com tais cores).
Sorrir e guardar para si todas as opiniões
(com o maior grau de sucesso possível).
Fazer tudo o que os pais mandarem.
Aceitar as consequências de desobedecer a este último preceito.
Encontrar um marido que não se dê ao trabalho de
mandar na vida da esposa.*

Era bem comum Olivia ficar formulando essas epígrafes peculiares na cabeça. O que explicava ela ser flagrada distraída com tanta frequência.

E também explicava o porquê de acabar dizendo coisas impróprias. Embora, justiça fosse feita, já fizesse dois anos desde que chamara sir Robert

Kent de mustelídeo balofo e, sinceramente, a alcunha fosse muito mais generosa do que as que ela nunca ousara pronunciar.

Deixando de lado as digressões, Miranda agora se prestava às coisas de dama casada, as quais Olivia teria o maior prazer em listar não fosse o fato de que ninguém (nem mesmo Miranda, pelo que Olivia ainda não a perdoara) lhe contava o que as damas casadas faziam, além de não serem obrigadas a usar apenas tons pastel, de poderem sair por aí sem acompanhante e de produzirem pequenos seres humanos a intervalos regulares.

Olivia tinha bastante certeza de que havia muito mais a descobrir sobre o último item, pois, toda vez que perguntava a respeito, sua mãe saía correndo do recinto.

Voltemos a Miranda. A amiga tinha, de fato, produzido um pequeno ser humano – Caroline, a amada sobrinha por quem Olivia seria capaz de dar a própria vida, literal ou figurativamente – e estava prestes a produzir outro, motivo pelo qual permanecia indisponível para jogar conversa fora à tarde. E Olivia *adorava* jogar conversa fora – e falar sobre moda e fofocar –, por isso passava cada vez mais tempo com Anne, Mary e Philomena. E, embora fossem quase sempre divertidas – e nunca cruéis –, elas eram, com certa frequência, muito tolas.

Como naquele exato momento.

– Quem são essas pessoas, afinal? – perguntou Olivia.

– Que pessoas? – indagou Anne.

– As pessoas que dizem que meu novo vizinho matou a noiva.

Anne hesitou.

– Você se lembra, Mary?

– Para falar a verdade, não. Sarah Forsythe, talvez?

– Não – acrescentou Philomena, balançando a cabeça com convicção. – Não foi Sarah. Ela acabou de voltar de Bath, não tem nem dois dias. Libby Lockwood?

– Não foi Libby – disse Anne. – Eu me lembraria se tivesse sido Libby.

– É disso que estou falando – insistiu Olivia. – Você nem sabe quem comentou isso. Nenhuma de nós sabe.

– Bem, eu não estou inventando – falou Anne, um pouco na defensiva.

– Não foi isso que eu disse. Jamais pensaria uma coisa dessas de você.

Era verdade. Anne passava adiante quase tudo o que era dito em sua presença, mas nunca inventava nada. Olivia parou um instante para ordenar os pensamentos.

–Você não acha que esse é o tipo de rumor que deveria ser prontamente investigado? – Ao receber três semblantes inexpressivos como resposta, Olivia resolveu mudar de tática: – Acima de tudo, por nossa própria segurança. Se houver a mínima chance de algo assim ser verdade...

– Você acha que é? – interrompeu Anne, em um tom um tanto triunfante.

– Não. – Deus do céu... – Não acho. Mas *se* fosse verdade, não seria de bom tom termos qualquer tipo de relação com ele.

Seguiu-se um longo silêncio, que Philomena, enfim, rompeu ao dizer:

– Minha mãe já me avisou para evitá-lo.

– E é por isso – prosseguiu Olivia, com a sensação de estar avançando através de um lamaçal – que deveríamos investigar se esses rumores procedem. Porque se *não* procederem...

– Ele é muito bonito – interferiu Mary, e insistiu: – Ora, é verdade.

Atônita, Olivia tentava acompanhar o raciocínio.

– Eu nunca o vi – declarou Philomena.

– Ele só usa preto – comentou Mary, confiante.

– Eu já o vi de azul-marinho – contradisse Anne.

– Ele só usa cores escuras – consertou Mary, lançando um olhar exasperado para a amiga.

– E aqueles olhos... Poderiam incendiar alguém...

– São de que cor? – perguntou Olivia, imaginando muitos tons interessantes de vermelho, amarelo, laranja...

– Azul.

– Cinza – falou Anne.

– Azul-acinzentado. E são muito penetrantes.

Anne aquiesceu, sem ter mais o que corrigir.

– E o cabelo? Qual é a cor? – indagou Olivia, certa de que elas teriam ignorado esse detalhe.

– Castanho-escuro – responderam as duas, em uníssono.

– Tão escuro quanto o meu? – indagou Philomena, acariciando as madeixas.

– Mais, até – disse Mary.

– Não chega a preto – acrescentou Anne. – Não, não chega.

– E ele é alto – prosseguiu Mary.

– Os homens sempre são altos – murmurou Olivia.

– Mas não alto demais – continuou Mary. – Não gosto de homem espichado.

– Bem, você já deve tê-lo visto pessoalmente – disse Anne a Olivia –, já que mora logo ali.

– Acho que não – comentou Olivia. – Ele se mudou no começo do mês, e eu passei a semana seguinte fora, na casa dos Macclesfields.

– Quando voltou a Londres? – perguntou Anne.

– Faz seis dias – respondeu Olivia, retomando o assunto: – Eu nem sabia que havia um cavalheiro solteiro nos arredores.

Notou, tarde demais, que seu comentário deixava transparecer que, *se* houvesse sabido, teria tentado descobrir mais sobre o cavalheiro em questão.

O que era mesmo verdade, mas ela não ia admitir isso.

– Sabem o que eu ouvi dizer? – indagou Philomena, de repente. – Que ele *acabou* com a raça de Julian Prentice.

– O quê? – exclamaram todas as outras.

– E você só conta isso agora? – acrescentou Anne, incrédula.

Philomena descartou a exigência da amiga.

– Foi meu irmão quem me contou. Ele e Julian são muito amigos.

– O que aconteceu? – quis saber Mary.

– Isso eu não consegui entender muito bem – admitiu Philomena. – Robert foi um tanto vago.

– Os homens *nunca* se lembram dos detalhes importantes – comentou Olivia, pensando em seu irmão gêmeo, Winston, que era inútil em matéria de fofoca. Completamente inútil.

Philomena concordou, prosseguindo:

– Robert chegou em casa num estado deplorável. Estava bem... hã, alterado.

Todas entendiam bem. Todas tinham irmãos.

– Mal conseguia ficar de pé – continuou Philomena. – E fedia como um bode. – Ela abanou a mão diante do nariz. – Tive que ajudá-lo a passar pela sala de visitas sem que mamãe o visse.

– Então ele está em dívida com você – declarou Olivia, sempre astuta.

– Aparentemente eles estavam juntos, fazendo sabe-se lá o que os homens fazem, e Julian ficou um pouco... hã...

– Embriagado? – sugeriu Anne.

– O que não é nada raro – acrescentou Olivia.

– De fato. E faz sentido, considerando o estado em que ele chegou em casa. – Philomena fez uma pausa e franziu o cenho como se estivesse pensando em algo, mas a impressão se dissipou com a mesma rapidez com que surgira. – Ele falou que Julian não fizera nada, mas ainda assim sir Harry lhe deu uma surra de arrancar partes do corpo.

– Com sangue e tudo? – questionou Olivia,

– Olivia! – repreendeu Mary.

– É uma pergunta pertinente.

– Não sei se teve sangue – respondeu Philomena, com certa agressividade.

– Presumo que sim – ponderou Olivia. – Considerando o comentário sobre arrancar partes do corpo.

### Partes do corpo que eu menos me importaria em perder, em ordem decrescente
*por Olivia Bevelstoke*
*(no momento com todos os membros intactos)*

Não, melhor deixar essa para lá. Ela se reconfortou remexendo os dedos do pé dentro da sapatilha.

– Ele ficou com um olho roxo – prosseguiu Philomena.

– Sir Harry? – perguntou Anne.

– Julian Prentice. Talvez sir Harry também, mas eu não sei. Nunca nem o vi.

– Eu o vi faz dois dias – informou Mary. – Ele não estava de olho roxo.

– Mas parecia ao menos um pouco machucado?

– Não. Lindo como sempre. Só que estava todo de preto. É muito curioso.

– Todo de preto? – insistiu Olivia.

– Quase todo. Camisa e lenço brancos. Ainda assim... – Mary gesticulou no ar, como quem se recusa a admitir a possibilidade de estar errada. – É como se estivesse de luto.

– E talvez esteja mesmo – aproveitou Anne. – Pela noiva!

– A que ele matou? – perguntou Philomena.

– Ele não matou ninguém! – exclamou Olivia.

– Como você sabe? – perguntaram as três, em uníssono.

Olivia teria respondido, então lhe ocorreu que ela *não* sabia. Nunca vira o sujeito, sequer ouvira falar dele até aquele dia. Ainda assim, o bom senso falava mais alto. Matar a própria noiva era algo que se encaixava melhor naqueles romances góticos que Anne e Mary viviam lendo.

– Olivia? – chamou alguém.

Ela piscou, percebendo que seu silêncio havia durado um pouco mais do que devia.

– Não foi nada – falou, balançando a cabeça. – Só estava pensando.

– Em sir Harry... – retrucou Anne, com um leve toque de pretensão na voz.

– Não é como se eu tivesse tido a chance de pensar em qualquer outra coisa – resmungou Olivia.

– E no que você preferiria estar pensando? – perguntou Philomena.

Olivia abriu a boca e então notou que não tinha a menor ideia do que responder.

– Em qualquer coisa – disse, enfim. – Quase qualquer outra coisa.

Mas o assunto tinha atiçado a curiosidade dela. E a curiosidade de Olivia Frances Bevelstoke era uma coisa deveras formidável.

⁓

A moça da casa em frente estava bisbilhotando outra vez. Já fazia uma semana que ela não parava de vigiá-lo. A princípio, Harry não dera muita atenção. Afinal, era filha do conde de Rudland, pelo amor de Deus, ou, no mínimo, alguma parenta – se fosse a empregada já teria sido demitida pelos longos períodos de tempo que passava à janela.

Também não era a governanta. O conde de Rudland tinha uma esposa, até onde Harry sabia, e nenhuma esposa permitiria em sua casa uma governanta tão bonita.

Só podia ser a filha. O que queria dizer que ele não tinha motivo para supor que ela era algo além de uma típica dama alcoviteira que não via mal em bisbilhotar os vizinhos. Só que já fazia *cinco dias* que ela bisbilhotava sem parar. Se estivesse curiosa apenas em relação ao corte dos paletós ou à cor dos cabelos dele, já teria concluído sua perícia.

Harry estava tentado a acenar. A forçar um imenso sorriso e acenar. Isso haveria de pôr um fim à bisbilhotice dela. O problema era que ele jamais saberia *por que* ela estava tão interessada.

O que era inaceitável. Harry nunca fora de tolerar um porquê sem resposta.

Sem contar que não estava *tão* próximo assim para enxergar a expressão com que ela reagiria e isso tirava todo o propósito de seu plano. Se pretendia constrangê-la, queria ver como deixaria transparecer. Senão, que graça teria?

Harry voltou a se sentar à escrivaninha, fingindo não saber que, por detrás das cortinas, ela o observava. Tinha trabalho a fazer e precisava parar de imaginar coisas sobre a loura na janela. Um mensageiro do Departamento de Guerra lhe entregara um documento bastante complexo naquela manhã e ele não podia perder mais tempo na tradução. Ao verter do russo para o inglês, Harry sempre seguia a mesma rotina – primeiro uma leitura superficial para captar o contexto, depois uma leitura mais criteriosa, examinando o documento palavra por palavra. Só depois dessa análise minuciosa ele pegava a pena e começava a traduzir.

Era uma tarefa tediosa. *Ele* gostava, mas talvez porque sempre gostara de decifrar enigmas. Era capaz de passar horas e horas analisando um documento até que o sol caísse e ele se desse conta de que tinha passado o dia inteiro sem comer. Mas nem mesmo ele, que ficava tão encantado com a tarefa, conseguia se imaginar passando o dia *observando* alguém traduzir documentos.

No entanto, lá estava ela outra vez, à janela. Provavelmente se achando muito sagaz em sua espionagem e julgando que ele era um tapado de marca maior.

Ele sorriu. Ela não fazia ideia. Por mais que trabalhasse para o gabinete mais sem graça do Departamento de Guerra (aquele que lidava com palavras e papéis em vez de armas, facas e missões secretas), Harry era bem treinado. A maior parte dos dez anos que passara nas Forças Armadas tinha sido no continente, onde um olhar observador e uma sensibilidade aguçada para captar movimentos podiam fazer a diferença entre a vida e a morte.

Já percebera, por exemplo, que ela tinha o hábito de colocar as mechas do cabelo atrás da orelha. E, como às vezes fazia sua própria espionagem, também sabia que, quando ela soltava os fios – eram volumosos e inacreditavelmente brilhosos –, as pontas chegavam até o meio das costas.

Sabia que a camisola dela era azul. E, infelizmente, um tanto larga.

E também que ela não tinha o menor talento para ficar parada. Devia até achar que sim, porque não era de se remexer muito e sua postura era firme e ereta. Mas algo sempre a denunciava – um movimento mínimo da ponta dos dedos ou dos ombros quando ela inspirava.

Àquela altura, naturalmente, Harry não conseguia *não* notá-la.

Ficava se perguntando: qual parte de vê-lo debruçado sobre resmas de papel era tão interessante? Porque ele tinha passado a semana inteira fazendo isso e nada mais.

Talvez ele pudesse deixar o espetáculo mais animado. Seria até misericordioso de sua parte. A dama devia estar morrendo de tédio.

Poderia subir na mesa e começar a cantar.

Comer alguma coisa e fingir estar engasgado. O que ela faria?

Aquele, sim, era um dilema moral interessante. Pousou a pena por um instante, pensando nas inúmeras damas da sociedade que já tivera oportunidade de conhecer. Harry não era um homem tão descrente assim; acreditava piamente que ao menos algumas fariam um esforço para salvá-lo. Mas duvidava que qualquer uma delas tivesse a capacidade atlética necessária para chegar lá a tempo.

De modo que era bom que tivesse muito cuidado ao mastigar.

Harry deu um longo suspiro e tentou se concentrar no trabalho. Durante todo o tempo que passara pensando na garota da janela, seus olhos permaneceram voltados para os papéis, mas não lera uma palavra sequer. Não tinha feito *nada* nos cinco últimos dias. Até poderia fechar as cortinas, mas seria óbvio demais. Ainda mais considerando que, ao meio-dia, o sol ia alto e brilhava.

Encarou o texto, incapaz de se concentrar. Ela ainda estava lá, observando-o, certa de que as cortinas a ocultavam.

Por que diabo ela o espionava?

Harry estava começando a não gostar nada daquilo. Era impossível que, daquela distância, ela conseguisse discernir no que ele estava trabalhando, e mesmo que pudesse, duvidada muito que ela soubesse ler cirílico. Ainda assim, aqueles documentos eram confidenciais, às vezes relacionados com questões de segurança nacional. Se fosse para alguém espioná-lo…

Ele balançou a cabeça. Se fosse para alguém espioná-lo, decerto não seria a filha do conde de Rudland, tenha a santa paciência.

E então, de repente, como por milagre, ela desapareceu. Primeiro virou o rosto, erguendo o queixo meio centímetro, então se afastou. Ouvira um barulho, talvez alguém chamando. Harry não se importava. Só estava feliz porque ela finalmente fora embora. Precisava voltar ao trabalho.

Baixou os olhos, chegou ao meio da primeira página, até que...

– Bom dia, sir Harry!

Era Sebastian, em um tom claramente jocoso. Por que chamaria Harry de sir? Harry nem ergueu os olhos.

– Já está tarde.

– Não para quem acordou às onze.

Harry conteve um suspiro.

– Você não bateu.

– Nunca bato. – Sebastian se largou numa poltrona, sem nem se dar conta de que seus cabelos se esparramaram sobre seus olhos. – O que está fazendo?

– Trabalhando.

– Você trabalha muito.

– Alguns de nós não têm títulos para herdar – observou Harry, tentando terminar ao menos uma frase antes que Sebastian exigisse toda a sua atenção.

– Talvez não – murmurou Sebastian. – Talvez sim.

Era verdade. Sebastian sempre fora o segundo na linha sucessória; seu tio, o conde de Newbury (que ainda achava Sebastian um completo imprestável, apesar de seus dez anos a serviço de Sua Majestade), tivera um único filho, Geoffrey, mas nunca vira motivo para se preocupar. Afinal, era muito improvável que Sebastian herdasse o título. Geoffrey tinha se casado enquanto Sebastian estava no Exército e a esposa dera à luz duas filhas, de modo que era questão de tempo até que tivesse um filho homem.

Só que Geoffrey pegara uma febre e morrera. Logo ficara claro que a viúva não estava grávida e que, portanto, não haveria nenhum herdeiro a caminho para salvar o condado daquele desastre chamado Sebastian Grey, de modo que o conde fora obrigado a abandonar seus anos de viuvez e se encarregar da tarefa de produzir um novo herdeiro. Naquele momento ele varria toda a sociedade londrina em busca de uma esposa.

O que significava que ninguém sabia ao certo qual seria o destino de

Sebastian. Das duas, uma: ou ele era um homem devastadoramente lindo e charmoso prestes a herdar um condado antigo e riquíssimo, o que o tornaria o melhor partido no mercado casamenteiro, ou era um homem devastadoramente lindo e charmoso prestes a herdar nada, tornando-o o pior pesadelo das matronas da sociedade.

Ainda assim, ele recebia convites para todas as festas. E, no que tangia à alta sociedade londrina, estava sempre a par de tudo.

E era por isso que Harry sabia que teria uma resposta precisa quando perguntou:

– O conde de Rudland tem uma filha?

Sebastian o olhou com uma expressão que poderia ser confundida com tédio, mas que Harry sabia significar "Seu tonto".

– É claro – disse Sebastian.

A parte do "tonto" estava implícita, concluiu Harry.

– Por quê? – perguntou o primo.

Harry olhou de soslaio para a janela, embora ela não estivesse lá.

– Ela é loura?

– Bastante.

– Bonita?

Sebastian abriu um sorriso irônico.

– Mais do que bonita, de acordo com os padrões.

Harry franziu a testa. Por que diabo a filha de Rudland estava bisbilhotando tanto a vida dele?

Sebastian bocejou sem nem se dar o trabalho de tentar disfarçar, mesmo quando Harry lhe lançou um olhar enojado, e então disse:

– Algum motivo para esse interesse repentino?

Harry se virou, espiando a janela *dela*, que ele sabia ser a terceira da esquerda para a direita no segundo andar.

– Ela está me vigiando.

– Lady Olivia Bevelstoke está vigiando você – repetiu Sebastian.

– Esse é o nome dela? – indagou Harry.

– Ela não está vigiando você.

Harry se virou para ele.

– Como é?

Sebastian deu de ombros de um jeito grosseiro.

– Lady Olivia Bevelstoke não precisa de você.

– Não foi isso que eu disse.

– Só no ano passado ela recebeu cinco pedidos de casamento, e teria recebido o dobro se não tivesse dissuadido vários outros cavalheiros antes que fizessem papel de trouxa.

– Para alguém que se diz tão desinteressado, você sabe muito sobre a vida alheia.

– Alguma vez falei que era desinteressado? – Pensativo, Sebastian coçou o queixo, num gesto afetado. – Mas que falsidade da minha parte.

Harry o encarou, então se levantou e foi até a janela, muito à vontade agora que lady Olivia tinha saído de lá.

– Está vendo algo interessante? – murmurou Sebastian.

Ignorando-o, Harry virou o rosto ligeiramente para a esquerda – não que isso melhorasse sua visão. Contudo, Olivia deixara a cortina mais aberta do que de costume, e se o vidro não estivesse refletindo os raios de sol, ele teria uma visão privilegiada do quarto dela. A melhor até então.

– Ela está lá? – perguntou Sebastian, com certo deboche na voz trêmula. – Está vigiando você *neste momento*?

Harry se virou para ele e, no mesmo instante, revirou os olhos ao ver Sebastian fazendo gestos curiosos com os dedos, como quem espanta uma assombração.

– Você é muito idiota – falou Harry.

– Um idiota bonitão – retrucou Sebastian, assumindo a mesma postura relaxada de sempre. – E muito charmoso. O que me livra de várias encrencas!

Harry se voltou de novo para a janela, debruçando-se preguiçosamente no peitoril.

– Me diga, a que devo o prazer dessa visita?

– Estava com saudade da sua companhia – retrucou o primo.

Harry aguardou pacientemente.

– E porque preciso de dinheiro? – arriscou Sebastian.

– Mais provável, mas sei por fontes fidedignas que você arrancou uns 100 contos de Winterhoe no jogo terça passada.

– E você ainda diz que não acompanha as fofocas…

Harry deu de ombros. Prestava atenção no que lhe convinha.

– Para seu governo, foram 200 contos. Teria sido mais, se o irmão de Winterhoe não tivesse aparecido e o levado embora.

Harry não disse nada. Não nutria nenhum afeto por Winterhoe e seu irmão, mas não podia deixar de se compadecer.

– Sinto muito – falou Sebastian, interpretando o silêncio de Harry corretamente. – Como vai o fedelho?

Harry olhou para o teto. O irmão mais novo, Edward, ainda estava na cama, talvez se curando de algum excesso cometido na noite anterior.

– Ainda me odeia – disse, e deu de ombros. Harry se mudara para Londres com o único objetivo de vigiar o caçula, e Edward odiava ter que se curvar à autoridade dele. – Vai passar.

– Ele tem chamado você de malvado ou só de velho mesmo?

Harry sentiu um sorriso começando a nascer.

– Velho, eu acho.

Sebastian, praticamente deitado na poltrona, deu de ombros.

– Eu preferiria ser malvado – comentou.

– Há quem diga que, nesse aspecto, você não tem com o que se preocupar – resmungou Harry.

– Ora, ora, sir Harry – repreendeu Sebastian. – Nunca deflorei uma dama inocente.

Harry assentiu. Contrariando as aparências, Sebastian tinha um código de ética. Não era chancelado pela maioria das pessoas, mas existia. E se Sebastian tinha, algum dia, seduzido uma virgem, não fora de propósito.

– Ouvi dizer que na semana passada você deu uma surra em um sujeito – comentou Sebastian.

Harry balançou a cabeça, enojado.

– Ele vai ficar bem.

– Não foi isso que eu perguntei.

Harry deu as costas para a janela, encarando Sebastian ao dizer:

– Na verdade, você não perguntou nada.

– Pois bem – disse Sebastian. – Por que você bateu no moleque?

– Não foi bem assim – corrigiu Harry, irritadiço.

– Dizem que você o deixou inconsciente.

– Essa *proeza* ele conseguiu sozinho. – Harry pareceu enojado outra vez. – Ele estava completamente bêbado. Eu apenas lhe dei um soco na cara. Na pior das hipóteses, acelerei em meros dez minutos o desmaio dele.

– Não é do seu feitio bater em um homem sem ser provocado – falou Sebastian, em voz baixa –, mesmo um que esteja bêbado.

Harry trincou os dentes. Não se orgulhava do episódio, mas ao mesmo tempo não conseguia se arrepender.

– Ele estava importunando uma pessoa – falou, entre dentes.

Como Sebastian o conhecia bem o suficiente para saber que o primo não diria mais nada, apenas aquiesceu, pensativo, e suspirou.

Harry interpretou isso como uma decisão de deixar o assunto de lado, então caminhou de volta para a escrivaninha, lançando um olhar de soslaio para a janela.

– Ela está lá? – perguntou Sebastian, de repente.

Harry nem tentou se fazer de desentendido.

– Não.

Voltou a se sentar diante do documento russo, procurando o ponto onde tinha parado.

– E *agora*?

A coisa estava ficando tediosa com uma rapidez impressionante.

– Seb...

– E agora?

– *O que* você veio fazer aqui?

Sebastian se endireitou um pouco na poltrona.

– Preciso que você vá ao concerto das Smythe-Smiths na quinta-feira.

– Por quê?

– Prometi a uma pessoa que eu iria e...

– A quem você prometeu?

– Não importa.

– Para mim importa, se eu for mesmo forçado a comparecer.

Sebastian ruborizou de leve, um ocorrido tão divertido quanto raro.

– Está bem, prometi à minha avó. Ela me encurralou na semana passada.

Harry grunhiu. Se fosse qualquer outra mulher, ele teria se safado. Mas uma promessa feita à avó... tinha que ser cumprida.

– Então você vai comigo? – perguntou Sebastian.

– Vou – respondeu Harry, suspirando.

Harry odiava aqueles eventos, mas pelo menos em um concerto não precisaria passar a noite inteira interagindo com os outros. Ele ia poder sentar em algum lugar, ficar calado e, se aparentasse tédio, bem, estaria igual a todas as outras pessoas.

– Formidável. Então eu vou...

– Espere um instante. – Harry o encarou com suspeita. – Por que você precisa de *mim*? – Afinal, Sebastian tinha autoconfiança de sobra.

Sebastian se remexeu na poltrona, desconfortável.

– Acho que meu tio vai estar lá.

– E desde quando você tem medo dele?

– Não tenho. – O semblante de Seb transparecia a mais pura repulsa. – Mas vovó com certeza vai tentar consertar as coisas entre nós dois e... ora, pelo amor de Deus, não importa, não é mesmo? Você vai ou não?

– Claro que vou.

Isso nunca estivera em questão, é claro. Sempre que Sebastian precisasse dele, Harry compareceria.

O primo se levantou. O mínimo traço de desconforto havia desaparecido, deixando em seu lugar o ar despreocupado de sempre.

– Estou lhe devendo uma.

– Já perdi a conta.

Seb riu, e falou:

– Vou acordar o fedelho para você. Até eu acho um disparate estar na cama a uma hora dessas.

– Fique à vontade. Você é a única coisa que Edward respeita em mim.

– Respeita?

– Admira – corrigiu Harry.

Mais de uma vez, Edward expressara incredulidade diante do fato de que o irmão – que ele achava tedioso até dizer chega – fosse amigo tão próximo de Sebastian, a quem ele vivia tentando imitar.

Sebastian se deteve diante da porta.

– O café da manhã ainda está servido?

– Dê o fora daqui – falou Harry. – E feche a porta!

Sebastian obedeceu, mas sua risada seguiu ecoando pela casa. Harry estacou os dedos e olhou para os documentos em russo na escrivaninha, ainda intocados. Só tinha dois dias para completar a missão. Graças a Deus a garota – lady Olivia – tinha saído da janela.

Ao pensar nela, Harry olhou para a casa vizinha, mas sem o cuidado desmedido de sempre, pois sabia que ela não estaria lá.

Só que ela estava.

E, dessa vez, ela com certeza sabia que ele a vira.

# Capítulo dois

Olivia se atirou no chão, com o coração na boca. Ele a vira. Definitivamente a vira. Deu para notar nos olhos dele, no movimento claro do rosto. Meu Deus, como iria se explicar? Mocinhas bem-nascidas não ficavam espiando os vizinhos. Fofocavam, analisavam o corte dos paletós e a qualidade da carruagem deles, mas não ficavam *espiando* pela janela – definitivamente, não.

Mesmo se o referido vizinho fosse suspeito de assassinato. Algo em que Olivia não conseguia acreditar.

Contudo, era óbvio que sir Harry Valentine estava aprontando alguma. Seu comportamento naquela semana não tinha sido nada normal. Não que Olivia soubesse o que era normal nos padrões *dele*, mas tinha dois irmãos. Sabia o que os homens faziam em seus escritórios e gabinetes.

Sabia, por exemplo, que eles, em geral, não *usavam* seus escritórios e gabinetes, pelo menos não durante dez horas por dia, como sir Harry vinha fazendo.

E sabia que, quando iam, de fato, para o escritório, em geral era para evitar instâncias da persuasão feminina, e não, como era o caso de sir Harry, para ficar o tempo inteiro examinando atentamente papéis e documentos.

Olivia teria dado um dedo da mão, e talvez um ou dois do pé, para saber o que havia naqueles papéis. Dia após dia, ele seguia sentado à escrivaninha, debruçado sobre os documentos. Às vezes parecia estar copiando os textos.

Mas não fazia sentido. Homens como sir Harry tinham assistentes e tudo mais.

Ainda com o coração acelerado, Olivia olhou para cima, analisando a própria situação. Não que olhar para cima fosse de grande serventia: a janela estava bem acima dela e era natural que ela fosse...

– Não, não, não se mexa.

Olivia grunhiu. Winston, seu irmão gêmeo (ou seu irmão mais novo por precisamente três minutos, como ela preferia pensar), estava parado à porta. Ou melhor, estava apoiado casualmente no batente, esforçando-se para cumprir seu atual objetivo de vida e parecer o mais encantador e intrépido possível.

Por mais que a frase não fosse brilhante, parecia descrevê-lo de forma bem precisa. Winston usava os cabelos louros desalinhados com muito esmero, um lenço amarrado com perfeição e botas feitas pelo melhor artesão francês, mas qualquer um que tivesse um pingo de bom senso notava que ele ainda cheirava a leite. Olivia jamais entenderia por que, na presença dele, todas as amigas ficavam abobalhadas e com o olhar perdido.

– Winston – disse ela, por entre dentes, incapaz de pronunciar mais nada.

– Fique aí – ordenou ele, gesticulando com a palma virada para ela. – Só mais um instante. Estou tentando guardar essa imagem na memória para sempre.

Olivia fez uma careta amarga e, com cuidado, foi engatinhando, colada à parede, para longe da janela.

– Vamos ver se adivinho – falou ele. – Bolhas em ambos os pés. – Ela o ignorou. – Você está escrevendo uma peça teatral com Mary Cadogan e seu papel é o de uma ovelha.

Ele nunca merecera tanto uma resposta atravessada, mas Olivia infelizmente nunca se encontrara em posição pior para pensar em uma.

– Se soubesse – prosseguiu –, teria trazido meu chicote.

Ela estava *quase* perto o bastante para morder a perna dele.

– Winston?

– Sim?

– Cale a boca.

Ele deu uma risada.

– Eu vou matar você – anunciou Olivia, levantando-se.

Tinha engatinhado metade do quarto. Provavelmente já estava fora do raio de visão de sir Harry.

– Usando os cascos?

– Ah, pare com isso – falou ela, exasperada, e então percebeu que ele estava entrando no quarto.

– Saia de perto da janela!

Winston estacou, então olhou para ela com as sobrancelhas erguidas.

– Volte para cá – falou Olivia. – Isso mesmo. Devagar, bem devagar.

Ele fez menção de seguir em direção à janela. O coração dela deu um solavanco.

– Winston!

– Francamente, Olivia – falou ele, virando-se e colocando as mãos na cintura. – O que está acontecendo? – indagou.

Ela engoliu em seco. Teria que dizer *alguma coisa* a ele. Ele a flagrara engatinhando pelo quarto feito uma idiota. Certamente ia querer alguma explicação. Deus sabe que, se fosse o contrário, ela faria o mesmo.

Mas talvez não tivesse que contar a verdade. Decerto haveria outra explicação plausível para aquele comportamento.

### Motivos para eu estar engatinhando e que TAMBÉM expliquem a necessidade de evitar a janela

Mas não. Não lhe ocorreu nada.

– É o vizinho – falou Olivia, recorrendo à verdade uma vez que, dada sua posição, não tinha outra escolha.

Winston se virou para a janela. Bem lentamente, com o máximo de sarcasmo que o movimento era capaz de transmitir.

O que, Olivia precisava admitir, era um espetáculo e tanto quando realizado por um Bevelstoke.

– Nosso vizinho – repetiu ele. – Mas nós temos vizinho?

– Sir Harry Valentine. Ele alugou a casa enquanto você estava em Gloucestershire.

Winston assentiu, devagar.

– E a presença dele em Mayfair faz você engatinhar exatamente porque...

– Eu o estava espiando.

– Sir Harry.

– É.

– De joelhos.

– Claro que não. Mas ele me flagrou e...

– E agora está lá achando que você é uma lunática.

– Sim. *Não!* Sei lá. – Olivia bufou, furiosa. – Não faço ideia do que se passa na cabeça dele.

Winston ergueu a sobrancelha.

– Ao contrário do que se passa nos aposentos dele, que você...

– É o *escritório* dele – cortou ela, irritada.

– Que você sentiu a necessidade de espionar porque...

– Porque Anne e Mary disseram que... – Olivia se deteve, sabendo muito bem que, se dissesse por que estava espionando sir Harry, sentiria ainda mais vergonha do que antes.

– Ah, não, não pare agora – implorou Winston, secamente. – Se Anne e Mary disseram, eu *definitivamente* quero ouvir.

Olivia contraiu a boca e assumiu uma expressão direta.

– Está bem. Só que você não pode contar para ninguém.

– Eu faço *questão* de nunca contar nada do que elas dizem – respondeu ele, sincero.

– *Winston.*

– Não vou dizer uma palavra. – Ele ergueu as mãos, num gesto de rendição.

Olivia aquiesceu em resposta, complementando:

– Porque nem é verdade.

– Essa parte eu já sabia, considerando a fonte.

– Win...

– Ah, Olivia, faça-me o favor. Você sabe muito bem que não se deve confiar em absolutamente nada do que aquelas duas dizem.

Ela sentiu uma ligeira necessidade de defender as amigas.

– Não são pessoas ruins.

– Não mesmo – concordou ele –, só incapazes de distinguir realidade e ficção.

Ele tinha razão, mas, mesmo assim, elas eram amigas de Olivia, e *ele* era um chato de galochas, de modo que ela se recusava a admitir que estava certo. Assim, ignorou por completo a declaração dele e prosseguiu:

– Estou falando muito sério, Winston. Isso tem que ficar em segredo.

– Você tem a minha palavra – disse ele, parecendo quase entediado com toda aquela história.

– O que eu vou dizer aqui neste quarto...

– Fica neste quarto – completou ele. – Olivia...

– Está bem. Anne e Mary me falaram que ouviram por aí que sir Harry matou a própria noiva... Não, não me interrompa, eu também não acredito... mas então comecei a pensar, sabe? Sobre como um rumor desses começa.

– Começa com Anne Buxton e Mary Cadogan – retrucou Winston.

– Elas nunca começaram rumores – falou Olivia. – Elas só reproduziram.

– Uma diferença brutal.

Olivia também achava, mas não era hora nem lugar para concordar com o irmão.

– Bem, nós *sabemos* que ele tem pavio curto – prosseguiu.

– Sabemos? Por quê?

– Você não ouviu falar do ocorrido com Julian Prentice?

– Ah, aquilo? – Ele revirou os olhos.

– Como assim?

– Ele mal encostou em Julian. Julian estava tão bêbado que uma lufada mais forte de ar o teria derrubado no chão.

– Mas sir Harry *bateu* nele.

– Creio que sim – falou Winston, gesticulando com a mão.

– Por quê?

Ele deu de ombros e cruzou os braços.

– Na verdade, ninguém sabe direito. Ou pelo menos ninguém disse nada. Mas espere aí. Um instante… o que essa história toda tem a ver com você?

– Eu estava curiosa – admitiu ela.

Parecia ridículo, mas era verdade. E ela não tinha como passar *mais* vergonha do que já passara naquela tarde.

– Curiosa em relação a quê?

– A ele. – Olivia meneou a cabeça em direção à janela. – Eu nem sabia qual era a aparência dele. E *eu sei* – enfatizou ela, antes que ele verbalizasse o argumento que ela já via se formando em seu semblante –, eu sei que a aparência dele não é nenhum indicador de que ele não tenha matado alguém, mas não consegui me conter. Ele mora aqui em frente.

Ele cruzou os braços.

– E você está com medo que ele apareça aqui para cortar sua garganta?

– Winston!

– Vai me desculpar, Olivia – falou ele, rindo –, mas você precisa admitir que isso é a coisa mais absurda…

– Aí é que está – comentou ela, com sinceridade. – Não é tão absurda assim. Eu também achava que era. Então comecei a observá-lo, e pode acreditar, Winston, tem algo de muito peculiar naquele homem.

– O que você concluiu nas últimas… – Winston franziu a testa. – Há quanto tempo mesmo você está espionando o sujeito?

– Cinco dias.

– Cinco *dias?* – A expressão de aristocrata entediado de Winston deu lugar a uma incredulidade boquiaberta. – Meu Deus, Olivia, você não tem nada mais interessante para fazer?

Ela tentou não parecer constrangida e disse:

– Aparentemente, não.

– E ele não viu você? Nesse tempo todo?

– Não – mentiu ela, de forma bastante natural. – E nem quero que veja. Era por isso que eu estava engatinhando para longe da janela.

Winston olhou para a janela. Depois, voltou-se para a irmã, balançando a cabeça devagar em sinal de profundo ceticismo.

– Pois bem. E o que você descobriu a respeito da vida do nosso novo vizinho?

Olivia aninhou-se numa poltrona perto da parede dos fundos, surpresa ao constatar quanto queria compartilhar as descobertas com ele.

– *Bem...* Na maior parte do tempo, ele parece bem normal.

– Estou chocado.

Ela fez uma cara feia.

– Quer que eu conte ou não, Winston? Porque eu não vou falar mais nada se você continuar zombando de mim.

Ele pediu que ela prosseguisse com um gesto claramente sarcástico.

– Ele passa uma quantidade absurda de tempo à escrivaninha.

Winston assentiu, dizendo:

– Um sinal certeiro de que tem intenções assassinas.

– Quando foi a última vez que *você* se sentou à sua? – retrucou ela.

– Tem razão.

– Além do mais – continuou ela, com considerável ênfase –, acho que ele é afeito a disfarces.

Isso chamou a atenção dele.

– Disfarces?

– Sim. Às vezes ele usa óculos, às vezes não. E por duas vezes já o vi usando um chapéu bastante peculiar. Dentro de casa.

– Não acredito que estou dando ouvidos a isso – declarou Winston.

– Quem usa chapéu dentro de casa?

– Você ficou maluca. É a única explicação.

– Além disso, ele só se veste de preto. – Olivia lembrou-se então do comentário de Anne alguns dias antes. – Ou azul-escuro. Não que isso seja *tão* suspeito assim.

Olivia acrescentou esta última parte porque, falando a verdade, se estivesse ouvindo aquelas palavras, também acharia a pessoa uma idiota. Falando assim tão objetivamente, toda aquela empreitada parecia bastante fútil.

Ela suspirou.

– Sei que parece ridículo, mas eu ainda acho que tem algo errado com aquele sujeito.

Winston a encarou durante alguns minutos, e então disse:

– Olivia, você tem muito tempo livre. Por outro lado…

Ela sabia que Winston havia se interrompido de propósito, mas também sabia que não seria capaz de suportar a própria curiosidade.

– Por outro lado o quê? – resmungou ela.

– Bem, devo dizer que tudo isso demonstra uma tenacidade que não lhe é muito característica.

– O que está insinuando? – exigiu ela.

Ele lhe lançou um olhar condescendente como só um irmão é capaz de dar.

– Você tem que admitir que não têm lá a fama de levar os projetos até o fim.

– Isso não é verdade!

Winston cruzou os braços.

– E aquele modelo da catedral de St. Paul que você estava construindo?

Ela ficou boquiaberta, completamente atônita. Não estava *acreditando* que ele tinha usado aquele exemplo.

– O *cachorro* derrubou!

– Talvez você se lembre de certa promessa de escrever toda semana à vovó…

– Bem, nesse aspecto você é pior que eu.

– Ah, mas eu nunca prometi regularidade. Também nunca comecei a fazer pintura a óleo e a tocar violino.

Olivia cerrou os punhos com força. E daí que ela não tinha feito mais do que seis aulas de pintura e de violino? Ela era péssima nas duas coisas. Quem é que gosta de insistir em uma atividade para a qual não tem um pingo de talento?

– Estávamos falando de sir Harry – reclamou ela.

Winston abriu um leve sorriso.

– De fato.

Ela o encarou. Intensamente. Winston ainda estava com aquela expressão no rosto – um pouco arrogante, bastante irritante. Estava adorando vê-la irritada.

– Pois bem. – Mas, de repente, o irmão se mostrou mais solícito. – Então me diga, o que é esse "algo errado" que há com sir Harry Valentine?

Ela aguardou um pouco, e então argumentou:

– Por duas vezes eu o vi atirando resmas e resmas de papel na lareira.

– Por duas vezes eu mesmo me vi fazendo a mesmíssima coisa – retrucou Winston. – O que mais você quer que a pessoa faça com um monte de papel que precisa ser descartado? Olivia, você...

– Era o *jeito* como ele lançava o papel no fogo, Winston.

Winston a olhou como se pretendesse responder mas não conseguisse encontrar palavras.

– Ele atirou tudo na lareira – falou ela. – Às pressas! Com *muita* urgência.

Winston começou a balançar a cabeça.

– E então ele olhou por cima do ombro como se alguém...

– Bom, você *estava mesmo* vigiando o sujeito, oras.

– Não me interrompa – disse ela, irritada, e então, sem nem parar para respirar, prosseguiu: – Ele olhou por cima do ombro como se estivesse ouvindo passos no corredor.

– Vamos ver se eu adivinho... Alguém *estava* caminhando no corredor.

– É! – falou ela, animada. – O mordomo dele entrou no momento *exato*. Pelo menos eu acho que era o mordomo. Enfim, era alguém.

Winston lançou um olhar severo à irmã.

– E da outra vez?

– Que outra vez?

– A outra vez que ele queimou os papéis.

– Ah, isso – falou ela. – Bem, na verdade, a outra vez foi bem normal.

Winston a encarou durante um tempo, e então falou:

– Olivia, você tem que parar de espionar o sujeito.

– Mas...

Ele ergueu a mão, interrompendo-a:

– Não sei o que você anda pensando de sir Harry, mas posso assegurá-la de que está errada.

– Eu também já o vi enfiando dinheiro em uma bolsa.

– Olivia, eu *conheço* sir Harry Valentine. Ele é uma pessoa como qualquer outra.

– Você o *conhece*?

E ainda assim havia deixado que ela tagarelasse como idiota? Ela queria matar o tratante.

### Formas como eu gostaria de matar meu irmão, Parte 16
#### por Olivia Bevelstoke

Não. De que adiantaria? Ela com certeza seria incapaz de superar a Parte 15, que incluía vivissecção *e* um javali selvagem.

– Bem, na verdade, eu não o conheço – corrigiu Winston. – Mas conheço o irmão dele. Estudamos juntos na universidade. E eu conheço a reputação de sir Harry. Se anda queimando papéis, deve ser só para limpar a mesa.

– E o chapéu? – pressionou Olivia. – Winston, tinha *plumas*. – Olivia fez gestos extravagantes no ar, tentando retratar tamanha monstruosidade. – Plumas e mais plumas!

– Isso eu não consigo explicar. – O irmão deu de ombros, e então sorriu. – Mas adoraria ver pessoalmente.

Ela fez uma careta para ele, a reação menos infantil que lhe ocorreu.

– Além do mais – prosseguiu ele, cruzando os braços –, ele não tem noiva.

– Bem, sim, mas...

– Ele nunca teve uma noiva.

Isso endossava o que Olivia pensara quando afirmou sua descrença diante dos rumores, mas era bem irritante que Winston tivesse apresentado a prova final. Se é que era *mesmo* uma prova, pois Winston não era nenhum especialista em sir Harry Valentine.

– Ah, a propósito – retomou Winston, numa nota excessivamente casual –, presumo que nossos pais não estejam sabendo das suas aventuras investigativas.

Aquele maldito tratante.

– Você prometeu que não ia contar nada – acusou Olivia.

– Eu prometi que não contaria nada sobre essas fofocas nefastas de Mary Cadogan e Anne Buxton. Não falei nada sobre essa sua insanidade particular.

– O que você quer, Winston? – resmungou Olivia em voz alta.

Ele olhou bem nos olhos da irmã.

– Eu vou ficar doente na quinta-feira. *Não me contradiga.*

Olivia repassou o calendário social em sua mente. Quinta-feira... Quinta-feira... *o concerto das Smythe-Smiths.*

– Ah, não, não se atreva! – exclamou ela, saltando para cima dele.

Ele desviou dela.

– São os meus pobres ouvidos sensíveis, sabe?

Olivia se esforçou para pensar numa resposta à altura, mas, para sua decepção, o melhor que conseguiu dizer foi:

– Seu... seu...

– Ah, se eu fosse você, não faria ameaças.

– Se eu tenho que ir, você também tem.

Ele abriu um sorrisinho.

– É curioso, mas parece que o mundo nunca funciona assim, não é mesmo?

– Winston!

Ele ainda gargalhava ao deixar o cômodo.

Olivia permitiu-se um ínfimo momento de irritação até decidir que ela *preferia* ir ao concerto das Smythe-Smiths sem o irmão. Só queria que ele fosse para vê-lo sofrer, e sabia que podia encontrar outras formas de atingir esse objetivo. Além do mais, se forçado a passar a apresentação inteira sentado, Winston certamente iria se entreter torturando Olivia. No ano anterior ele tinha conseguido furar o vestido dela nas costelas, e no ano antes disso...

Bem, basta dizer que a vingança de Olivia envolvera um ovo podre *e* três de suas amigas, todas convencidas de que Winston estava perdidamente apaixonado por elas, e ainda assim ela achava que não respondera à altura.

Então era mesmo melhor que ele não fosse. Naquele momento, tinha preocupações muito mais urgentes do que o irmão gêmeo.

Com a testa franzida, voltou a atenção para a janela do quarto. Estava fechada, é claro; o tempo não estava agradável a ponto de encorajar o ar fresco dentro de casa. Mas as cortinas estavam abertas e o vidro a atraía, provocando-a. De onde estava, só conseguia ver a parede de tijolos e, no máximo, um trechinho ínfimo de vidro de uma janela – que não era a do escritório dele. Se ela se contorcesse um pouquinho. E se a claridade não estivesse refletida no vidro...

Estreitou os olhos.

Arrastou a cadeira um pouco mais para a direita, tentando evitar a claridade.

Esticou o pescoço.

E então, antes de ter a chance de pensar melhor, voltou a ficar agachada, esticando o pé esquerdo para fechar a porta do quarto.

A última coisa que queria era que Winston a flagrasse naquela situação outra vez.

Olivia avançou devagar, perguntando-se o que estava fazendo – francamente, ia apenas se levantar ao chegar à janela como quem diz "Ah, eu caí, mas agora já me levantei"?

Faria *muito* sentido.

E foi então que ela pensou: no calor do momento, Olivia se esquecera de que sir Harry devia estar se perguntando por que ela caíra. Ele a vira, disso ela tinha certeza, e então ela se atirara.

No chão. Não tinha saído andando – ela caíra no chão. Que nem uma pedra.

Será que ele estava olhando para a janela dela naquele exato momento, perguntando-se o que raios acontecera com ela? Será que imaginava um possível mal-estar? Chegaria ao ponto de ir à casa dela perguntar se estava bem?

O coração de Olivia começou a bater mais forte. Ela não conseguiria suportar tamanho constrangimento. Winston passaria a semana inteira gargalhando.

Não, não, ela garantiu a si mesma, ele não acharia mal-estar coisa nenhuma. Provavelmente estava pensando que ela era uma desastrada. Só isso. O que significava que ela teria que se levantar e andar pelo quarto, numa demonstração ostensiva de plena saúde.

E talvez devesse acenar, já que sabia que ele sabia que ela sabia que ele a tinha visto.

Hesitou, repassando a frase anterior. Quantos "sabia" dissera, mesmo?

Em todo caso, era a primeira vez que ele a via à janela. Não fazia ideia de que ela passara cinco dias o observando. Disso ela tinha certeza. Então ele não tinha nenhum motivo para suspeitar.

Estavam em Londres, ora essa. A cidade mais populosa da Grã-Bretanha. As pessoas se viam na janela o tempo todo. A única coisa suspeita naquela circunstância era que ela tinha se portado de forma estapafúrdia e não o cumprimentara.

Teria que acenar. Teria que acenar e sorrir como quem diz: *Mas que engraçado, não?*

Isso ela podia fazer. Às vezes, parecia que sua vida consistia unicamente em acenar, sorrir e fingir que tudo era muito engraçado. Ela sabia se portar em qualquer situação social, e o que era aquele incidente senão uma situação social, ainda que bastante atípica?

Esse era o terreno em que Olivia Bevelstoke brilhava.

Ela se arrastou para o outro lado do quarto para se levantar fora da vista dele. E então, como se nada estivesse acontecendo, ela iria até a janela, caminhando em paralelo ao muro exterior, absortíssima em uma coisa qualquer à sua frente, porque não estaria fazendo nada além de cuidar da própria vida em seu próprio quarto.

No momento certo, ela se viraria para o lado, como se tivesse ouvido um passarinho chilreando, ou talvez um esquilo, e daria uma olhadela pela janela, porque era isso que aconteceria *normalmente* numa situação daquelas, e, quando visse o vizinho, abriria um leve sorriso, cumprimentando-o. Seus olhos deixariam transparecer apenas uma tênue fagulha de surpresa e ela acenaria.

E foi isso que ela fez. À perfeição. Só que para a pessoa errada. De modo que agora o mordomo devia pensar que ela era uma completa desvairada.

# Capítulo três

Mozart, Mozart, Bach (o velho), mais Mozart.

Olivia olhou o programa do concerto anual das Smythe-Smiths, alisando o cantinho com as pontas dos dedos até deixá-lo desgastado.

Parecia igual ao do ano anterior, tirando o fato de que havia uma menina nova no violoncelo. Curioso. Olivia mordeu o lábio, pensativa. Quantas primas Smythe-Smiths podia haver no mundo? De acordo com Philomena, que ouvira de sua irmã mais velha, as Smythe-Smiths tocavam em um quarteto de cordas todos os anos desde 1807. Contudo, as garotas que se apresentavam jamais passavam dos 20 anos. Parecia sempre haver outra menina à espera na coxia.

Pobrezinhas. Olivia presumia que todas eram forçadas a estudar música, quer gostassem ou não. Seria inaceitável ficar sem violoncelistas e, por Deus, duas delas pareciam fraquinhas demais até mesmo para erguer os violinos.

*Instrumentos musicais que*
*eu tocaria se tivesse talento*
por lady Olivia Bevelstoke

*Flauta*
*Flautim*
*Tuba*

Era bom escolher o inesperado de vez em quando. E a tuba podia muito bem funcionar como arma.

Instrumentos musicais que ela sabia que *não* gostaria de tocar incluíam qualquer um de corda, porque, mesmo que conseguisse superar as conquistas musicais das Smythe-Smiths (cujos concertos eram lendários, mas pelos motivos errados), ela ainda soaria como uma vaca se lamuriando no leito de morte.

Chegara a dar uma chance ao violino, mas a mãe logo dissera que não queria mais aquele instrumento dentro de casa.

Pensando bem, também quase nunca a convidavam para cantar.

Bom, com certeza tinha outros talentos. Era melhor do que a média na aquarela e raramente se saía mal numa conversa. E, ainda que não levasse jeito para a música, pelo menos ninguém a forçava uma vez por ano a maltratar os ouvidos dos incautos.

Ou nem tão incautos assim. Olivia correu os olhos pelo salão. Reconhecia quase todo mundo – pessoas que já sabiam o que esperar. O concerto das Smythe-Smiths tinha se tornado um rito de passagem. Todos deveriam comparecer porque...

Ora, boa pergunta. Possivelmente sem resposta.

Olivia voltou a ler o programa, embora já pela terceira vez. O cartão tinha cor de creme, uma tonalidade que parecia se fundir ao amarelo das suas próprias saias. Chegara a cogitar o veludo azul novo, mas depois decidira que uma cor mais alegre poderia ser mais útil. Alegre e impactante. Embora, pensou ela, franzindo a testa para o vestido, o amarelo não tivesse ficado tão impactante assim, e ela já não tivesse mais certeza se gostava das rendas na borda, e...

– Ele está aqui.

Olivia levantou os olhos do papel. Mary Cadogan estava parada diante dela... Não, agora ela estava se sentando ao seu lado, no lugar que Olivia deveria ter reservado para a mãe.

Olivia estava prestes a perguntar quem quando as Smythe-Smiths começaram a afinar os instrumentos.

Ela se encolheu, estremeceu e depois cometeu o erro de olhar na direção do palco improvisado para ver o que poderia ter emitido um som tão miserável. Não conseguiu determinar a origem, mas o *semblante* miserável da violista foi suficiente para fazê-la desviar os olhos.

– Você ouviu? – indagou Mary com urgência, cutucando-a nas costelas. – Ele está aqui. Seu vizinho. – Como Olivia continuava com um olhar vago, ela praticamente sibilou: – Sir Harry Valentine!

– Aqui?

Na mesma hora, Olivia se virou na cadeira.

– Não olhe!

Olivia obedeceu, voltando a ficar de frente para o palco.

– O que ele está fazendo aqui? – sussurrou.

Mary mexia no vestido de musselina lavanda que, ao que tudo indicava, era tão desconfortável quanto parecia.

– Não sei. Provavelmente foi convidado.

Essa parte só podia ser verdade. Ninguém em sã consciência participaria do concerto anual das Smythe-Smiths sem ser convidado. Aquele evento era, na mais delicada das descrições, um ataque aos sentidos.

Um dos sentidos, ao menos. De fato, era uma boa noite para ser surdo.

O que sir Harry Valentine estava fazendo ali? Olivia passara os três últimos dias com as cortinas fechadas, evitando com afinco todas as janelas de Rudland House que ficavam voltadas para a casa dele. Mas não esperava vê-lo fora de casa, pois, como bem sabia, sir Harry Valentine *não* saía.

Qualquer pessoa que passasse todo aquele tempo com caneta, tinta e papel decerto teria inteligência suficiente para saber que, caso decidisse sair, havia muitas opções melhores que o concerto das Smythe-Smiths.

– Ele já veio a algum desses eventos? – perguntou Olivia com o canto da boca, mantendo a cabeça voltada para a frente.

– Acho que não – sussurrou Mary de volta, também olhando para a frente, mas se inclinando na direção de Olivia, até seus ombros quase se tocarem. – Desde que chegou à cidade, ele foi a dois bailes.

– Foi ao Almack?

– Isso nunca.

– E àquela corrida de cavalos no parque que todos foram no mês passado?

Ela sentiu mais do que viu Mary balançar a cabeça.

– Acho que não – respondeu a amiga. – Mas não tenho certeza. Não me deixaram ir.

– A mim também não – murmurou Olivia.

Winston tinha lhe contado como fora a corrida, mas – é claro, mais uma vez – não dera tantos detalhes quanto ela gostaria.

– Ele passa muito tempo na companhia do Sr. Grey – continuou Mary.

Olivia inclinou o rosto, surpresa.

– *Sebastian* Grey?

– Eles são primos. De primeiro grau, se não me engano.

Nesse momento, Olivia abandonou qualquer tentativa de fingir que não estavam conversando e encarou Mary.

– Sir Harry Valentine é primo de Sebastian Grey?

Mary deu de ombros.

– Até onde eu sei, sim.

– Tem certeza?

– Por que é tão difícil acreditar?

Olivia hesitou.

– Não faço ideia.

Mas era mesmo difícil de acreditar. Ela conhecia Sebastian Grey. Todos conheciam. Era por isso que ele parecia uma companhia tão peculiar para sir Harry, que, até onde Olivia sabia, só saía do escritório para comer, dormir e bater em Julian Prentice.

Julian Prentice! Olivia se esquecera completamente dele. Ela se aprumou e olhou ao redor com perfeita discrição.

É claro que, na mesma hora, Mary notou o que ela estava fazendo.

– Quem você está procurando? – sussurrou.

– Julian Prentice.

Mary perdeu o ar, ao mesmo tempo horrorizada e maravilhada.

– Ele veio?

– Acho que não. Mas Winston me contou que o incidente não foi tão horrível quanto imaginamos. Parece que Julian estava tão bêbado que sir Harry o teria derrubado com um sopro.

– Não vamos nos esquecer do olho roxo – lembrou Mary, sempre detalhista.

– A questão é que, aparentemente, ele não o *trucidou*.

Mary se deteve por um segundo, então pareceu ter decidido que já estava na hora de mudar de assunto. Olhou para um lado, depois para outro, e coçou o ponto em que as rendas rígidas do vestido se enterravam na clavícula.

– Hã, falando no seu irmão, ele vem?

– Meu Deus, não mesmo. – respondeu Olivia, por pouco não revirando os olhos.

Winston fizera uma performance teatral muito convincente de homem resfriado e ficara aninhado na cama. A mãe deles acreditou tanto que pediu ao mordomo que fosse examiná-lo de hora em hora e mandasse buscá-la caso ele piorasse.

O que tinha sido o ponto alto da noite. Olivia sabia por fontes fidedignas que, depois do concerto, haveria uma festa no White. E tudo indicava que os festejos ocorreriam sem a presença de Winston Bevelstoke.

O que, no fundo, talvez tivesse sido a verdadeira intenção da mãe ao comprar a história da gripe de Winston.

– Sabe – comentou Olivia –, quanto mais velha fico, mais eu admiro a minha mãe.

Mary a encarou como se ela estivesse agindo de forma esquisita.

– Do que você está falando?

– Nada, não. – Olivia fez um breve aceno. Era demais para explicar. Então esticou o pescoço, tentando esconder o fato de que estava examinando a multidão. – Não o vejo.

– Quem? – perguntou Mary.

Olivia reprimiu o impulso de lhe dar um beliscão.

– Sir Harry.

– Ah, mas ele veio – retrucou Mary, confiante. – Eu o vi.

– Ele não está aqui agora.

Mary, que havia pouco repreendera Olivia por sua indiscrição, mostrou uma flexibilidade surpreendente ao girar na cadeira e virar o corpo quase todo para trás.

– Hmmm.

Olivia aguardou, na expectativa.

– Também não estou vendo – declarou Mary, enfim.

– Será que você se confundiu? – indagou Olivia, esperançosa.

A amiga lhe lançou um olhar irritado.

– É claro que não. Talvez ele esteja no jardim.

Olivia se virou, muito embora ali, do salão de baile onde ocorreria o concerto, não desse para ver o jardim. Concluiu que tinha feito isso por mero reflexo. Quando sabemos que alguém está em algum lugar, é impossível não se virar nessa direção, mesmo sabendo que não será possível ver a pessoa.

Por outro lado, ela não *sabia* se sir Harry estava mesmo no jardim. Nem sabia ao certo se ele estava ou não no concerto. Sua única evidência era a alegação de Mary e, embora fosse bastante confiável no que tangia aos convivas das festas, a própria Mary admitia que só vira o homem algumas vezes. Era bem possível que ela tivesse se enganado.

Olivia decidiu se apegar a esse pensamento.

– Olha só o que eu trouxe – disse Mary, vasculhando a bolsa.

– Ah, que lindo – comentou Olivia, admirando o bordado feito com miçangas.

– Não é mesmo? Mamãe comprou em Bath. Ah, aqui está. – Mary tirou duas bolinhas de algodão da bolsa. – Para proteger os ouvidos – explicou.

Olivia ficou boquiaberta de admiração. E de inveja.

– Você não teria mais um pouquinho de algodão aí, teria?

– Infelizmente, não. – Mary deu de ombros. – A bolsa é pequena demais. – Ela se virou para a frente. – Acho que agora já estão prontas para começar.

Uma das mães Smythe-Smiths pediu que todos se sentassem. A mãe de Olivia olhou para ela, viu que Mary ocupara seu lugar e acenou, indo sentar-se com a mãe de Mary.

Olivia respirou fundo, preparando-se mentalmente para seu terceiro encontro com o quarteto de cordas Smythe-Smith. No ano anterior, ela aperfeiçoara uma técnica que consistia em respirar fundo, fixar o olhar em um ponto na parede atrás das meninas e refletir sobre várias viagens que gostaria de fazer, por mais mundanas ou rotineiras que fossem:

*Lugares em que eu preferiria estar, edição de 1821*
*por lady Olivia Bevelstoke*

*Na França*
*Com Miranda*
*Com Miranda na França*
*Na cama, com um chocolate quente e um jornal*
*Em qualquer lugar, com um chocolate quente e um jornal*
*Em qualquer lugar, com um chocolate quente ou um jornal*

Olhou para Mary, que parecia prestes a cair no sono. O algodão estava caindo da orelha e Olivia quase teve que sentar nas mãos para se controlar e não arrancá-lo.

Se fosse com Winston ou Miranda, ela com certeza teria arrancado.

A suíte de Bach, reconhecível apenas por sua melodia barroca... não, ela não poderia chamar aquilo de melodia, estava mais para conjuntos de notas subindo e descendo em uma escala. Fosse o que fosse, o som estapeou suas orelhas e ela endireitou o rosto.

*Olhe para a frente, olhe para a frente.*
Ela preferiria estar:

*Nadando*
*Andando a cavalo*
*(Mas não nadando a cavalo)*
*Dormindo*
*Tomando sorvete*

Isso contava como lugar? Estava mais para uma experiência, na verdade, bem como "dormindo", mas dormir, por sua vez, deixava implícito estar na cama, e a cama, sim, era um lugar. Embora, tecnicamente, fosse possível dormir sentado. Não que já tivesse acontecido com ela, mas era comum que seu pai cochilasse na sala de estar durante o "tempo em família" estipulado pela mãe, e a própria Mary estava conseguindo adormecer em meio a toda a cacofonia *daquele* momento.

Traidora. Olivia nunca teria levado só um par de algodões.

*Olhe para a frente, Olivia.*

Olivia suspirou – um pouco alto demais, mas ninguém ouviu – e voltou a respirar fundo, focando em uma arandela atrás da cabeça infeliz da violista – ou melhor, da cabeça da infeliz violista...

Porque, francamente, a menina não parecia nada feliz. Será que ela sabia como o quarteto era abominável? Estava claro que as demais não faziam a menor ideia. A violista, no entanto, era diferente, ela estava...

Ela estava fazendo Olivia prestar atenção na música.

*Não, Olivia! Pare! Pare!* Seu cérebro se revoltou e ela voltou a respirar fundo até que... até que, sabe-se lá como, a apresentação havia terminado; as musicistas estavam se levantando e fazendo mesuras razoavelmente elegantes.

Olivia não parava de piscar; depois de passar tanto tempo fixos em único ponto, seus olhos pareciam não funcionar direito.

– Você dormiu. – Ela lançou um olhar de desdém para Mary.

– Não dormi, não.

– Ah, dormiu, sim.

– Bom, o que importa é que o algodão funcionou – disse Mary, arrancando os tampões do ouvido. – Mal dava para ouvir. Aonde você vai?

Olivia já estava na metade do corredor.

– Ao toalete. Preciso muito.

E isso, decidiu, teria que bastar. Não havia esquecido que sir Harry Valentine poderia estar em algum lugar naquele salão, e poucas situações pediam urgência como aquela.

Não que ela fosse covarde – de jeito nenhum. Não estava tentando evitar o sujeito, só queria evitar que ele a pegasse de surpresa.

*Esteja preparada.* Esse nunca fora seu lema, mas ela decidiu adotá-lo com veemência dali para a frente.

Sua mãe teria ficado orgulhosa, já que vivia dizendo que ela deveria se aperfeiçoar. Não, não era uma frase tão desconjuntada assim. O que a mãe dela dizia mesmo? Enfim... Olivia estava quase na porta. Só tinha que passar por sir Robert Stoat e...

– *Lady Olivia.*

Maldição. Quem...

Ela se virou. E sentiu um nó instantâneo na garganta. *E* constatou que sir Harry Valentine era muito mais alto do que parecia ser pela janela de seu escritório.

– Desculpe. – Ela só conseguiu manter a serenidade porque sempre fora boa atriz. – Já fomos apresentados?

Contudo, a julgar pela curva zombeteira do sorriso dele, tinha quase certeza de que não conseguira mascarar o primeiro lampejo de surpresa em seu rosto ao vê-lo.

– Queira me desculpar – disse ele, suavemente.

E Olivia estremeceu, porque a voz dele... a voz dele não era como ela imaginara. Soava como o cheiro de conhaque e dava a sensação de ter sabor de chocolate. Ela não sabia bem por que havia estremecido, estava até sentindo certo calor.

– Sir Harry Valentine – murmurou ele, executando uma mesura elegante e educada. – A senhorita é lady Olivia Bevelstoke, não é?

Olivia tentou bancar a realeza ao erguer o queixo alguns centímetros.

– Sou, sim.

– Devo dizer que é um prazer conhecê-la.

Ela assentiu. Convinha dizer alguma coisa; seria muito mais educado. Mas, como se sentia prestes a perder a compostura, achou mais sensato ficar calada.

– Sou seu novo vizinho – acrescentou ele, divertindo-se um pouco com a reação dela.

– Naturalmente – respondeu ela, com o semblante calmo, recusando-se a permitir que ele a afetasse. – Ao sul, sim? – perguntou, satisfeita ao notar o leve tom de tédio na própria voz. – Ouvi dizer que estava para alugar.

Ele não disse nada. Não de imediato. Mas olhou-a no fundo dos olhos, e ela teve que lançar mão de toda a sua força de vontade para manter a expressão plácida, contida e com apenas uma pitada de interesse. Ao mesmo tempo, achou necessário transparecer certa curiosidade, pois, se não o estivesse espionando havia quase uma semana, com certeza teria achado o encontro bastante curioso.

Um estranho, agindo como se já se conhecessem. Um estranho bonito.

Um estranho bonito que parecia prestes a...

Por que ele estava olhando para os lábios dela? Por que ela estava *passando a língua* nos lábios?

– Permita-me dar-lhe as boas-vindas a Mayfair – disse ela rapidamente.

Qualquer coisa para quebrar o silêncio. Porque o silêncio não lhe traria nada de bom, não com aquele homem – não mais.

– Temos que convidá-lo para uma visita.

– Eu adoraria – respondeu ele.

Para o pânico crescente de Olivia, ele parecia estar falando sério. Não apenas em relação à parte de gostar do convite, mas também ao indicar que pretendia aceitar uma oferta que qualquer palerma saberia ter sido feita apenas por educação.

– Naturalmente – falou ela, e não sabia *por quê*, mas estava gaguejando um pouquinho. Ou talvez fosse algo preso em sua garganta. – Bem, agora se me dá licença... – Olivia gesticulou na direção da porta, pois ele haveria de ter percebido, ao abordá-la, que ela estava se dirigindo à saída.

– Até nosso próximo encontro, lady Olivia.

Ela tentou pensar em alguma resposta sagaz ou mesmo sarcástica, mas sua mente estava embotada. Ele a encarava com uma expressão que não dizia nada a respeito de si mesmo, mas parecia dizer *tudo* a respeito dela. Olivia precisou se convencer de que aquele homem não conhecia seus segredos. De que ele sequer a conhecia.

Deus do céu. Tirando aquela bobajada toda de espionagem, ela *não tinha* segredos.

E ele também não sabia disso.

Bastante recomposta pela indignação, Olivia assentiu – breve e educadamente, uma forma muito apropriada para dispensar uma pessoa.

Então, lembrando-se de que era lady Olivia Bevelstoke, uma moça que se sentia à vontade em qualquer situação social, ela se virou e saiu.

E deu graças a Deus porque, quando tropeçou nos próprios pés, já estava no corredor, onde ninguém podia vê-la.

# Capítulo quatro

Tudo correra *muito* bem.

Harry se parabenizou enquanto observava lady Olivia sair apressadamente do salão.

Não estava correndo, mas seus ombros estavam um pouco erguidos e ela levantava a barra do vestido. Não tanto como quando as mulheres precisavam se apressar, mas estava mesmo levantando o vestido, decerto um gesto inconsciente, como se seus dedos achassem que ela precisava se preparar para correr, mesmo que o resto do corpo estivesse determinado a permanecer calmo.

Ela sabia que ele a flagrara espiando. Ele já sabia disso, é claro. Se já não tivesse tido certeza no instante em que os olhares deles se encontraram três dias antes, teria confirmado logo depois; ela deixara as cortinas bem fechadas e não dera uma única olhadela desde que fora descoberta.

Um claro atestado de culpa. Um erro que um profissional jamais teria cometido. Se Harry estivesse no lugar dela...

É claro que *jamais* se veria no lugar dela. Não gostava de espionagem – desde sempre, e o Departamento de Guerra sabia muito bem disso. Ainda assim, mesmo num cenário como aquele, ele não teria sido pego. O passo em falso confirmara suas suspeitas. Olivia era exatamente o que parecia ser: uma típica mocinha da alta sociedade, muito provavelmente mimada. Talvez um pouco mais bisbilhoteira do que a média. Com certeza mais atraente do que a média. A distância – sem falar nas camadas de vidro entre eles – não fizera jus a ela, uma vez que Harry não conseguira ver bem seu rosto. Reconhecia o formato, algo entre um oval e um coração, mas não tinha distinguido os traços nem visto que os olhos eram um pouquinho mais espaçados do que o normal, nem que os cílios eram uns três tons mais escuros do que a sobrancelha.

O cabelo, ele observara bastante bem: um louro acetinado suave, levemente ondulado. Não deveria parecer mais sedutor do que solto ao redor dos ombros, mas de alguma forma, à luz de velas, com um cacho caindo na lateral do pescoço…

Ele queria tocá-la. Queria puxar suavemente o cacho, só para ver se ele voltaria ao lugar, e então tiraria os grampos, um por um, e veria cada mecha se desprendendo do penteado, transformando-a de perfeita estátua de gelo em deusa em desalinho.

Ó, céus…

Ele se sentia enojado consigo mesmo. Sabia que não deveria ter lido aquele livro de poesia antes de sair.

Em francês, ainda por cima. Aquela língua maldita sempre o deixava afogueado.

Harry nem se lembrava da última vez que reagira a uma mulher daquela forma. Em sua defesa, vinha passando tanto tempo trancado no escritório que tivera pouquíssimas oportunidades de interagir com mulheres. Já fazia meses que estava em Londres, mas parecia que o Departamento de Guerra nunca parava de lhe enviar documentos, e as traduções eram *sempre* urgentes. E quando, por algum milagre, ele conseguia zerar a pilha de trabalho, era justamente aí que Edward decidia se meter em belas enrascadas – dívidas, bebedeiras, meretrizes. Edward não era exigente com seus vícios e Harry não conseguia ser frio o suficiente para deixá-lo se afundar nos próprios erros.

Assim, Harry quase não tinha tempo de cometer os próprios erros – isto é, erros relacionados à companhia feminina. Harry não tinha hábitos monásticos, mas quanto tempo já fazia?

Como nunca se apaixonara, não sabia dizer se a distância era incapaz de apagar um grande amor, mas, depois daquela noite, sentia na pele que a abstinência era capaz de deixar um sujeito muito irritado.

Precisava encontrar Sebastian. A agenda social do primo nunca se restringia a um único evento por noite. Aonde quer que ele fosse depois dali, certamente haveria mulheres de moral duvidosa. E Harry iria com ele.

Harry se encaminhou para o outro lado do salão a fim de buscar uma bebida, mas ouviu, de repente, algumas exclamações de surpresa, então alguém disse: "Mas isso não estava no programa!"

Ele olhou para um lado e para outro, depois acompanhou todos os olhares até o palco. Uma das meninas Smythe-Smith tinha voltado à sua posição e parecia se preparar para um solo surpresa – mas, improvisado *não*, pelo amor de Deus.

– Jesus misericordioso – disse uma voz perto de Harry.

De repente ali estava Sebastian, olhando para o palco com um semblante que transmitia mais pavor do que divertimento.

Amargo, Harry murmurou ao pé do ouvido do primo:

– Você me deve uma.

– Achei que já tivesse parado de contar.

– Esta dívida você jamais conseguiria me pagar.

A garota começou o solo.

– Talvez você tenha razão – admitiu Sebastian.

Harry olhou para a porta. Uma linda porta, de proporções harmônicas, perfeita para libertá-los daquele salão.

– Já podemos ir?

– Ainda não – respondeu Sebastian, infeliz. – Minha avó.

Harry olhou para a velha condessa de Newbury, que, sentada com as demais viúvas, sorria abertamente e batia palmas. Ele se virou para Sebastian e perguntou:

– Ela não é surda?

– Praticamente – confirmou Sebastian. – Mas não é estúpida. Repare que ela não trouxe a corneta acústica. – Então, virou-se para Harry, com um brilho nos olhos. – A propósito, vi que você se apresentou à adorável lady Olivia Bevelstoke.

Harry nem se dignou a responder com algo além de um mínimo aceno com a cabeça.

Sebastian chegou mais perto, sussurrando de forma irritante.

– Ela confessou tudo? A curiosidade insaciável? O desejo avassalador por você?

Harry encarou-o.

– Você é um cretino.

– E você nunca cansa de me dizer isso.

– Nunca perde a graça.

– Eu também nunca perco – falou Sebastian, com um sorrisinho zombeteiro. – Por isso, prefiro levar seus insultos na esportiva.

O solo de violino se lançou em um *crescendo* e uma expectativa se inflou entre os convivas, que esperavam o ápice da melodia, seguido pelo que *só podia ser* o fim.

Mas não foi.

– Que maldade – disse Sebastian.

Harry estremeceu quando o violino arranhou outra oitava acima.

– Não vi seu tio – observou.

Os lábios de Sebastian se crisparam e pequenas rugas se formaram ao redor da boca dele.

– Hoje à tarde eu recebi um bilhete dele lamentando não poder vir. Acho que ele armou essa arapuca para mim. Só que ele não é tão esperto assim.

– Você já sabia?

– Da música?

– Chamar de música é uma agressão.

– É, eu tinha ouvido rumores – admitiu Sebastian. – Mas nada poderia ter me preparado para...

– Isto? – murmurou Harry, incapaz de desviar os olhos da menina no palco.

Ela segurava o violino com carinho e seu deleite com a música era genuíno. Parecia estar se divertindo, como se ouvisse sons muito diferentes de todas as outras pessoas no salão. E talvez esse fosse o caso... Garota de sorte.

Como seria viver em seu mundo particular? Ver as coisas não como elas eram, mas como deveriam ser?

A violinista *deveria* tocar bem. Tinha paixão e, se as matronas Smythe-Smiths estavam falando a verdade, praticava todo santo dia.

Como deveria ter sido a vida dele?

Não deveria ter tido um pai que consumia mais álcool do que oxigênio.

Não deveria ter um irmão que estava seguindo, com determinação, o mesmo caminho.

Ele deveria...

Trincou os dentes. Deveria passar longe daqueles acessos de autopiedade. Era melhor do que isso. Mais forte, e...

Uma percepção repentina provocou-lhe um arrepio e, seguindo um hábito arraigado, ele olhou para a porta ao notar o menor sinal de movimento.

Lady Olivia Bevelstoke. Estava parada, sozinha, observando a jovem Smythe-Smith com uma expressão vaga inescrutável. Contudo...

Harry estreitou os olhos. Não tinha como ter certeza, mas, daquele ângulo, parecia até que ela estava fitando a urna grega que havia atrás da violinista.

*O que* ela estava fazendo?

– Você está encarando, Harry – disse a voz áspera de Sebastian em seu ouvido.

Harry o ignorou.

– Ela é mesmo linda.

Harry o ignorou.

– E comportada. Mas não compromissada.

Harry o ignorou.

– Não foi por falta de tentativa dos bons partidos da Grã-Bretanha – prosseguiu Sebastian, inabalado, como sempre, com o silêncio de Harry.

– Eles não param de pedir. Lamentavelmente, ela não para de recusar. Ouvi dizer que até o velho Winterhoe...

– Ela é fria – cortou Harry, com uma nota mordaz indesejada na voz.

Sebastian transpareceu estar achando muita graça ao dizer:

– Perdão?

– Ela é fria – repetiu Harry, lembrando-se da breve conversa.

Olivia se portara como uma maldita rainha. Cada palavra sua estalava como o gelo, e naquele exato momento ela sequer se dignava a olhar para a pobre menina tocando violino.

Era de surpreender que tivesse vindo ao evento, sinceramente. Parecia uma decisão improvável, tendo em vista um diamante congelado de primeira categoria como ela. Alguém devia tê-la forçado a comparecer.

– E eu que já estava projetando minhas esperanças em um futuro para vocês dois – murmurou Sebastian.

Harry voltou-se para o primo, pronto para tecer um comentário ácido (ou pelo menos o mais sarcástico que conseguisse), mas a música deu uma virada e, mais uma vez, a violinista chegou a um *crescendo*. Dessa vez *tinha* que ser o fim, mas a multidão não quis dar chance ao azar e irrompeu em aplausos antes mesmo de a menina completar a nota final.

Sebastian começou a caminhar na direção da avó, com Harry ao seu lado. Ele informara que a condessa tinha vindo com sua própria carruagem, portanto eles não precisavam esperá-la para ir embora. Contudo, tinham que se despedir e, embora Harry não fosse aparentado, era de bom tom ir cumprimentá-la também.

Antes mesmo que chegassem ao meio do salão, foram interpelados por uma das mães Smythe-Smiths, chamando "Sr. Grey! Sr. Grey!".

Pela intensidade na voz dela, Harry julgou que o conde de Newbury devia estar tendo dificuldades em sua busca por uma esposa fértil.

Verdade fosse dita, Sebastian não deixou transparecer sua pressa de ir embora quando se virou e disse:

– Sra. Smythe-Smith, que noite agradabilíssima.

– Faço tanto gosto da sua presença hoje – retrucou ela, radiante.

Sebastian respondeu com um sorriso – que dizia não haver outro lugar no mundo onde ele preferiria estar. Em seguida, fez o que sempre fazia quando queria se desvencilhar de uma conversa:

– Permita-me apresentá-la ao meu primo, sir Harry Valentine.

Harry cumprimentou-a educadamente, murmurando o nome dela. Ficou evidente que a Sra. Smythe-Smith considerava Sebastian o melhor partido ali presente, pois cravou o olhar nele ao perguntar:

– O que achou de Viola? Minha menina não foi esplêndida?

Harry não conseguiu esconder a surpresa. O nome da filha dela era *Viola*?

– Ela é a violinista – prosseguiu a Sra. Smythe-Smith.

– E como se chama a violista? – Harry não conseguiu se furtar de perguntar.

A Sra. Smythe-Smith o encarou com certa impaciência.

– Marianne. – Então, voltou-se para Sebastian. – Viola era a solista.

– Ah – respondeu Sebastian. – Foi um espetáculo único.

– De fato. Estamos muito orgulhosos dela. Pensaremos em mais solos para ela no ano que vem.

Harry já começou a programar uma viagem ao Ártico.

– Faço mesmo muito gosto da sua presença hoje, Sr. Grey – prosseguiu a Sra. Smythe-Smith, talvez sem nem perceber que tinha acabado de dizer isso. – Ainda temos mais uma surpresa esta noite.

– Acaso mencionei que meu primo é baronete? – comentou Sebastian. – É dono de uma propriedade muito charmosa em Hampshire. Uma área divina para a caça.

– É mesmo? – A Sra. Smythe-Smith virou-se para Harry com interesse renovado e um sorriso amplo. – Fico muito grata por sua presença, sir Harry.

Sir Harry teria respondido com algo além de um aceno de cabeça se não estivesse planejando o assassinato do Sr. Grey.

– Pois vou contar qual é a nossa surpresa – falou a Sra. Smythe-Smith, animada. – Quero que sejam os primeiros a saber. Teremos dança! Ainda esta noite!

– Dança? – repetiu Harry, quase incoerente de tão pasmo. – Hã, e Viola vai tocar?

– Ah, não. É claro que não. Não quero que ela perca a dança. Por acaso temos aqui uma boa quantidade de músicos amadores e espontaneidade é sempre uma coisa tão divertida, não acha?

Harry pensou que aquela espontaneidade parecia tão satisfatória quanto uma ida ao dentista. Por outro lado, satisfatória mesmo era a vingança.

– Meu primo – disse ele, com muito entusiasmo – adora dançar.

– Não diga! – A Sra. Smythe-Smith voltou-se para Sebastian, extasiada. – É mesmo?

– Sim, senhora – confirmou Sebastian em um tom um pouco mais rascante do que seria necessário, já que não era exatamente uma mentira. Ele gostava mesmo de dançar, muito mais do que Harry.

A Sra. Smythe-Smith encarou Sebastian com uma expectativa beatífica. Harry olhou para ambos com uma expectativa satisfeita; amava quando tudo se encaixava.

Principalmente a seu favor.

Muito consciente de que tinha caído numa armadilha, Sebastian falou à Sra. Smith:

– Espero que sua filha aceite me conceder a primeira dança.

– Ela ficaria honrada! – A Sra. Smythe-Smith uniu as mãos, radiante. – Com sua licença, preciso ir cuidar dos preparativos para começar a música.

Sebastian esperou até que ela estivesse longe para dizer:

– Você vai me pagar por isso.

– Ah, acho que agora estamos quites.

– Bem, seja como for, você também está preso aqui – retrucou Sebastian. – A não ser que queira voltar andando para casa.

Harry até estaria disposto a fazer isso se não estivesse chovendo a cântaros.

– Espero por você com o maior prazer. – Ele era só alegria.

– Ah, veja só! – exclamou Sebastian, com um tom genuinamente falso de surpresa. – É lady Olivia. Bem ali. Aposto que *ela* gosta de dançar.

Harry até pensou em dizer "Não se atreva", mas seria inútil. Sabia que Sebastian se atreveria, sim.

– Lady Olivia! – chamou Sebastian.

A moça se virou ao ouvir o chamado e não havia como evitá-lo, posto que Sebastian já atravessava a multidão. Harry também não tinha como evitar o encontro; não que fosse dar ao outro a satisfação de vê-lo tentar.

– Lady Olivia – repetiu Sebastian. – Que prazer vê-la.

Ela acenou minimamente a cabeça.

– Olá, Sr. Grey.

– Parece que alguém está um pouco taciturna hoje, não é, Olivia? – murmurou Sebastian e, sem dar a Harry a oportunidade de ficar curioso com o tom íntimo do comentário, ele prosseguiu: – Conhece meu primo, sir Harry Valentine?

– Hã, sim – gaguejou ela.

– Conheci lady Olivia hoje mesmo – cortou Harry, perguntando-se o que Seb estaria tramando; ele sabia muito bem que ele e Olivia já tinham se falado.

– Sim – concordou lady Olivia.

– Ai de mim – gemeu Sebastian, mudando de assunto com uma velocidade aterradora. – A Sra. Smythe-Smith está gesticulando. Preciso encontrar a Viola dela.

– Ela também toca? – perguntou lady Olivia, confusa. E talvez um pouco alarmada.

– Não sei – respondeu Sebastian –, mas ela claramente determinou o futuro de sua prole. Viola é a filha.

– A que toca violino – acrescentou Harry.

– Ah. – Ela pareceu se divertir com a ironia. Ou talvez só estivesse um pouco perplexa. – Naturalmente.

– Aproveitem a dança – disse Sebastian, lançando a Harry um inconfundível olhar malévolo.

– Vai haver dança? – Um leve desespero transpareceu no semblante de lady Olivia.

Compadecendo-se dela, Harry comentou:

– Mas fui informado de que o quarteto Smythe-Smith não tocará mais esta noite.

– Que bom. – Ela pigarreou. – Para elas, é claro. Assim também poderão dançar. Tenho certeza de que é o que gostariam.

Harry foi acometido por um leve traço de malícia – ou seria de perigo?

– Seus olhos são azuis – comentou ele.

Ela lhe lançou um olhar de surpresa.

– Perdão?

– Seus olhos – murmurou ele. – São azuis. Faz sentido, considerando sua compleição, mas não deu para ver de tão longe.

Ela congelou, mas ele precisava dar crédito à compostura dela quando disse:

– Não faço ideia do que o senhor está falando.

Harry se inclinou para a frente, só o suficiente para que ela notasse o gesto.

– Os meus são castanhos.

Olivia pareceu prestes a retrucar, mas, em vez disso, apenas piscou, como se o observasse com mais atenção.

– São mesmo – murmurou. – Curioso.

Ele não sabia se a reação dela era engraçada ou perturbadora. Em todo caso, queria provocá-la mais um pouco.

– Acho que a música está começando.

– Acho que eu deveria encontrar minha mãe.

Ela estava ficando desesperada. E ele estava gostando.

Talvez a noite não fosse ser tão tediosa, afinal.

# Capítulo cinco

*Tinha* que haver um jeito de abreviar aquela noite. Ela era uma atriz muito melhor do que Winston. Se ele conseguia fingir um resfriado de modo tão convincente, Olivia se achava mais do que capaz de fingir ter contraído a peste.

*Ode à peste*
*por Olivia Bevelstoke*

*Bíblica*
*Bubônica*
*Bem melhor que lepra*

Bem, *de fato* era. Pelo menos naquelas circunstâncias. Olivia precisava de algo que não fosse apenas repugnante – também devia ser violentamente contagioso. Famigerado. A peste não tinha matado metade da Europa uns séculos antes? A lepra nunca fora tão eficiente.

Ela chegou a cogitar os desdobramentos de levar a mão ao pescoço e murmurar: "Ei, isso aqui é um bubão?"

Era tentador. Era mesmo.

E sir Harry, ainda por cima, parecia feliz como perdiz, como se não houvesse nenhum outro lugar onde o maldito homem quisesse estar.

Além dali. Torturando-a.

– Veja só – falou ele, casualmente. – Sebastian está dançando com a Srta. Smythe-Smith.

Olivia correu os olhos pelo salão, determinada a não encarar o homem ao seu lado.

– Tenho certeza de que ele está se divertindo muito.

Uma pausa e, então, sir Harry perguntou:

– Está procurando alguém?

– Minha mãe – Olivia quase vociferou. Será que ele não tinha escutado da primeira vez?

– Ah, sim. – Por um momento divino, ele ficou calado. – Ela é parecida com a senhorita?

– O quê?

– Sua mãe.

Olivia voltou-se para ele, incrédula. Por que ele estava perguntando aquilo? Por que raios ele estava falando com ela? Já tinha conseguido o que queria, não?

Ele era um sujeitinho intragável. Isso não explicava os papéis e o fogo e o chapéu esquisito, mas explicava a conduta dele. Ali, naquele exato momento. Ele era simplesmente intragável.

Insolente. Irritante.

E muito mais – Olivia tinha certeza, mas estava enervada demais para pensar direito. Encontrar sinônimos requeria um grau de ponderação de que ela era incapaz estando de cabeça quente e na presença dele.

– Queria ajudá-la a procurar – falou sir Harry. – Mas infelizmente não a conheço.

– Ela se parece um pouco comigo – informou Olivia, distraída, e então, sem saber bem o motivo, acrescentou: – Ou melhor, eu me pareço com ela.

Ele sorriu, e Olivia teve a curiosa sensação de que, para variar, sir Harry não estava rindo dela. Não estava tentando provocá-la. Estava apenas... sorrindo.

Foi desconcertante. Ela não conseguia desviar o olhar.

– Sempre tive grande apreço pela precisão na linguagem – comentou ele.

Olivia o encarou.

– O senhor é um homem muito estranho.

Ela teria ficado mortificada com o comentário, já que não era o tipo de coisa que diria em voz alta, mas dessa vez o homem tinha merecido. E agora ele estava rindo. Provavelmente dela.

Olivia levou a mão ao pescoço. Se ela se beliscasse, será que conseguiria simular uma pústula?

### Doenças que eu sei fingir
#### por Olivia Bevelstoke

*Resfriado*
*Doença pulmonar*
*Enxaqueca*
*Tornozelo torcido*

O último não era bem uma doença, mas era muito útil em alguns momentos.

– Lady Olivia, a senhorita me concede esta dança?

Momentos como aquele. Pena que ela pensou tarde demais no tornozelo torcido.

– O senhor quer dançar – comentou ela.

Parecia inconcebível ele querer dançar, e ainda mais inconcebível achar que *ela* queria.

– Quero – disse ele.

– Comigo?

Ele pareceu achar graça da pergunta – e também exibiu certa condescendência.

– Pensei em convidar meu primo, que é a única outra pessoa neste salão que eu conheço, mas creio que isso causaria certo furor, não acha?

– Acho que a música acabou – falou Olivia.

Se ainda não tinha terminado, logo terminaria.

– Então dançaremos a próxima.

– Não aceitei dançar com o senhor!

Ela mordeu o lábio. Estava bancando a idiota. Uma idiota petulante, o que era ainda pior.

– Mas vai aceitar. – Ele irradiava confiança.

Ela não sentia tanta vontade de agredir um ser humano desde que Winston dissera a Neville Berbrooke que a irmã estava "interessada". E teria agredido de fato, se achasse minimamente viável.

– A senhorita não tem muita escolha – prosseguiu ele.

No queixo ou nos malares? Onde causaria mais dor?

– E quem sabe? – Ele chegou mais perto, os olhos tremeluzindo à luz da vela. – Talvez a senhorita até se divirta.

No queixo. Com certeza. Se o pegasse de surpresa com um soco bem dado, talvez conseguisse derrubá-lo. Ela adoraria ver aquele homem estatelado no chão. Seria uma visão *incrível*. Quem sabe, talvez, ele não batia com a cabeça numa mesa ou, melhor ainda, tentava se agarrar à toalha de mesa, derrubando a vasilha de ponche e todas as baixelas de cristal da Sra. Smythe-Smith.

– Lady Olivia?

Cacos por todos os lados. Talvez sangue também.

– Lady Olivia?

Não *podia* fazer o que queria, mas podia sonhar acordada.

– Lady Olivia?

Sir Harry tinha a mão estendida.

Ela olhou. Ele ainda estava de pé e não havia uma única gota de sangue ou caco de vidro à vista. Que pena. E era óbvio que estava esperando que ela aceitasse seu convite. Lamentavelmente ele estava certo. Olivia não tinha escolha. Ela poderia – e certamente *iria* – continuar insistindo que nunca o vira antes daquela noite, mas ambos sabiam que isso não era verdade.

Olivia não sabia bem o que aconteceria se sir Harry anunciasse a toda a alta sociedade que ela passara cinco dias espionando-o pela janela do quarto, mas não seria nada bom. A especulação seria ferina. Na melhor das hipóteses, ela teria que passar uma semana inteira trancada em casa para evitar as fofocas. Na pior, se veria noiva daquele grosseirão.

*Ó céus.*

– Aceito com prazer – apressou-se em dizer, aceitando a mão estendida.

– Entusiasmo e precisão – murmurou ele.

Era, de fato, um homem muito esquisito.

Chegaram à pista de dança pouco antes de os músicos erguerem os instrumentos.

– Uma valsa – anunciou sir Harry, ao ouvir as primeiras notas.

Olivia lhe lançou um olhar surpreso. Como ele adivinhara tão rápido? Por acaso entendia de música?

Tomara que sim, pensou ela, pois assim a noite teria sido uma tortura ainda maior para ele.

Sir Harry tomou a mão dela e ergueu-a na posição adequada para que valsassem. O contato já teria sido chocante o suficiente, mas a outra mão – firme na base das costas dela – foi diferente. Morna. Não, quente. E a fez formigar nos lugares mais curiosos.

Olivia já tinha dançado dezenas de valsas. Centenas, até. Mas nunca se sentira assim ao toque de um parceiro.

Era porque ela ainda estava um pouco abalada. Nervosa com a presença dele. Só podia ser.

A mão de sir Harry era firme, mas bastante gentil, e ele dançava bem. Não... Dançava espetacularmente bem, muito melhor do que ela. Olivia fingia bem, mas jamais seria boa dançarina. Diziam que ela dançava bem, mas era só porque era bonita.

Não era justo e ela era a primeira a admitir. Uma pessoa bonita podia se safar de muita coisa em Londres.

É claro que, nesse caso, também presumiam que ela não era inteligente. Fora assim durante toda a sua vida. As pessoas sempre esperavam que se comportasse feito uma bonequinha de porcelana, cuja função era apenas ser exposta, irradiar beleza e *não fazer* absolutamente nada.

Ela às vezes se perguntava se não era por isso que se comportava mal de vez em quando. Nada em grande escala; ela era muito convencional para cometer excessos de verdade. Mesmo assim, Olivia tinha certa fama de falar demais, de expressar suas opiniões de forma agressiva. Certa vez Miranda dissera que não gostaria de ser tão bonita, e Olivia não a compreendeu muito bem. Até que a amiga se mudou e não sobrou ninguém com quem Olivia pudesse compartilhar uma boa conversa.

Olhou para sir Harry, tentando analisar seu rosto da forma mais discreta possível. Era bonito? Bem, precisava admitir que sim. Tinha uma pequena cicatriz perto da orelha esquerda, quase invisível, e seus malares eram um pouco mais proeminentes do que ditavam os padrões clássicos de beleza, mas, ainda assim, havia algo nele. Inteligência? Intensidade?

Também notou que ele tinha alguns fios grisalhos nas têmporas, e ficou se perguntando qual seria a idade dele.

– A senhorita dança com muita graça – elogiou ele.

Ela revirou os olhos. Não conseguiu se conter.

– Lady Olivia, por acaso a senhorita é imune a elogios?

Ela olhou para ele de forma atravessada. Ele merecia, porque seu tom fora igualmente atravessado. Quase insultante.

– Ouvi dizer – falou ele, girando-a com habilidade para a direita – que a senhorita anda despedaçando corações por toda a cidade.

Olivia se retesou. Era o tipo de coisa que as pessoas gostavam de lhe dizer, julgando que ela se orgulharia. Mas ela não ficava orgulhosa. Na verdade, *magoava* saber que pensavam isso dela.

– Seu comentário não é nada gentil, muito menos apropriado.

– A senhorita é sempre apropriada?

Olivia olhou feio para ele, mas só por um segundo. Os olhares se encontraram, e lá estava ela de novo – a inteligência, a intensidade. Ela não conseguiu sustentar o olhar.

Era uma covarde. Uma versão patética, molenga, miserável de… bem, de si mesma. Olivia nunca tinha se esquivado de um embate, e sentia raiva de si mesma por estar fazendo isso naquele momento.

Quando ouviu a voz de sir Harry outra vez, mais próxima de seu ouvido, sentiu o hálito quente e úmido.

– E a senhorita é sempre gentil?

Ela trincou os dentes. Ele a estava provocando. E, embora quisesse muito, ela se recusou a dar uma resposta atravessada. Era isso que ele queria, afinal. Que ela retrucasse, para que ele também pudesse retrucar.

Além do mais, Olivia não conseguia pensar em nada suficientemente cáustico.

Ele deslizava a mão pelas costas dela, com uma pressão sutil e experiente que a guiava na dança. Eles giraram e giraram, e ela viu de soslaio que Mary Cadogan os observava, de olhos arregalados e boquiaberta.

Era só o que faltava. Na tarde seguinte a cidade inteira estaria comentando. Uma dança com um cavalheiro não era motivo de escândalo, mas Mary estava tão intrigada com sir Harry que haveria de dar à história uma roupagem empolgante e terrivelmente ousada.

– Quais são os seus interesses, lady Olivia? – indagou ele.

– Meus interesses? – repetiu ela, tentando lembrar se alguma vez alguém já tinha lhe feito aquela pergunta. Definitivamente não de forma tão direta.

– A senhorita canta? Pinta aquarela? Faz aquele desenho no tecido com linha e agulha?

– O nome é bordado – respondeu ela, um tanto irritadiça; havia um tom de deboche na voz dele, como se esperasse que ela não tivesse interesses.

– E a senhorita faz?

– Não.

Odiava bordado. Desde sempre. E também não era nada boa.

– Então toca algum instrumento?

– Gosto de caçar – falou ela abruptamente, esperando pôr um fim àquela conversa.

Não era bem verdade, mas também não era mentira.

– Uma mulher que gosta de armas – comentou ele, baixinho.

Céus, parecia que a noite nunca ia terminar. Ela soltou um suspiro frustrado.

– Essa valsa não é um pouco longa demais?

– Não acho.

Algo no tom dele lhe chamou a atenção e ela ergueu os olhos bem a tempo de vê-lo abrir um sorriso.

– Só parece longa porque a senhorita não gosta de mim – disse ele.

Ela arquejou. Era verdade, é claro, mas ele não tinha nada que dizer aquilo em voz alta.

– Só que tenho um segredinho, lady Olivia – sussurrou ele, aproximando-se dela tanto quanto os bons costumes permitiam. – Eu também não gosto da senhorita.

Vários dias depois, Olivia continuava não gostando de sir Harry. Por mais que não tivesse falado com ele, por mais que nem tivesse visto o sujeito, ela sabia que ele existia, e isso era o suficiente.

Toda manhã uma das criadas entrava em seu quarto e abria as cortinas, e toda manhã, assim que ela ia embora, Olivia se levantava imediatamente para fechá-las. Não queria dar o menor motivo de ser acusada de estar espionando sir Harry.

Além do mais, o que impedia *ele* de espioná-la?

Olivia sequer colocara os pés na rua desde a noite do concerto. Vinha fingindo estar resfriada (bastou dizer que era culpa de Winston) e passava os dias dentro de casa.

Não que se preocupasse em cruzar com sir Harry. Honestamente, qual era a possibilidade de descerem os degraus de casa exatamente no mesmo instante? Ou de estarem voltando de um passeio ao mesmo tempo? Ou de se verem na Bond Street? Ou no Gunther? Ou numa festa?

Ela não iria topar com ele. Quase nunca pensava nisso.

Não, eram as amigas que ela estava evitando. Mary Cadogan viera visitá-la logo na manhã após o concerto e no dia seguinte e depois no dia seguinte. Por fim, lady Rudland lhe dissera que mandaria avisar assim que Olivia estivesse se sentindo melhor.

Mas Olivia não conseguia imaginar o que aconteceria se tivesse que contar a Mary Cadogan sobre a conversa que tivera com sir Harry. Lembrar-se do ocorrido já era ruim o bastante – e isso parecia acontecer a cada minuto. Ter que recontar aquilo para outro ser humano...

Quase fazia um resfriado se transformar em peste.

### O que eu mais detesto em sir Harry Valentine
*por lady Olivia Bevelstoke – uma moça normalmente benevolente*

*Acredito que ele não me ache inteligente.*
*Sei que ele acha que não sou gentil.*
*Ele me chantageou para dançar com ele.*
*Ele dança melhor do que eu.*

Contudo, após três dias de isolamento autoinfligido, Olivia mal podia esperar para deixar os limites de sua casa e seu quintal.

Decidindo que de manhã bem cedo era o melhor horário para evitar outras pessoas, vestiu a touca e as luvas, pegou o jornal matinal que tinham acabado de entregar e foi para seu banco preferido no Hyde Park. Sua aia – que, ao contrário de Olivia, gostava de bordar – a acompanhou, segurando o bordado e reclamando da hora.

A manhã estava linda – céu azul, nuvens fofas, brisa leve. O clima mais perfeito possível e não havia ninguém na rua.

– Vamos logo, Sally – chamou Olivia, porque a criada estava uns dez passos atrás.

– Está *muito* cedo – gemeu Sally.

– São sete e meia – informou Olivia, parando por alguns instantes para que a criada a alcançasse.

– Ou seja, cedo.

– Normalmente eu concordaria com você, mas hoje, por acaso, parece que estou revendo meus hábitos. Veja só como está agradável aqui fora. O sol está brilhando, há música no ar.

– Não estou ouvindo música nenhuma – resmungou Sally.

– Os *passarinhos*, Sally. Os passarinhos estão cantando.

Sally não ficou convencida.

– Esse hábito que milady está revendo... alguma chance de decidir desrever?

Olivia sorriu.

– Não vai ser tão ruim. Assim que chegarmos ao parque, vamos nos sentar em um banco e apreciar o sol. Tenho meu jornal, você tem seu bordado e ninguém vai nos incomodar.

Só que, após meros quinze minutos, Mary Cadogan veio praticamente correndo na direção dela.

– Sua mãe disse que você estava aqui – falou sem fôlego. – Está se sentindo melhor?

– Você falou com a minha mãe? – perguntou Olivia, sem acreditar no próprio azar.

– No sábado ela contou que mandaria me avisar assim que você se sentisse melhor.

– Minha mãe – resmungou Olivia – é incrivelmente rápida.

– É mesmo, não é?

Sally chegou para o lado, abrindo espaço, sem nem tirar os olhos do bordado. Mary se aboletou entre as duas, ficando tão perto de Olivia que só se viam 2 centímetros de banco entre suas saias cor-de-rosa e as verdes de Olivia.

– Conte-me tudo, não me esconda nada – sussurrou Mary para Olivia, animadíssima.

Olivia chegou a cogitar fingir ignorância, mas, francamente, de que adiantaria? Ambas sabiam muito bem do que Mary estava falando.

– Não há muito que contar. – Olivia remexeu no jornal, uma tentativa de lembrar a Mary que tinha ido ao parque para ler. – Ele sabia que éramos vizinhos e me chamou para dançar. Foi tudo muito educado.

– Ele não comentou nada sobre a noiva?

– É claro que não.

– E sobre Julian Prentice?

Olivia revirou os olhos.

– Acha mesmo que ele contaria a uma completa desconhecida, uma dama ainda por cima, sobre o dia em que encheu outro cavalheiro de sopapos?

– Não – admitiu Mary, emburrada. – Realmente, seria pedir demais. Juro por Deus, não consigo fazer com que *ninguém* me dê mais detalhes.

Olivia fez o possível para parecer entediada com tudo aquilo.

– Pois bem – prosseguiu Mary, sem se deixar intimidar pelo desinteresse da amiga. – Agora me conte sobre a dança.

– *Mary*. – Olivia meio grunhiu, meio vociferou. Foi um bocado rude, mas tudo o que ela mais queria era não contar nada a Mary.

– Ah, por favor – insistiu a amiga.

– Não acredito que na cidade inteira não exista nada mais interessante do que minha breve e entediante dança com sir Harry Valentine.

– Pior é que não existe mesmo. – Mary deu de ombros e reprimiu um bocejo. – A mãe da Philomena a arrastou para Brighton e Anne está doente. Deve estar com o mesmo resfriado que você teve.

*Duvido muito*, pensou Olivia.

– Ninguém vê sir Harry desde o concerto – acrescentou Mary. – Ele não compareceu a *nenhum* evento.

Olivia não ficou nada surpresa. Devia estar debruçado sobre a escrivaninha, rabiscando furiosamente. Talvez usando aquele chapéu ridículo.

Não que ela soubesse. Fazia dias que não olhava pela janela. Ela sequer olhava *para* a janela. Bem, não mais do que sete ou oito vezes.

Por dia.

– Então, sobre o que vocês conversaram? – perguntou Mary. – Eu sei que vocês conversaram. Vi seus lábios se mexendo.

Olivia se voltou para ela, os olhos brilhando de irritação.

– Você estava vigiando o movimento dos meus lábios, Mary?

– Ah, faça-me o favor. Como se você também nunca tivesse feito isso…

Não só era verdade, como era irrefutável, posto que já fizera isso junto com a própria Mary. Mas Olivia precisava dar uma resposta – uma resposta muito bem dada –, de modo que bufou e disse:

– Nunca fiz isso com *você*.

– Mas faria – afirmou Mary resoluta.

Também era verdade, mas Olivia é que não ia admitir.

– Sobre o que vocês conversaram? – insistiu Mary.

– Amenidades – mentiu Olivia, enrugando o jornal novamente, bem mais alto desta vez.

Conseguira folhear as páginas da alta sociedade – sempre começava a leitura pelo fim do jornal –, mas ainda queria ler o relatório do Parlamento. Era um hábito ler essa seção. Todo dia, sem falta. Nem mesmo seu pai lia o relatório todos os dias, e ele era membro da Câmara dos Lordes.

– Você parecia estar com raiva – persistiu Mary.

"Agora estou", Olivia sentiu vontade de resmungar.

– E então, estava?

Olivia trincou os dentes.

– Tenho certeza de que você se enganou.

– Eu *acho* que não – retrucou Mary, com aquela voz excruciantemente melodiosa que usava sempre que se achava com razão.

Olivia olhou para Sally, que bordava e fingia não prestar atenção na conversa. Então voltou-se outra vez para Mary com o olhar urgente de quem diz "Não na frente da criadagem".

Não era uma solução permanente para aquele problema, mas ao menos Olivia ganharia tempo.

Ela mais uma vez amassou o jornal e depois olhou para as mãos, consternada. Pegara a edição antes que o mordomo tivesse a chance de passar o papel, e a tinta estava se transferindo para sua pele.

– Que nojo – disse Mary.

Olivia não conseguiu responder nada, exceto:

– Onde está sua aia?

– Ah, ali – respondeu Mary, acenando vagamente para trás delas.

E então Olivia percebeu que tinha cometido um erro de cálculo terrível, porque no mesmo instante Mary se virou para Sally e disse:

– Você conhece a minha Genevieve, não é, Sally? Por que não vai lá conversar com ela?

De fato, Sally conhecia a Genevieve de Mary e também sabia que o inglês da criada era, na melhor das hipóteses, limitado, mas, como Olivia não podia insistir para que Sally *não* fosse conversar com Genevieve, a coitada foi forçada a largar o bordado e ir em busca da outra.

– Pronto – anunciou Mary, com orgulho. – Tudo resolvido. Agora me diga, como ele é? Ele é bonito?

– Você viu com seus próprios olhos, Mary.

– Sim, mas ele é mais bonito de perto? Aqueles *olhos*... – Mary estremeceu.

– Ah! – exclamou Olivia, lembrando-se de repente. – São castanhos, não azul-acinzentados.

– Não pode ser. Tenho certeza de que...

– Você está enganada.

– Impossível. Eu nunca me engano com coisas assim.

– Mary, eu estava a *essa* distância do rosto dele – argumentou Olivia, indicando a distância entre as duas no banco. – Posso garantir que os olhos dele são castanhos.

Mary ficou horrorizada. Por fim, balançou a cabeça e disse:

– Deve ser por conta do jeito com que ele nos olha, sempre tão penetrante. Eu simplesmente presumi que os olhos dele fossem azuis. – Ela piscou. – Ou cinza.

Olivia revirou os olhos e voltou-se para a frente, torcendo para que fosse o fim da conversa, mas Mary ainda não tinha se dado por satisfeita.

– Você ainda não contou nada sobre ele – ressaltou.

– Mary, não há o que dizer – insistiu Olivia. Então olhou para o colo, consternada, ao notar que o jornal tinha se transformado em uma massa amarfanhada e ilegível. – Ele me convidou para dançar. Eu aceitei.

– Mas… – De repente, Mary ficou sem fôlego.

– "Mas" o quê, Mary? – Olivia realmente estava começando a perder a paciência.

Mary agarrou o braço dela – agarrou mesmo. Com força.

– Ai, o que foi agora? – gemeu Olivia.

Mary apontou para o Serpentine.

– Ali.

Olivia não viu nada.

– A cavalo – sibilou Mary.

Olivia olhou para a esquerda e então…

*Ah*, não. Não podia ser.

– É ele?

Olivia não respondeu.

– Sir Harry? – esclareceu Mary.

– Eu *sei* que é dele que você está falando – retrucou Olivia.

Mary esticou o pescoço e declarou:

– Acho que é *mesmo* sir Harry.

Olivia já sabia que era ele mesmo, não tanto pela aparência do cavalheiro em questão, mas porque, com aquela maldita sorte dela, quem mais poderia ser?

– Ele cavalga bem – murmurou Mary, admirada.

Olivia decidiu que era hora de apelar para o divino e rezar. Talvez ele não notasse a presença delas. Talvez notasse, mas decidisse ignorá-las. Talvez um raio…

– Acho que ele nos viu aqui. – Mary estava toda feliz e encantada. – Acene para ele, Olivia. Eu mesma acenaria, mas não fomos apresentados.

– Não incentive de forma alguma que ele venha até aqui – grunhiu Olivia.

No mesmo instante, Mary se voltou contra ela.

– Eu *sabia* que você não gostava dele.

Em agonia, Olivia fechou os olhos. Planejara um passeio matinal tranquilo e solitário. Ficou se perguntando se não havia nenhuma chance de que Mary pegasse o resfriado de Anne.

E depois imaginou se não haveria nada que ela pudesse fazer para acelerar a infecção.

– Olivia – sibilou Mary, cutucando-a nas costelas.

Olivia abriu os olhos. Sir Harry estava um pouco mais perto, e não restava dúvidas de que cavalgava na direção delas.

– Será que o Sr. Grey também veio? – perguntou Mary, esperançosa. – Sabia que ele pode ser o herdeiro de lorde Newbury?

Olivia firmou no rosto um sorriso tenso à medida que sir Harry se aproximava, aparentemente sem o primo herdeiro em potencial. Ela reconheceu que, de fato, ele montava muito bem, e que o cavalo era formidável – um belo alazão de patas brancas. Vestia um traje de montaria completo; parecia pronto para uma cavalgada de verdade, não um mero trote pelo parque. O vento desalinhara seus cabelos escuros e suas bochechas estavam coradas, o que deveria fazê-lo parecer mais acessível e amigável, mas que de nada adiantaria, pensou Olivia com certo desdém, se ele não sorrisse.

Mas sir Harry Valentine *não* sorria. Ao menos não para ela.

– Bom dia, senhoritas – cumprimentou ele, parando na frente delas.

– Sir Harry. – Olivia não conseguiu dizer mais nada, já que seu maxilar relutava em se destrincar.

Mary deu um chute nela.

– Permita-me apresentar a Srta. Cadogan – comentou Olivia.

Ele cumprimentou Mary com uma mesura graciosa.

– É um prazer conhecê-la.

– Muito prazer, sir Harry. – Mary retribuiu o cumprimento. – Que manhã agradável, não acha?

– De fato – respondeu ele. – Não concorda, lady Olivia?

– De fato – repetiu ela, rígida, e voltou-se para Mary, esperando que ele seguisse o exemplo e dirigisse suas perguntas a *ela*.

Mas é claro que ele não o fez.

– Pois bem, lady Olivia, nunca tinha visto a senhorita no Hyde Park – comentou ele.

– Não costumo vir tão cedo.

– Imagino – murmurou ele. – Presumo que tenha afazeres muito importantes a cumprir em casa a essa hora da manhã.

Mary lançou um olhar intrigado para ele diante da afirmação enigmática.

– Coisas a fazer – prosseguiu ele –, pessoas a vigiar...

– Seu primo também veio cavalgar? – perguntou Olivia, às pressas.

Ele ergueu as sobrancelhas de modo zombeteiro.

– Sebastian é uma aparição rara antes do meio-dia – respondeu.

– O senhor, por sua vez, acorda cedo?

– Sempre.

Mais uma coisa nele para se detestar. Olivia até levantava cedo de bom grado, mas odiava quem fazia isso com entusiasmo.

Ela se furtou de mais comentários, torcendo para que o silêncio logo ficasse desconfortável. Talvez ele se desse por satisfeito e fosse embora. Qualquer pessoa sensata sabia que uma conversa entre duas damas num banco e um cavalheiro a cavalo era impossível. Ela já estava ficando com cãibra de tanto olhar para cima.

Massageou o próprio pescoço, esperando que ele entendesse a indireta. Mas então – pois todos, inclusive ela própria, estavam num óbvio complô contra ela – uma lembrança bem inoportuna surgiu. As pústulas imaginárias. E a peste bubônica. E, que Deus a ajudasse, sentiu vontade de rir.

Só que ela não podia deixar o riso sair, não com Mary ao seu lado e sir Harry encarando-a com aquele olhar petulante, então fechou a boca com força. Exceto que exatamente *isso* fez a risada sair pelo nariz com um ronco. Absolutamente deselegante. E fez cócegas.

O que a fez gargalhar de verdade.

– O que foi, Olivia? – perguntou Mary.

– Nada – falou, gesticulando para Mary enquanto se virava para o outro lado, tentando cobrir o rosto. – De verdade.

Sir Harry, graças a Deus, permaneceu em silêncio. Provavelmente por achar que ela era louca.

Mas Mary... bem, aí eram outros quinhentos, porque Mary era incapaz de deixar para lá.

– Tem certeza, Olivia, porque...

Olivia continuou virada, pois tinha certeza de que, de outra forma, começaria a gargalhar outra vez.

– Eu só pensei em uma coisa engraçada, só isso.

– Mas...

Surpreendentemente, Mary parou de azucriná-la.

Olivia teria ficado aliviada, não fosse pelo fato de que era altamente improvável que Mary de repente tivesse desenvolvido tato e bom senso. E, de fato, as suspeitas de Olivia estavam corretas, porque Mary não tinha se calado em respeito ou consideração. Ela tinha se calado porque...

– Ah, veja só, Olivia! É o seu irmão.

# Capítulo seis

Harry já estava pensando em voltar para casa. Tinha o costume de fazer uma cavalgada matinal, mesmo quando estava na cidade, e já ia rumar para a saída do parque quando avistou lady Olivia em um banco. Achara o fato interessante o bastante para se aproximar e ser apresentado à sua amiga, mas, após alguns instantes de conversa vazia, decidiu que nenhuma das duas era interessante o suficiente para afastá-lo do trabalho.

Ainda mais porque lady Olivia Bevelstoke era o motivo pelo qual ele estava tão atrasado.

Sim, era verdade que tinha parado de espioná-lo, mas o estrago já estava feito. Toda vez que se sentava à mesa, sentia o olhar dela sobre ele, embora soubesse muito bem que ela continuava com as cortinas fechadas. O que apenas deixava muito claro que a realidade pouco importava, pois parecia que era só dar uma olhadela na direção do quarto dela e lá se ia mais uma hora de trabalho.

Ocorria o seguinte: ele olhava para a janela a distância porque estava *lá*, e a única forma de evitar isso seria fechar as próprias cortinas, o que ele se recusava a fazer, dada a quantidade de tempo que passava no escritório. Então ele via a janela e pensava nela, porque o que mais poderia acontecer diante da visão que emoldurava o quarto dela? E aí, por sua vez, vinha a irritação, porque a) ela não merecia todo aquele gasto de energia, b) ela sequer estava lá, e c) ele não estava conseguindo trabalhar por causa dela.

O motivo c sempre levava a um rompante ainda maior de irritação, dirigida, por sua vez, a si mesmo, porque d) ele não conseguia se concentrar, e) era só uma maldita janela, e f) se era para ficar alterado por causa de uma mulher, que fosse uma mulher de quem ele ao menos *gostasse*.

No motivo F ele geralmente soltava uma espécie de uivo e se forçava a voltar à tradução. Dava certo durante um ou dois minutos, então ele erguia o olhar, topava com a janela e recomeçava aquele círculo vicioso absurdo.

E foi por isso que, ao ver o semblante completamente mortificado de lady Olivia Bevelstoke à mera menção do irmão, ele decidiu que não, não precisava voltar ao trabalho imediatamente. Depois de todo o transtorno que ela lhe causara, estava ansioso para vê-la sofrer.

– Sir Harry, o senhor conhece o irmão de Olivia? – indagou a Srta. Cadogan.

Harry desmontou, pois obviamente ainda ficaria algum tempo por ali.

– Ainda não tive o prazer – respondeu ele.

O rosto de Olivia assumiu uma expressão amarga à menção da palavra "prazer".

– É o irmão gêmeo dela – prosseguiu a Srta. Cadogan –, que acabou de voltar da universidade.

Dirigindo-se a Olivia, Harry disse:

– Não sabia que a senhorita tinha um irmão gêmeo.

Ela deu de ombros.

– Ele já completou os estudos? – perguntou.

Olivia apenas assentiu.

Sir Harry quase balançou a cabeça diante da atitude dela. Era mesmo uma mulherzinha antipática. Pena que era tão bonita. Não merecia ter sido agraciada com toda aquela beleza. Harry achava que o que ela realmente merecia era uma verruga imensa no nariz.

– Talvez ele conheça meu irmão – comentou Harry. – Imagino que tenham idade próxima.

– Quem é o seu irmão? – perguntou a Srta. Cadogan.

Harry falou um pouco sobre Edward, interrompendo-se logo antes da chegada de Winston. O gêmeo de Olivia vinha a pé, caminhando sozinho, com o andar despreocupado dos jovens. Harry notou que ele era muito parecido com a irmã. Os cabelos louros eram bem mais escuros, mas os olhos claros eram idênticos – exatamente o mesmo tom e formato.

Harry fez uma mesura; o Sr. Bevelstoke, também.

Olivia os apresentou com um desinteresse e uma apatia colossais:

– Sir Harry Valentine, meu irmão, Sr. Winston Bevelstoke; Winston, sir Harry.

– Bom dia, sir Harry – falou Winston educadamente. – Conheço seu irmão.

Harry não o reconhecia, mas era bem possível que o jovem Bevelstoke fosse um dos inúmeros conhecidos de Edward. Já fora apresentado à maior parte deles; rapazes pouquíssimo memoráveis, em geral.

– Soube que o senhor é nosso novo vizinho – comentou Winston.

Harry murmurou que sim, assentindo.

– Ao sul.

– Isso mesmo.

– Sempre gostei daquela casa – refletiu Winston. Ou melhor, pontuou; o comentário mais parecia o ponto de partida para uma jornada grandiosa. – De tijolos, não é?

– Winston – atalhou Olivia, impaciente –, você sabe muito bem que é a de tijolos.

– Ora, sei mesmo – concordou, gesticulando como se fosse um detalhe desimportante –, ou pelo menos tenho considerável certeza. Não costumo prestar atenção nessas coisas e, como você bem sabe, meu quarto fica virado para outra direção.

Harry sentiu um sorriso se espalhar pelo rosto. A coisa só estava melhorando.

Sem motivo aparente além do desejo de torturar a irmã, Winston virou-se para o outro e disse:

– O quarto de Olivia fica virado para o sul.

– Não diga...

Olivia parecia prestes a...

– Exato – confirmou Winston, interrompendo a especulação de Harry a respeito do que lady Olivia parecia prestes a fazer, mas não antes de cogitar a hipótese de combustão humana espontânea. – Imagino que o senhor já tenha visto a janela dela – prosseguiu ele. – Não teria como não ver, na verdade. Fica...

– *Winston.*

Harry chegou a dar um passo para trás porque a coisa parecia prestes a descambar para a violência. E, embora Winston fosse maior e mais forte, Harry apostaria em Olivia.

– Tenho certeza de que sir Harry não está interessado na planta da nossa casa – ralhou Olivia.

Winston coçou o queixo, pensativo.

– Não era bem a planta que eu tinha em mente, e sim um detalhe.

Harry observava Olivia. Nunca na vida tinha presenciado uma demonstração de ira tão bem controlada. Era impressionante.

– É um prazer vê-lo esta manhã, Winston – comentou a Srta. Cadogan, possivelmente alheia à tensão familiar que aflorava. – Tem o hábito de sair de casa tão cedo?

– Não – respondeu ele. – Foi mamãe quem me pediu que viesse buscar Olivia.

A Srta. Cadogan sorriu alegremente e disse a Harry:

– Então parece que, entre nós, o senhor é o único frequentador matinal aqui do parque. Eu também vim atrás de Olivia. Fazia séculos que não conversávamos. Ela esteve doente.

– Não sabia – falou Harry. – Espero que esteja melhor, lady Olivia.

– Winston também esteve doente – retrucou Olivia, com um sorriso assustador. – Muito mais do que eu.

– Ah, não! – lamentou-se a Srta. Cadogan. – Sinto muito, Sr. Bevelstoke. – E então virou-se preocupadíssima para Winston. – Se soubesse, teria lhe levado uma tintura.

– Vou lhe avisar da próxima vez que ele adoecer – assegurou Olivia. Voltando-se para Winston, acrescentou em voz baixa: – Acontece mais do que gostaríamos. É muito preocupante. – E então sussurrou: – É de nascença.

A Srta. Cadogan se levantou de um salto, concentrando toda a sua atenção em Winston.

– Está se sentindo melhor? Devo dizer que seu semblante parece mesmo um pouco abatido.

Harry achava que Winston esbanjava saúde.

– Estou ótimo – cortou Winston, claramente voltando a ira para a irmã, que continuava sentada, muitíssimo satisfeita com sua mais recente proeza.

A Srta. Cadogan olhou para a amiga, que estava atrás dele; Olivia balançou a cabeça e seus lábios formaram, sem som, as palavras "Não está".

– Pois vou mesmo levar aquela tintura – falou a Srta. Cadogan. – O gosto é horrível, mas nossa governanta jura de pés juntos que opera milagres. E devo insistir para que volte imediatamente para casa. Está um pouco frio.

– Não há a menor necessidade – protestou Winston.

– Em todo o caso, eu mesma já estava de saída – disse a Srta. Cadogan, provando que o jovem Bevelstoke não era páreo para a astúcia de duas mulheres determinadas. – O senhor poderia me acompanhar?

– Winston, por favor, avise à nossa mãe que volto em breve, sim? – falou Olivia, docemente.

O irmão lhe lançou um olhar atravessado, mas estava claro que sairia perdendo, de modo que tomou o braço da Srta. Cadogan e, juntos, os dois se foram.

– Muito astuta, lady Olivia – admirou-se Harry, assim que eles se afastaram.

Entediada, ela o encarou.

– O senhor não é o único cavalheiro que eu considero enervante.

Disposto a não deixar barato, ele se sentou ao lado dela, bem no lugar recém-desocupado pela Srta. Cadogan.

– Alguma coisa interessante hoje? – perguntou ele, referindo-se ao jornal.

– Não faço ideia – respondeu ela. – Minha leitura foi interrompida.

Ele deu uma risadinha.

– Imagino que essa seria a minha deixa para deixá-la em paz, mas não vou lhe dar tamanha satisfação.

Ela contraiu os lábios, talvez reprimindo uma resposta atravessada.

Sir Harry se recostou e cruzou as pernas, e sua pose informava que sentia-se muito bem, obrigado, ali ao lado dela.

– Afinal – acrescentou –, não é como se eu estivesse invadindo sua privacidade. Estamos em pleno Hyde Park. Ao ar livre, em um lugar público etc. etc.

Ele se deteve, dando a Olivia a oportunidade de retorquir. Como ela permaneceu calada, ele prosseguiu:

– Se quisesse privacidade, a senhorita poderia ter levado seu jornal para o quarto, ou talvez para o escritório. Afinal, estes são lugares em que se espera ter privacidade, não concorda?

Outra vez, ele esperou. Outra vez, ela se recusou a responder. Então, num murmúrio sutil, Harry perguntou:

– A senhorita tem um escritório, lady Olivia?

Ele achou que ela não responderia, pois estava olhando para a frente, determinada a não encará-lo, mas, para sua surpresa, ela resmungou:

– Não.

Harry admirou a postura dela, mas não o suficiente para deixá-la em paz.

– Que pena – murmurou ele. – Acho muito útil ter um lugar só meu e que não seja usado para dormir. A senhorita deveria considerar um escritório para si mesma, lady Olivia, se quer um lugar para ler seu jornal longe de olhares indiscretos.

Ela se virou para ele com uma impressionante expressão de indiferença.

– O senhor está sentado em cima do bordado da minha criada.

– Sinto muito. – Ele olhou para o banco, puxou o tecido de debaixo dele (mal pegara na barra, mas decidiu ser magnânimo e não dizer nada) e o colocou ao lado. – E onde está sua criada?

Ela acenou vagamente com a mão.

– Foi se juntar à de Mary. Imagino que vá voltar a qualquer momento.

Como não tinha resposta para isso, ele mudou de assunto:

– A senhorita e seu irmão têm uma relação interessante.

Ela deu de ombros, claramente tentando se livrar dele.

– O meu me detesta – disse ele.

Isso chamou a atenção de Olivia, que se virou sorrindo de forma excessivamente doce.

– Eu adoraria conhecê-lo.

– Não me surpreende – respondeu Harry. – Ele vai muito ao meu escritório, mas, quando acorda em um horário razoável, costuma tomar café da manhã na salinha de jantar. Fica a duas janelas do meu escritório, na direção da frente da casa. A senhorita pode tentar procurar por ele lá.

Olivia olhou para Harry de cara feia. Ele respondeu com um sorriso pastoso.

– O que está fazendo aqui? – indagou ela.

Ele apontou para o cavalo.

– Vim dar um passeio.

– Sim, mas por que *aqui*? – resmungou ela. – Neste banco. Ao meu lado.

Ele parou para pensar por um instante.

– Porque a senhorita me irrita.

Olivia contraiu os lábios.

– Bem – disse ela, um tanto enérgica –, suponho que seja justo.

O sentimento mostrava espírito esportivo, ainda que o tom não. Afinal, ela mesma tinha dito, poucos minutos antes, que o achava irritante.

E então ali estava a criada de volta. Harry a ouviu antes de vê-la, pisando forte na grama úmida e resmungando, irritada, com evidentes traços de inglês *cockney* na voz.

– Quem aquela mulherzinha pensa que é para me mandar aprender francês? É ela que está na porcaria da Inglaterra. Ah. – Sally se deteve, olhando surpresa para Harry e, quando voltou a falar, sua voz e seu sotaque assumiram tons consideravelmente mais elegantes. – Sinto muito, milady. Não sabia que estava acompanhada.

– O cavalheiro já estava de saída – informou Olivia, toda doce e alegre, e virou-se para ele com um sorriso tão deslumbrante que Harry finalmente entendeu de onde vinham os corações partidos de que tanto ouvira falar. – Sir Harry, muito obrigada pela companhia – continuou ela.

Por um instante, ele perdeu o fôlego, e percebeu que aquela mulher mentia excepcionalmente bem. Se não tivesse passado os dez minutos anteriores na companhia da dama a quem, em sua cabeça, vinha se referindo como "garota desagradável", ele mesmo teria corrido o risco de se apaixonar por ela.

– Como a senhorita mesma indicou, lady Olivia – disse ele, calmamente –, eu já estava de saída.

E foi o que fez, com toda a intenção de nunca mais tornar a vê-la.

Pelo menos não de propósito.

⁓

No finzinho da manhã, Harry conseguira voltar ao trabalho, deixando para trás todos os pensamentos sobre lady Olivia, e à tarde já estava perdido em um mar de expressões idiomáticas em russo.

*Koga raque na goryeh svistnyet* = Quando o lagostim assobiar na montanha = No dia de São Nunca.

*Sdelat slona iz mukha* = Ver um elefante em uma mosca = Fazer tempestade em copo d'água.

*S dokhlogo kozla i shersti klok* = Mesmo na cabra morta, até um pedaço de lã vale alguma coisa =

É igual a...

É igual a...

Ele passou vários minutos refletindo, batendo a pena de leve no mata-borrão, e estava prestes a desistir e seguir em frente quando ouviu uma batida à porta.

– Entre.

Não ergueu o rosto. Já fazia muito tempo desde a última vez que conseguira se concentrar em um parágrafo inteiro, e não queria quebrar o ritmo.

– Harry.

A pena dele ficou imóvel. Esperava que fosse o mordomo com a correspondência vespertina, mas era a voz do irmão mais novo.

– Edward – disse ele, marcando bem o lugar onde havia parado. – Que surpresa agradável.

– Chegou isto para você. – Edward atravessou o escritório e pôs um envelope na mesa. – Entregue por portador.

O envelope não continha nenhuma indicação de remetente, mas havia algumas marcações familiares. Era do Departamento de Guerra e devia ser razoavelmente importante, já que eles quase nunca enviavam aquele tipo de missiva para a casa dele. Harry o deixou de lado para ler quando estivesse sozinho. Edward sabia que ele traduzia documentos, mas não sabia para quem.

Até então, Harry jamais tivera nenhum indício de que pudesse confiar essa informação ao irmão.

Contudo, a missiva podia esperar. Naquele momento, Harry estava mais curioso com a presença de Edward em seu escritório. Não era do feitio dele sair entregando itens pela casa. Mesmo que tivesse sido ele a receber a carta, era muito mais provável que a largasse na bandeja do vestíbulo, deixando-a a cargo do mordomo.

Edward só interagia com o irmão mais velho quando era forçado por influências externas ou por necessidade. E a necessidade era, geralmente, financeira.

– Como vai, Edward?

O irmão deu de ombros. Parecia cansado, os olhos vermelhos e inchados. Harry se perguntou a que horas ele teria voltado para casa na noite anterior.

– Sebastian virá jantar conosco hoje à noite – anunciou Harry.

Edward raramente fazia suas refeições em casa, mas Harry achou que, se soubesse que Seb se juntaria a eles, talvez resolvesse ficar.

– Já tenho planos – falou o outro, mas depois acrescentou: – Pensando bem, talvez eu possa adiar.

– Eu gostaria muito.

Edward estava de pé no meio do escritório, a própria imagem de um rapaz mal-humorado e sombrio. Tinha 22 anos e Harry supunha que já se considerava um homem, embora ainda tivesse um comportamento imaturo e um olhar jovem.

Jovem, mas não jovial. Harry ficou pasmo ao notar como o irmão parecia abatido. Edward bebia demais e devia dormir pouco. Contudo, não era como o pai deles. Harry não conseguia pontuar exatamente a diferença, exceto pelo fato de que sir Lionel sempre fora alegre.

Exceto quando ficava melancólico e propenso a pedir desculpas. E na manhã seguinte teria se esquecido de tudo.

Edward era diferente. Os excessos não o deixavam efusivo. Harry não conseguia imaginar o irmão subindo em uma cadeira e declamando frases poéticas sobre o *esblendor* de uma *esgola*. Nas raras ocasiões em que comiam juntos, Edward não tentava ser charmoso e afável. Muito pelo contrário – ficava envolto em um silêncio pétreo, fornecendo apenas respostas lacônicas para as perguntas que lhe eram dirigidas.

Harry estava dolorosamente ciente de que não conhecia o irmão, de que nada sabia sobre seus pensamentos ou interesses. Durante boa parte da formação de Edward, Harry estivera lutando no continente com os hussardos do 18º ao lado de Seb. Ao voltar, até tentara restabelecer o vínculo, mas o irmão não quisera saber dele. Se ele morava na casa de Harry, era unicamente por não ter dinheiro suficiente para se sustentar sozinho. Era o clássico irmão mais novo, sem uma herança para chamar de sua e sem habilidade aparente. Edward zombara quando Harry sugerira que ele também se juntasse às Forças Armadas, acusando-o de querer se livrar dele.

Harry nem se dera ao trabalho de sugerir o clero. Era difícil imaginar Edward conduzindo alguém no caminho da retidão moral; além do mais, Harry *não queria* se livrar do irmão.

– No começo dessa semana, recebi uma carta da Anne – mencionou Harry.

A irmã deles, que tinha se casado com William Forbush aos 17 anos e se mudara sem nem olhar para trás, acabou indo morar na Cornualha. Ela escrevia a Harry todo mês, dando notícias sobre a prole. Harry respondia em russo, insistindo que, se não tivesse nenhum contato com o idioma, ela o esqueceria por completo.

Anne respondera recortando o aviso dele, colando-o numa folha nova e escrevendo, em inglês: "Essa é a minha intenção, querido irmão."

Harry rira, mas se recusara a parar de escrever em russo. E ela certamente dedicava-se a ler e traduzir as cartas, pois suas respostas sempre traziam perguntas sobre isto ou aquilo que ele havia escrito.

A correspondência entre eles era divertida e Harry sempre ansiava pelas cartas dela.

Mas Anne já não escrevia mais para Edward. Parou de fazê-lo quando se deu conta de que ele jamais retornaria.

– As crianças estão bem – prosseguiu Harry.

Anne tinha cinco filhos, todos meninos, exceto o último. Harry se perguntou como a irmã estaria. Não a via desde que fora para o Exército.

Ele se recostou na cadeira, esperando. Qualquer coisa. Esperando que Edward falasse, se mexesse ou chutasse a parede. Acima de tudo, esperando o irmão pedir um adiantamento da mesada. Por que outro motivo ele teria decidido dar as caras? Mas Edward continuou ali, calado, dobrando a quina do tapete escuro com o bico do sapato e consertando-a com o calcanhar logo em seguida.

– Edward?

– É melhor você ler a carta – falou Edward com rispidez enquanto se virava para ir embora. – Disseram que era importante.

Harry esperou que ele saísse para então pegar a missiva do Departamento de Guerra. Não era comum entrarem em contato com ele daquela forma; geralmente mandavam apenas um portador cheio de documentos. Ele virou a nota, rompeu o selo e o abriu.

O bilhete era curto, duas frases apenas, porém bastante claro. Harry deveria se apresentar imediatamente ao Horse Guards, o escritório da cavalaria em Whitehall.

Harry grunhiu. Se a questão requeria sua presença, boa coisa não podia ser. Da última vez que fora convocado, recebera ordens de ciceronear uma velha condessa russa. Passara três semanas nos calcanhares dela. A mulher reclamava do calor, da comida, da música... A única coisa da qual não se queixava era a vodca, e só porque ela mesma a trouxera de casa.

Vodca esta que, inclusive, ela insistia em compartilhar; em suas palavras, não permitiria que alguém que falava russo tão bem quanto Harry ficasse consumindo aquela lavagem inglesa. Ela o lembrara de sua avó.

Mas Harry não bebia uma única gota da vodca e passava noite após noite esvaziando o copo em um vaso de plantas.

Estranhamente, a planta prosperou. Talvez o melhor momento daquela tarefa tivesse sido quando o mordomo, observando aquela maravilha da botânica, de testa franzida, comentou: "Não sabia que essa planta dava *flor*."

Ainda assim, Harry não tinha a menor vontade de repetir a experiência. Infelizmente, quase nunca podia se dar o luxo de recusar. Era mesmo curioso. *Eles* é que precisavam dele, já que tradutores do russo não brotavam em árvore. E, no entanto, esperava-se que ele se dobrasse à vontade deles.

Harry chegou a cogitar sair só depois de terminar a página que já estava traduzindo, depois mudou de ideia. Era melhor resolver logo aquilo.

Além do mais, a condessa estava em São Petersburgo, provavelmente reclamando do frio, do sol e da falta de cavalheiros ingleses forçados a lhe fazer companhia.

O que quer que desejassem, não podia ser pior do que a condessa, certo?

# *Capítulo sete*

ra pior.

– Príncipe quem? – perguntou Harry.

– Príncipe Aleksei Ivánovitch Gomaróvski – respondeu o Sr. Winthrop, que era o encarregado de Harry no Departamento de Guerra.

Winthrop poderia até ter um primeiro nome, mas ninguém nunca o informara a Harry. Era apenas o Sr. Winthrop, um homem de estatura mediana e porte médio, cabelo castanho e rosto com traços nada marcantes. Até onde Harry sabia, ele nunca saía do prédio do Departamento de Guerra.

– Não gostamos dele – falou Winthrop, com inflexão mínima. – Ele nos deixa tensos.

– E o que *nós* achamos que ele pode fazer?

– Não temos certeza – respondeu ele, aparentemente alheio ao sarcasmo de Harry. – Mas vários aspectos de sua visita o colocam sob suspeita. Principalmente o pai dele.

– O pai?

– Ivan Aleksándrovitch Gomaróvski, agora falecido, era defensor de Napoleão.

– E o príncipe ainda ocupa alguma posição na sociedade russa?

Harry achava difícil acreditar. Já fazia nove anos que os franceses tinham marchado em Moscou, mas as relações franco-russas continuavam, na melhor das hipóteses, frias. O tsar e seu povo não gostaram nada da invasão de Napoleão, e os franceses tinham boa memória; a humilhação e a devastação da retirada ainda perdurariam durante muitos e muitos anos.

– Nunca descobriram a traição do pai – explicou Winthrop. – Quando morreu de causas naturais, no ano passado, ainda era considerado um servo leal do tsar.

– Como sabemos que ele era um traidor?

Winthrop ignorou a pergunta com um aceno vago.

– Temos informações.

Harry decidiu se contentar com a resposta, já ciente de que não lhe revelariam mais nada.

– Também nos intriga que o príncipe tenha decidido visitar a Inglaterra justamente agora. Chegaram ontem à cidade três notórios simpatizantes de Napoleão, dois dos quais são cidadãos britânicos.

– Vocês permitem que os traidores fiquem em liberdade?

– Na maioria das vezes é mais interessante que a oposição siga acreditando que ainda não foi descoberta. – Winthrop se inclinou para a frente, apoiando os antebraços na mesa. – Bonaparte está doente, provavelmente morrendo. Está definhando.

– Bonaparte?

Harry estava incrédulo. Tinha visto o sujeito uma vez. De longe, é claro. Era baixo, sim, mas tinha uma pança considerável. Era difícil imaginá-lo definhando.

– Fomos informados de que as calças dele estavam largas demais. – Winthrop remexeu em alguns papéis até encontrar o que queria. – Tiveram que entrar 12 centímetros no cós.

Harry não pôde deixar de ficar impressionado. Ninguém poderia dizer que o Departamento de Guerra não se atinha aos detalhes.

– Ele não vai escapar de Santa Helena – continuou Winthrop. – Mas precisamos continuar atentos. Sempre haverá conspiradores agindo em nome dele. Acreditamos que o príncipe Aleksei pode ser uma dessas pessoas.

Harry bufou com bastante irritação, pois queria que Winthrop soubesse quanto ele detestava se envolver nesse tipo de questão. Francamente, ele era *tradutor*. Gostava de palavras. Papel. Tinta. Não de príncipes russos, e não tinha o menor desejo de passar as três semanas seguintes fingindo o contrário.

– O que eu preciso fazer? – perguntou ele. – Você sabe que não me envolvo em espionagem.

– E nem queremos que se envolva – disse Winthrop. – Suas habilidades linguísticas são valiosas demais para permitir que você fique à espreita, correndo o risco de levar um tiro.

– Não acredito que vocês tenham dificuldade para recrutar espiões – murmurou Harry.

Mais uma vez, Winthrop não detectou o sarcasmo e prosseguiu:

– Seu domínio da língua russa, assim como sua posição na alta sociedade, faz de você o candidato ideal para ficar de olho no príncipe Aleksei.

– Eu não sou de frequentar a sociedade – lembrou Harry.

– Sim, mas poderia.

As palavras de Winthrop pairaram sobre a sala como uma espada. Harry sabia muito bem que em todo o Departamento de Guerra só havia um único homem tão fluente em russo quanto ele. Mas também sabia que George Fox era filho de um estalajadeiro com uma garota russa que viera para a Inglaterra como criada de um diplomata. Fox era um bom homem, sagaz e corajoso, mas jamais teria acesso aos eventos sociais de um príncipe. O próprio Harry perigava não ter.

Já Sebastian, possível herdeiro de um conde, talvez tivesse. E não era como se Harry nunca o tivesse acompanhado a um evento.

– Não exigiremos que se envolva em uma ação direta – disse Winthrop –, embora, com sua experiência em Waterloo, saibamos muito bem que você tem as habilidades necessárias.

– Já cumpri minha cota de corpo a corpo, Winthrop – alertou Harry.

E era verdade. Sete anos no continente foram mais que suficientes. Harry não tinha o menor desejo de brandir um sabre outra vez.

– Nós sabemos. É por isso que só estamos pedindo que fique de olho nele. Quando puder, escute suas conversas. E nos informe tudo o que lhe parecer suspeito.

– Suspeito – repetiu Harry.

Achavam que o príncipe sairia por aí espalhando segredos em pleno salão do Almacks? Falantes de russo eram uma raridade em Londres, mas ele duvidava que o príncipe fosse tolo o bastante para presumir que ninguém entenderia o que ele dizia.

– É um pedido de Fitzwilliam – comentou Winthrop em voz baixa.

Harry ergueu o rosto, de repente. Fitzwilliam era chefe do Departamento de Guerra. Não oficialmente, é claro. Oficialmente, ele nem existia. Harry não sabia o nome verdadeiro dele, e tinha dúvidas até mesmo sobre sua aparência; nas duas vezes em que encontrara o sujeito, sua aparência estava tão alterada que Harry não conseguiu distinguir onde terminava o disfarce e começava a verdade.

Mas sabia muito bem que qualquer ordem de Fitzwilliam tinha que ser cumprida.

Winthrop pegou uma pasta na mesa e a entregou a Harry.

– Leia. É um dossiê que fizemos do príncipe.

Harry pegou o documento e fez menção de se levantar, mas Winthrop o deteve, rosnando:

– O documento não pode sair desta sala.

Harry estacou, aquele tipo de freada irritada e exagerada que se faz quando se está recebendo ordens. Voltou a se sentar, abriu a pasta, tirou os papéis e começou a ler.

Príncipe Aleksei Ivánovitch Gomaróvski, filho de Ivan Aleksándrovitch Gomaróvski, neto de Aleksei Pavlóvitch Gomaróvski, *etc. etc.*, solteiro, sem noivado conhecido. Vinha a Londres para visitar o embaixador, que era seu primo de sexto grau.

– Eles são todos parentes – murmurou Harry. – Diabo, aposto que *nós* também somos parentes.

– O que disse?

Harry olhou de soslaio para Winthrop.

– Desculpe.

Viajava com um séquito de oito pessoas, incluindo um consorte diplomático de porte avantajado e postura ameaçadora. Gostava de vodca (é claro), chá inglês (que progressista) e ópera.

Harry assentia enquanto lia. Talvez não fosse tão ruim assim. Ele também gostava de ópera, mas nunca encontrava tempo para ir a uma. Acabara de ganhar a desculpa perfeita. Excelente.

Virou a página. Havia um retrato grosseiro do príncipe. Ele o mostrou a Winthrop, dizendo:

– É um retrato fiel?

– Não – admitiu Winthrop.

Harry guardou o desenho no fundo da pilha. Para que se dar ao trabalho de incluir um retrato inútil? Continuou a ler, descobrindo fatos da biografia do príncipe. O pai morrera aos 63 anos, de cardiopatia. Não havia suspeita de envenenamento. A mãe ainda estava viva e morava parte do tempo em São Petersburgo e parte em Níjni Novgorod.

Foi para a última página. Havia indícios de que o príncipe era um mulherengo, com certa predileção por louras. Nas duas semanas desde que chegara a Londres, tinha visitado seis vezes o bordel mais exclusivo da cidade. Também participara de inúmeros eventos sociais e talvez até mesmo estivesse interessado em encontrar uma esposa britânica. Corriam rumores de que sua fortuna na Rússia começava a minguar e que lhe seria conveniente encontrar uma noiva com um dote considerável. Tinha, inclusive, demonstrado particular interesse pela filha de ...

– Ah. *Não*.

– Algum problema? – indagou Winthrop.

Harry mostrou a folha de papel – não que, do outro lado da mesa, Winthrop fosse conseguir ler.

– Lady Olivia Bevelstoke. – Uma descrença sombria permeava a voz de Harry.

– Isso.

Isso. Apenas "isso".

– Eu a conheço.

– Nós sabemos.

– Não gosto dela.

– Uma pena. – Winthrop pigarreou. – O que *não* é uma pena, contudo, é que Rudland House fique tão perto da sua residência recém-alugada.

Harry trincou os dentes.

– Quanto a isso nós não nos enganamos, não é mesmo?

– Não – admitiu Harry, de má vontade.

– Excelente. Porque é essencial que você fique de olho nela também.

Harry não foi capaz de esconder seu descontentamento.

– Isso será um problema?

– É claro que não, senhor – respondeu Harry, já que ambos sabiam que era uma pergunta puramente retórica.

– Não temos motivos para suspeitar que a garota esteja de conluio com o príncipe, mas achamos que, de acordo com sua fama de sedutor muito bem documentada, ele talvez faça lady Olivia cometer um erro de julgamento.

– Vocês documentaram a fama dele de sedutor – repetiu Harry; não queria nem imaginar como aquela proeza fora alcançada.

Winthrop deu o mesmo aceno vago.

– Temos os nossos métodos.

Harry até pensou em dizer que, se o príncipe conseguisse seduzir lady

Olivia, a Grã-Bretanha sairia ganhando, mas algo o impediu. Uma lembrança fugaz, talvez de algo nos olhos dela...

Quaisquer que fossem seus pecados, ela não merecia isso. Só que...

– Contamos com você para manter lady Olivia longe de encrencas – prosseguiu Winthrop.

Só que *ela* vinha espionando Harry.

– O pai dela é um homem importante.

Ela dissera que gostava de armas. E a criada dela não tinha mencionado alguma coisa sobre falar francês?

– Lady Olivia é bem conhecida e estimada pela alta sociedade. Se algo lhe acontecesse, o escândalo seria irreparável.

Mas Olivia não tinha como saber que Harry trabalhava para o Departamento de Guerra.

Ninguém sabia que ele trabalhava para o Departamento de Guerra. Era um mero tradutor, afinal.

– Seria impossível conduzir nossas investigações se um desastre assim acontecesse. – Winthrop se deteve, enfim. – Entende o que quero dizer?

Harry assentiu. Ainda não achava que lady Olivia fosse de fato espiã, mas agora estava mais que curioso. E não seria ridículo se, no fim das contas, ele estivesse errado?

⁓

– Milady.

Olivia ergueu os olhos da carta que escrevia para Miranda. Estava se perguntando se deveria ou não contar a ela sobre sir Harry. Não conseguia pensar em mais ninguém a quem poderia – ou gostaria de – contar, mas, por outro lado, era o tipo de história que não fazia muito sentido no papel.

Talvez não fizesse sentido de forma alguma.

Ela ergueu o rosto. O mordomo estava à porta, segurando uma bandeja de prata com um cartão.

– A senhorita tem visita.

Ela olhou o relógio no consolo da lareira. Era um pouco cedo para receber visitas e sua mãe ainda estava na rua, comprando chapéus.

– Quem é, Huntley?

– Sir Harry Valentine, milady. Se não me engano, ele alugou a casa em frente.

Lentamente, Olivia largou a pena. Sir Harry? Ali?

*Por quê?*

– Devo deixá-lo entrar?

Olivia não sabia por que cargas-d'água ele se dava o trabalho de perguntar. Se sir Harry estava no vestíbulo, conseguiria ver Huntley falar com ela. Não haveria como fugir. Ela assentiu, ajeitou as páginas da carta e guardou-as na gaveta. E então se levantou, achando que seria melhor estar de pé quando ele entrasse.

Em poucos instantes Harry surgiu à porta, vestido nos tons escuros de sempre. Tinha um pequeno pacote embaixo do braço.

– Sir Harry – cumprimentou ela, afável. – Que surpresa.

Ele a cumprimentou de volta, e disse:

– Sempre me esforço para ser um bom vizinho.

Ele adentrou a sala sob o olhar ressabiado dela.

Olivia não conseguia pensar em nenhum motivo para a visita. Ele tinha sido muito desagradável com ela no dia anterior, no parque, mas a verdade era que ela mesma se comportara tão mal quanto ele. Nem se lembrava da última vez que fora tão rude com alguém, mas, em sua defesa, estava morrendo de medo de que ele tentasse chantageá-la outra vez, e talvez com algo muito mais perigoso que uma dança.

– Espero não estar interrompendo nada – falou ele.

– Nem um pouco. – Ela gesticulou para a mesa. – Só estava escrevendo para a minha irmã.

– Não sabia que a senhorita tem uma irmã.

– Bom, minha cunhada – corrigiu ela. – É como uma irmã para mim. Nós nos conhecemos desde criancinhas.

Harry esperou que ela se sentasse no sofá, então se acomodou na poltrona egípcia bem na frente dela. Ele não parecia desconfortável, o que Olivia achou curioso. Ela odiava aquela cadeira.

– Trouxe isto para a senhorita – falou ele, entregando o pacote.

– Ah. Obrigada. – Ela pegou o pacote, meio sem jeito; não queria nenhum presente daquele homem e definitivamente não confiava nas motivações por trás do gesto.

– Vamos, abra – ordenou ele.

Era um embrulho simples, mas os dedos dela tremiam – Olivia torcia para que ele não conseguisse perceber. Precisou de algumas tentativas, mas, no fim, conseguiu desamarrar o barbante e desembrulhar o presente.

– Um livro – disse ela, com um pingo de surpresa.

Pelo tamanho e pelo peso do pacote, ela já sabia que só podia ser um livro, mas, ainda assim, achara uma escolha curiosa.

– Qualquer um pode presenteá-la com flores – observou ele.

Ela virou o exemplar, que estava com a contracapa para cima ao ser desembrulhado, e leu o título. *Srta. Butterworth e o barão louco*. Isso, sim, a deixou *muito* surpresa.

– O senhor me trouxe um romance gótico?

– Um romance gótico *sombrio* – corrigiu ele. – Achei que a senhorita iria gostar de algo do gênero.

Ela o encarou, avaliando o comentário. Ele a encarou de volta, como se a desafiasse a questioná-lo.

– Eu não leio – murmurou ela.

Harry ergueu a sobrancelha.

– Digo, eu *sei* ler – Olivia apressou-se em dizer, com certa irritação, para si mesma e para ele. – Só não aprecio muito o gênero.

Ele continuou com a testa franzida.

– É o tipo de coisa que eu não deveria admitir? – perguntou ela, atrevida.

Harry deu um sorriso preguiçoso e um silêncio agonizantemente longo perdurou até que ele, enfim, perguntou:

– A senhorita não pensa antes de falar, não é mesmo?

– Não muito – admitiu ela.

– Dê uma chance – falou ele, referindo-se ao livro. – Achei que a senhorita poderia achar mais interessante do que o jornal.

Era bem o tipo de coisa que um homem argumentaria. Ninguém parecia ser capaz de entender que ela simplesmente preferia as notícias cotidianas às invencionices saídas da cabeça de alguém.

– O *senhor* já leu? – indagou ela, abrindo uma página ao acaso e correndo os olhos pelas palavras.

– Meu Deus, não. Mas minha irmã o recomenda com entusiasmo.

– O senhor tem irmã?

– A senhorita parece surpresa.

E estava mesmo. Não sabia bem o porquê, tirando o fato de que suas amigas tinham achado por bem contar a ela *tudo* o que sabiam sobre ele e, de algum modo, esse fato ficara de fora.

– Ela mora na Cornualha – continuou ele –, cercada de rochedos, lendas e uma penca de filhos pequenos.

– Que descrição adorável. – Até que ela foi sincera. – E o senhor é um tio dedicado?

– Não.

A surpresa dela devia ter ficado aparente, pois ele acrescentou:

– É o tipo de coisa que eu não deveria admitir?

Mesmo contra a vontade, Olivia soltou uma risada.

– *Touché*, sir Harry.

– Eu adoraria ser um tio dedicado. – Ele abriu um sorriso sincero. – Só que ainda não tive a chance de conhecer nenhum deles.

– Faz sentido – murmurou ela. – O senhor passou muitos anos no continente.

Ele inclinou a cabeça ligeiramente para o lado. Olivia ficou se perguntando se ele sempre fazia isso quando estava curioso.

– A senhorita sabe bastante sobre mim – disse ele.

– Bem, isso todo mundo sabe. – Francamente, o sujeito não tinha nada que ficar tão impressionado.

– Não há muita privacidade em Londres, não é?

– Praticamente nenhuma. – As palavras saltaram de sua boca antes mesmo que Olivia se desse conta, antes mesmo que percebesse que era quase uma confissão. – Aceita um chá? – perguntou então, mudando de assunto com habilidade.

– Adoraria, muito obrigado.

Depois que ela chamou Huntley e lhe deu instruções para o chá, sir Harry disse:

– Quando estava no Exército, era disso que eu mais sentia falta.

– Do chá? – Era difícil acreditar.

Ele assentiu.

– Eu *morria* de vontade de beber chá.

– E não tinha acesso a nenhum? – Sabe-se lá por quê, Olivia achava isso absolutamente inaceitável.

– Às vezes. Mas na maioria das vezes eu tinha que sobreviver sem.

Algo na voz dele, talvez o tom jovial e melancólico, a fez sorrir.

– Tomara que nosso chá esteja à sua altura.

– Não sou exigente.

– É mesmo? Imaginei que tamanha devoção faria do senhor um verdadeiro especialista.

– A verdade é que passei tanto tempo sem acesso a chá que aprecio cada gotícula.

Ela deu uma risada.

– Era só do chá que o senhor sentia falta, de verdade? A maioria dos cavalheiros que conheço falaria em conhaque. Ou vinho do Porto.

– Chá – repetiu ele, com firmeza.

– O senhor toma café?

Ele balançou a cabeça.

– Amargo demais.

– Chocolate quente?

– Só se for com montanhas de açúcar.

– O senhor é um homem muito interessante, sir Harry.

– Que a *senhorita* me acha interessante, disso eu já sabia.

Ela ruborizou. Logo agora que estava começando a gostar do sujeito. A pior parte é que ele tinha certa razão. Afinal, ela havia *mesmo* bisbilhotado pela janela dele, o que era *mesmo* muito rude. Ainda assim, não tinha a menor necessidade de ele fazer tudo ao seu alcance para deixá-la desconfortável daquela maneira.

E então o chá chegou, dando a Olivia uma desculpa para evitar temas mais profundos.

– Leite? – perguntou ela.

– Por favor.

– Açúcar?

– Não, obrigado.

Ela nem se deu ao trabalho de olhar para ele ao indagar:

– É mesmo? Sem açúcar? Mas não foi o senhor quem acabou de dizer que enche o chocolate quente de açúcar?

– O café também, quando sou obrigado a beber. Já o chá é muito diferente.

Olivia lhe entregou uma xícara e se pôs a preparar outra para si mesma. Havia certo conforto em realizar aquelas tarefas familiares. As mãos sabiam exatamente o que fazer, a memória muscular entranhada havia muito em seus dedos. A conversa também era reconfortante. Simples e sem profundidade, mas, ainda assim, suficiente para restaurar o equilíbrio dela. Tanto que, enquanto ele bebia o segundo gole, ela finalmente conseguiu perturbar o equilíbrio *dele* ao perguntar, sorrindo com candura:

– Dizem que o senhor matou sua noiva.

Sir Harry se engasgou, para deleite de Olivia – não pelo engasgo, e sim pela surpresa. Afinal, Olivia torcia para não ter se tornado uma pessoa *tão* impiedosa assim. Contudo, ele se recuperou rápido e sua voz já estava tranquila ao responder:

– É mesmo?

– É.

– E disseram *como* eu a teria matado?

– Não.

– E quando?

– Talvez tenham dito – mentiu ela –, mas eu não prestei atenção.

– Hmmm.

Ele ponderou por alguns instantes. Era uma visão desconcertante, aquele homem alto e muito viril sentado na sala de visitas da mãe dela, toda decorada em tons de lilás, com uma xícara delicada nas mãos. Aparentemente pensando em assassinato.

Harry bebeu outro gole.

– E por acaso mencionaram o nome dela?

– Da sua noiva?

– Exato.

Foi um "exato" extremamente suave e corriqueiro, como se estivessem conversando sobre o clima ou discutindo a possibilidade de que o cavalo Bucket of Roses vencesse a Copa de Ouro de Ascot, no dia das damas.

Olivia balançou a cabeça de leve e levou a xícara aos lábios.

Ele fechou os olhos só por um momento. Então os abriu, olhou bem no fundo dos olhos dela e disse:

– Tudo o que importa é que agora ela descansa em paz.

Olivia não apenas se engasgou: chegou a aspergir um borrifo de chá que alcançou o meio da sala. Ele caiu na gargalhada, o desgraçado.

– Deus do céu, fazia anos que eu não ria desse jeito – falou ele, tentando recobrar o fôlego.

– O senhor é desprezível.

– A senhorita me acusou de assassinato!

– Não, senhor. Eu simplesmente disse que outra pessoa o acusou.

– Ah, sim – zombou ele –, existe uma diferença *enorme*.

– Para sua informação, *eu* não acreditei.

– Fico comovido com seu apoio, do fundo do coração.

– Pois não fique – cortou ela. – Porque não passa de bom senso.

Ele riu outra vez.

– Então foi por isso que a senhorita estava me espionando.

– Eu não estava... – Ah, francamente, por que ela ainda negava? – Bem, foi por isso, sim – vociferou ela. – O senhor não teria feito o mesmo?

– Talvez eu chamasse a polícia primeiro.

– *Talvez eu chamasse a polícia primeiro* – arremedou ela, usando a vozinha implicante que costumava reservar para os irmãos.

– A senhorita é *muito* implicante.

Olivia apenas o encarou.

– Pois bem. Ao menos descobriu algo interessante?

– Descobri – confirmou ela, estreitando os olhos. – Descobri, sim.

Ele aguardou, e então falou com uma boa dose de sarcasmo:

– Pois então, por gentileza...

Ela chegou mais para a frente.

– Explique o chapéu.

Primeiro ele a encarou como se ela tivesse ficado louca.

– Do que a senhorita está falando?

– O chapéu! – exclamou ela, gesticulando junto à cabeça para mostrar a silhueta do adorno. – Era ridículo! Tinha plumas. E o senhor o estava usando dentro de casa.

– Ah. Isso. – Ele reprimiu uma risada. – Na verdade, eu fiz isso por causa da senhorita.

– O senhor não sabia que eu estava olhando!

– É claro que sabia.

Ela entreabriu os lábios e parecia um pouco nauseada.

– Quando foi que percebeu?

– Na primeira vez em que a senhorita se postou diante da janela – disse Harry, dando de ombros e erguendo a sobrancelha como quem diz "Nem pense em tentar me contradizer". – A senhorita não é tão discreta quanto pensa.

Olivia se retraiu, bufando. Era ridículo, mas ele suspeitava que ela tinha recebido o comentário como um insulto.

– E os papéis queimados? – exigiu saber ela.

– A senhorita nunca queima papéis?

– Não como se minha vida dependesse disso.

– Ah, isso também foi por sua causa. A senhorita estava tão determinada na sua tarefa que eu quis deixar as coisas mais interessantes.

– O senhor...

Como ela parecia incapaz de terminar a frase, Harry prosseguiu, bem casualmente:

– Eu cheguei a pensar em subir na mesa e sapatear, mas achei que ficaria óbvio demais.

– Esse tempo todo o senhor estava se divertindo às minhas custas.

– Bem... – Ele ponderou. – É, estava.

Ela ficou boquiaberta. Parecia profundamente ofendida, e Harry quase sentiu vontade de se desculpar – devia mesmo ser um reflexo cavalheiresco ficar envergonhado diante de uma mulher com aquela expressão. Mas Olivia não tinha um único pingo de razão.

– Preciso lembrar que foi *a senhorita* que começou a me espionar? – observou ele. – Se alguém aqui tem motivos para se sentir ofendido, esse alguém sou eu.

– Bem, acho que o senhor já conseguiu sua vingança – retrucou ela em tom formal, com o queixo erguido.

– Lady Olivia, não tenho tanta certeza. Acho que ainda vai levar um bom tempo para que estejamos quites.

– E o que está planejando? – perguntou ela, desconfiada.

– Nada. – Ele sorriu. – Por enquanto.

Olivia deu uma bufadinha ofendida – na verdade, até que foi bem gracioso –, e ele decidiu amenizar a situação.

– Ah, a propósito, eu nunca estive comprometido.

Ela piscou, um tanto confusa com a mudança repentina de assunto.

– A tal noiva morta? – lembrou ele, solícito.

– Não tão morta assim, então?

– Essa noiva nunca nem sequer existiu, para começo de conversa.

Ela aquiesceu, devagar, e então perguntou:

– Por que veio me visitar?

De maneira nenhuma Harry diria a verdade: que dali em diante ela era missão dele e que ele precisava cuidar para que ela não cometesse uma traição acidental. Assim, respondeu apenas:

– Eu queria ser educado.

Nas semanas seguintes, ele se veria obrigado a passar um tempo considerável na companhia de Olivia – ou no mínimo, no mesmo ambiente que ela. Contudo, já não desconfiava mais de que houvesse alguma motivação nefasta por trás da bisbilhotice dela – nunca desconfiara, na verdade, mas teria sido leviano de sua parte não agir com a devida cautela. A história dela era ridícula demais para não ser verdade e parecia um motivo plausível para que uma debutante entediada se metesse a espionar um vizinho.

Não que conhecesse muito sobre debutantes entediadas. Contudo, isso parecia prestes a mudar.

Harry sorriu para ela. Estava se divertindo mais do que o esperado.

Olivia parecia prestes a revirar os olhos e, por algum motivo, ele até queria que ela o fizesse. Gostava muito mais dela quando seu rosto estava em movimento, cheio de emoções. No concerto das Smythe-Smiths ela havia passado todo o tempo agindo de forma fria e resguardada. Tirando algumas fagulhas incontidas de ira, seu semblante permanecera desprovido de qualquer expressão.

O que para ele fora bem irritante. A ponto de causar-lhe uma sensação desagradável, como uma coceira em um lugar impossível de alcançar.

Ela ofereceu mais chá e ele aceitou, curiosamente satisfeito por prolongar a visita.

Contudo, enquanto ela estava servindo, o mordomo voltou à sala com uma bandeja de prata na mão.

– Lady Olivia – começou. – Isto acabou de chegar para a senhorita.

O homem se inclinou para que ela pegasse a missiva. Parecia uma espécie de convite, grandioso e festivo, com um laço de fita e um selo.

Um selo?

Harry se empertigou discretamente, tentando espiar melhor. Era um selo real? A aristocracia russa adorava usar insígnias. Bem, a inglesa também, refletiu ele, mas aquele selo não era britânico. Não era o rei Jorge quem a tinha enviado.

Ela examinou a carta, depois se esticou para deixá-la na mesinha lateral.

– Não vai abrir?

– O que quer que seja, pode esperar. Não quero ser mal-educada.

– Não se preocupe comigo – reassegurou ele, apontando para a carta. – O bilhete parece tão interessante.

Curiosa, ela olhou primeiro para a missiva e depois para Harry.

– Grandioso – corrigiu Harry, repreendendo-se pela escolha inicial de adjetivo.

– Já sei quem é o remetente – comentou ela, aparentando indiferença.

Ele meneou a cabeça, na esperança de que o gesto transmitisse a indagação que seria indelicado fazer em voz alta.

– Ah, está bem – falou ela, abrindo o selo. – Já que insiste...

Ele não tinha insistido nem um pouco, mas preferiu não dizer nada que pudesse fazê-la mudar de ideia.

Assim, aguardou pacientemente enquanto Olivia lia, apreciando as emoções que seu semblante deixava transparecer. Ela revirou os olhos uma vez, depois emitiu um suspiro curto, porém exasperado, e, por fim, grunhiu.

– Notícias ruins? – perguntou Harry educadamente.

– Não – respondeu ela. – É apenas um convite que eu preferiria não aceitar.

– Então não aceite.

Ela retrucou com um sorriso contido. Ou talvez pesaroso. Não tinha como saber.

– Está mais para uma convocação – completou.

– Ora, não é possível. Quem teria autoridade suficiente para fazer uma convocação à ilustre lady Olivia Bevelstoke?

Sem dizer nada, Olivia entregou o bilhete a ele.

# Capítulo oito

*Por que um príncipe prestaria
atenção em mim*
por lady Olivia Bevelstoke

*Ruína
Casamento*

Nenhuma das opções parecia muito interessante. Ruína, por motivos
óbvios, e casamento por... bem, uma porção de motivos.

*Por que eu não penso em me casar
com um príncipe russo*
por lady Olivia Bevelstoke

*Não falo russo
Sequer consigo me virar no francês
Não quero me mudar para a Rússia (ouvi dizer que lá é bem frio)
Sentiria falta da minha família
E de chá*

As pessoas bebem chá na Rússia? Ela olhou para sir Harry, que ainda estava examinando o bilhete que ela lhe entregara. Por algum motivo, achou que ele saberia responder. Ele já viajara bastante – dentro das necessidades do Exército – e gostava de chá.

E a lista dela nem tinha se aproximado dos aspectos *reais* de se casar com um príncipe. O protocolo. A formalidade. Parecia um pesadelo completo.

Um pesadelo em um lugar muito, muito frio.

Sinceramente, Olivia estava começando a pensar que a ruína era o menor dos males.

Quando terminou de ler o convite, sir Harry disse:

– Não sabia que a senhorita frequentava círculos tão exclusivos.

– E não frequento, mesmo. Estive com ele duas vezes. Minto – corrigiu ela, pensando nas semanas anteriores –, três. Apenas.

– Então a senhorita deve ter causado uma impressão e tanto.

Olivia deu um suspiro pesaroso. Que o príncipe a achava bonita ela já sabia. Afinal, já tivera sua cota de homens interessados nela e aprendera a reconhecer os sinais. E toda vez ela tentava dissuadi-los da forma mais educada possível, mas este homem especificamente não poderia ser despachado com tanta facilidade. Afinal de contas, era um príncipe. Definitivamente não queria ser *ela mesma* um potencial motivo de tensão entre as duas nações.

– A senhorita vai aceitar o convite? – perguntou sir Harry.

Olivia franziu a testa. Aparentemente alheio aos bons costumes ingleses, segundo os quais os cavalheiros é que visitavam as damas, o príncipe solicitava que ela lhe fizesse uma visita. Chegara mesmo a marcar data e hora – dali a dois dias, às três da tarde –, de modo que Olivia desconfiava de que a palavra "solicitar" tivesse sido usada de forma excessivamente corriqueira.

– Não vejo como poderia recusar – respondeu ela.

– Não. – Ele voltou a olhar o convite, balançando a cabeça. – Não pode mesmo.

Ela resmungou.

– A maioria das mulheres se sentiria lisonjeada.

– Suponho que seja mesmo lisonjeiro. Digo, é claro que é. Ele *é* um príncipe. – Olivia tentou imprimir um pouco de animação na voz. Achou que não teve muito sucesso nisso.

– Por que a senhorita não gostaria de ir?

– Porque acho isso tudo uma grande chateação, isso sim. – Ela o encarou abertamente. – Já foi apresentado à corte? Não? Bom, é terrível.

Sir Harry riu, mas ela estava tão chateada que continuou desabafando:

– Há várias especificações para o vestido que se deve usar, com crinolina e ancas, muito embora já faça anos que ninguém mais se vista dessa forma absurda. Na hora de fazer a mesura, a moça não pode se inclinar nem de mais nem de menos, e Deus a livre de sorrir no momento errado.

– Algo me diz que o príncipe Aleksei não espera que a senhorita use ancas e crinolina na ocasião.

– Eu sei, mas ainda assim será um evento absurdamente formal e eu não entendo nada do protocolo social russo. O que significa que minha mãe vai insistir em contratar alguém para me ensinar, embora permaneça o mistério de onde ela vai arrumar uma pessoa tão em cima da hora. E então vou ter que passar os próximos dois dias aprendendo o jeito certo com que os russos fazem suas mesuras, e se há algum tópico a evitar em uma conversa, e ai...

Ela deixou a voz morrer no "ai", porque sinceramente aquela conversa toda estava lhe dando dor de estômago. Ansiedade. Era ansiedade. Detestava se sentir ansiosa.

Olhou para sir Harry. Ele estava imóvel, com uma expressão inescrutável.

– Não vai me dizer que não será tão horrível assim? – perguntou ela.

Ele balançou a cabeça.

– Ah, não. Será realmente péssimo.

Ela se jogou na poltrona. Sua mãe teria um ataque se a visse naquela posição desleixada diante de um cavalheiro. Francamente, custava sir Harry ter mentido que seria uma tarde maravilhosa? Se ele tivesse mentido, ela teria conseguido manter a compostura.

E se colocar a culpa em outra pessoa a fazia se sentir um pouco melhor, que assim fosse.

– Pelo menos a senhorita ainda tem alguns dias – disse ele, tentando oferecer algum consolo.

– Só dois – retrucou ela, soturna. – E, para piorar, eu ainda devo vê-lo hoje à noite.

– Hoje?

– No baile dos Mottrams. O senhor vai? – Ela deu um tapinha na testa.
– Não, é claro que não.

– Perdão?

– Ah, me desculpe. – Ela sentiu o rosto ruborizar; que comentário rude! – Eu só quis dizer que o senhor não sai de casa. Não que não *poderia* sair. Apenas prefere não sair. Pelo menos assim presumo.

Ele a encarou por tanto tempo e com tanta firmeza que ela se sentiu compelida a continuar:

– Afinal, passei cinco dias bisbilhotando sua vida.

– Algo que eu não terei como esquecer tão cedo. – Sir Harry devia ter se apiedado dela, porque não insistiu no assunto, dizendo apenas: – Pois saiba que, por acaso, eu já tinha planejado ir ao baile hoje.

Ela sorriu, mais que surpresa ao notar o frio na barriga.

– Então nos encontraremos.

– Eu não perderia por nada.

Na verdade, Harry não tinha planos para ir ao baile dos Mottrams. Nem sabia se fora convidado. No entanto, Sebastian com certeza teria sido, e seria muito fácil ir junto com o primo. Em troca, foi obrigado a suportar o interrogatório de Seb – *por que* o desejo repentino de ir ao baile e *quem* o teria feito mudar de ideia? Mas Harry já tinha muita experiência em desviar das perguntas do primo e, assim que chegaram, havia tantos convidados que não foi difícil se separar dele para se misturar à multidão.

Harry permaneceu no perímetro do salão de baile, esquadrinhando os convidados. Era difícil estimar quantas pessoas havia ali. Trezentas? Quatrocentas? Seria muito fácil trocar bilhetes sem ser notado ou manter uma conversa furtiva sem despertar suspeitas.

Harry se repreendeu. Ora essa, estava começando a pensar como um maldito espião, pelo amor de Deus. E isso ele não tinha a menor intenção de fazer. As ordens que recebera eram de vigiar lady Olivia e o príncipe, juntos ou separados. Não deveria tentar prevenir nada nem impedir nada, muito menos *fazer* nada.

Seu trabalho era vigiar e reportar, ponto final.

Inclusive, não via Olivia nem ninguém que se assemelhasse minimamente à realeza, então saiu em busca de uma bebida e passou alguns minutos entretido com as movimentações de Sebastian, que seguia encantando a todos por quem passava.

Era um talento natural. Um talento que ele próprio não possuía.

Após cerca de meia hora observando e aguardando (com absolutamente nada a reportar), notou certa comoção à entrada da festa e se dirigiu para lá. Chegou o mais próximo que pôde, então virou-se para o cavalheiro ao lado e perguntou:

– O senhor sabe o motivo desse alvoroço todo?

– Um príncipe russo qualquer. – O sujeito deu de ombros, indiferente. – Já faz umas semanas que chegou à cidade.

– Está causando um rebuliço e tanto – comentou Harry.

Harry não conhecia o homem, mas parecia bem o tipo que frequentava eventos sociais todas as noites.

O sujeito deu uma risada sarcástica e disse:

– As moças estão em polvorosa por causa dele.

Harry voltou a atenção para o pequeno amontoado de pessoas diante da porta. À medida que o grupo oscilava, de vez em quando era possível vislumbrar o homem no meio do turbilhão, mas não o suficiente para dar uma boa olhada.

Conseguiu ver que era bem louro, mais alto do que a média. Contudo, constatou Harry com certa satisfação, não tão alto quanto ele próprio.

Não havia motivo para que Harry fosse apresentado ao príncipe nem ninguém por perto que pudesse fazer as honras, então ele se manteve a distância, tentando avaliá-lo à medida ele se deslocava pelo salão.

Era arrogante, com certeza. Pelo menos dez moças lhe foram apresentadas e ele sequer aquiesceu para qualquer uma delas. Sempre de queixo erguido, concedia apenas um olhar severo, de superioridade. Tratava os cavalheiros com o mesmo desdém, dirigindo a palavra a apenas três. Harry ficou se perguntando se havia entre os convidados *alguém* que o príncipe considerasse digno de sua atenção.

– Vejo que está bastante sério esta noite, sir Harry.

Ele se virou e sorriu, antes mesmo de se dar conta do que fazia. Lady Olivia o pegara de surpresa ao surgir ao seu lado, devastadoramente linda em um vestido de veludo azul-escuro.

– Moças solteiras não deveriam vestir apenas tons pastel? – perguntou ele.

Ela ergueu as sobrancelhas diante da impertinência, mas havia um brilho bem-humorado em seus olhos ao responder:

– De fato, mas não sou mais tão nova assim. Já é o terceiro ano desde a minha apresentação, sabe? Sou quase uma solteirona.

– Com todo o respeito, acho difícil acreditar que haja alguém a quem culpar além da senhorita.

– Ai.

Ele sorriu e mudou de assunto:

– E como está nesta noite?

– Nada de especial a relatar. Acabamos de chegar.

Harry sabia bem, mas não podia dar nenhum indício de que vinha observando os movimentos dela, então comentou:

– Seu príncipe veio.

Ela parecia prestes a soltar um muxoxo.

– Eu sei.

Ele chegou mais perto, com um sorriso conspiratório, e indagou:

– Quer que eu a ajude a evitá-lo?

Os olhos dela se iluminaram.

– Acha que consegue?

– Lady Olivia, saiba que sou um homem de muitos talentos.

– Apesar dos chapéus engraçados?

– Apesar dos chapéus engraçados.

E então, com a maior simplicidade do mundo, eles gargalharam. Juntos. Em uníssono, um som harmônico como um acorde perfeito. Depois, ambos perceberam que tinham vivido um momento significativo, embora nenhum dos dois soubesse bem o porquê.

– Por que o senhor está sempre de roupas escuras? – perguntou ela.

Ele avaliou o próprio traje de noite.

– Não gostou da casaca?

– Gostei, sim – assegurou ela. – É muito elegante. É só que as pessoas andam comentando.

– Sobre meu gosto para me vestir?

Ela assentiu.

– Foi uma semana fraca em termos de fofoca. Além do mais, o senhor falou do *meu* vestido.

– Justíssimo. Pois bem. Prefiro cores escuras porque facilita a minha vida.

Ela ficou em silêncio, aguardando com uma expressão de expectativa, como se soubesse que havia algo mais.

– Bem, vou lhe contar um grande segredo, lady Olivia.

Ele chegou mais perto e ela também. Mais um daqueles momentos de perfeita harmonia.

– No que diz respeito às cores, eu sou um completo desastre – argumentou ele, com a voz grave. – Não conseguiria distinguir verde e vermelho nem que minha vida dependesse disso.

– É mesmo? – A pergunta saiu um pouco alto demais, o que a fez olhar ao redor, constrangida, antes de continuar, mais baixo desta vez: – Nunca ouvi falar de tal coisa.

– Sei que não sou o único, mas nunca conheci ninguém que sofresse do mesmo mal.

– Com certeza não há necessidade de vestir roupas escuras o tempo inteiro.

A voz e o semblante dela eram de puro fascínio, os olhos brilhavam de interesse. Se Harry soubesse que sua dificuldade com as cores despertaria tanta curiosidade nas mulheres, não teria passado tantos anos sem aproveitá-la.

– Seu lacaio não poderia escolher seus trajes? – perguntou ela.

– Poderia, mas para isso eu teria que confiar nele.

– E não confia?

Olivia parecia intrigada. Achava graça. Talvez um misto das duas coisas.

– Ele tem um senso de humor muito peculiar e sabe que não posso mandá-lo embora. – Deu de ombros, resignado. – Ele salvou a minha vida. E a do meu cavalo também, o que talvez seja ainda mais importante.

– Ah, então o senhor definitivamente não pode mandá-lo embora. Seu cavalo é lindo.

– Sou muito afeiçoado a ele – falou Harry. – Ao cavalo, digo. Por outro lado, ao lacaio também.

– O senhor deveria dar graças a Deus por ficar bem em cores escuras – disse ela, aquiescendo. – Nem todo mundo fica bem de preto.

– Ora essa, lady Olivia, isso foi um elogio?

– Menos um elogio ao senhor e mais um insulto a todas as outras pessoas.

– Graças a Deus. Acho que eu não saberia me comportar em um mundo em que a senhorita distribuísse elogios por aí.

Ela tocou de leve o ombro dele – um toque atrevido, com uma nota de insinuação e decididamente irônico.

– Pois saiba que penso *exatamente* o mesmo em relação ao senhor.

– Muito bem. Agora que estamos de acordo, o que devemos fazer a respeito do seu príncipe?

Ela o olhou de soslaio.

– Sei que está louco para me ouvir dizer que ele não é meu príncipe.

– Era o que eu esperava, confesso – murmurou ele.

– Por mais que isso o desaponte, devo dizer que ele é meu príncipe tanto quanto é de todos os demais aqui presentes. – Ela olhou ao redor, lábios contraídos. – Digo, exceto pelos russos.

Em qualquer outro momento, Harry teria dito que *ele* era, pelo menos, um quarto russo. Provavelmente teria feito um comentário incrivelmente espirituoso sobre não querer reivindicar o príncipe mesmo assim, e então arrebataria Olivia com seu domínio perfeito do idioma. Mas não podia fazer isso. E, para ser sincero, era desconcertante perceber quanto queria.

– Consegue ver o príncipe?

Olivia estava com o pescoço esticado e na ponta dos pés, mas, embora fosse um pouco mais alta do que a média feminina, não havia a menor chance de enxergar por cima da multidão.

Harry, por sua vez, conseguia.

– Ele está mais para lá – disse Harry, indicando com a cabeça as portas que levavam ao jardim.

O príncipe se encontrava rodeado de pessoas, parecendo totalmente entediado por ser o centro das atenções e, ao mesmo tempo, agindo como se não merecesse nada menos.

– O que ele está fazendo? – perguntou Olivia.

– Está sendo apresentado a... – Ora... Ele não fazia ideia de quem era aquela pessoa. – A alguém.

– Homem ou mulher?

– Mulher.

– Jovem ou velha?

– Que interrogatório é esse?

– Jovem ou velha? – insistiu ela. – Conheço todas as pessoas que comparecem a este tipo de evento. É um *dom*.

Ele ergueu a sobrancelha:

– E a senhorita se orgulha particularmente dessa habilidade?

– Não, não muito.

– Ela deve ser uma mulher de meia-idade – falou ele.

– O que está vestindo?

– Um vestido – retorquiu ele.

– Pode descrever? – indagou ela, com impaciência, e então: – O senhor é terrível. Parece meu irmão.

– Até que eu gosto dele – disse Harry, mais para irritá-la do que qualquer outra coisa.

Olivia revirou os olhos.

– Não se preocupe, logo o senhor vai conhecê-lo melhor e terá a oportunidade de mudar de ideia.

Isso arrancou um sorriso dele. Não conseguiu evitar. Já não entendia mais como fora capaz de achá-la fria e distante. Na verdade, Olivia irradiava bom humor e irreverência. Bastava, ao que tudo indicava, estar na companhia de um bom amigo.

– E então? – insistiu ela. – Como é o vestido?

Ele passou o peso do corpo para o outro pé, tentando ver melhor.

– Um vestido bufante, com... – Fez uma mímica perto dos ombros, agarrando-se à menor esperança de descrever uma vestimenta feminina, e então balançou a cabeça. – Não sei dizer que cor é essa.

– Que interessante. – Ela franziu as sobrancelhas. – Isso quer dizer que o vestido deve ser vermelho ou verde?

– Ou qualquer uma das milhares de nuances dessas duas cores.

A postura dela mudou por completo.

– Isso é fascinante, sabia?

– Para ser sincero, sempre foi um transtorno para mim.

– Imagino – reconheceu ela, e perguntou: – A dama com quem ele está conversando...

– Ah, eles não estão conversando – falou Harry, com mais intensidade do que gostaria.

Ela ficou na ponta dos pés, embora isso não fosse ajudá-la a enxergar melhor.

– Como assim?

– Ele não está falando direito com ninguém. Bem, com quase ninguém. No geral, só o que ele faz é olhar para todos com superioridade.

– Que coisa estranha. Comigo ele conversou bastante.

Harry deu de ombros. Não sabia o que dizer além do óbvio – o fato de o príncipe querer levá-la para a cama, o que não pareceu nada apropriado ao momento.

Embora fosse obrigado a reconhecer o bom gosto do príncipe.

– Que seja – falou Olivia. – A mulher com quem ele *não* está conversando está usando um diamante bem vulgar?

– Pendurado no pescoço?

– Não, no nariz... É claro que é no pescoço!

Harry a olhou com bastante escrutínio.

– A senhorita não é a pessoa que eu achei que fosse.

– Considerando sua primeira impressão a meu respeito, imagino que isso seja algo bom. Ela está ou não está usando o diamante?

– Está.

– Então é lady Mottram – afirmou ela. – Nossa anfitriã. O que quer dizer que ele vai passar uns bons minutos ocupado. Ignorá-la seria rude.

– Não acho que o príncipe faz questão de ser educado.

– Ah, mas não se preocupe. Ele não vai conseguir fugir. Lady M. tem *tentáculos*. E duas filhas em idade para casar.

– Vamos para o lado oposto, então?

Ela ergueu as sobrancelhas com um olhar travesso.

– Vamos.

Olivia foi na frente, desviando da multidão com habilidade. Ele seguia o som de suas risadas e, de tempos em tempos, quando ela olhava por cima do ombro para ver se ele ainda a seguia, via o lampejo estonteante daquele sorriso.

Encontraram um canto reservado onde ela enfim se acomodou, sem fôlego e risonha. Harry ficou de pé ao lado dela, comportando-se de forma consideravelmente mais sóbria. Não queria se sentar. Ainda não. Tinha que ficar de olho no príncipe.

– Ele não vai nos encontrar aqui! – exclamou ela, alegremente.

Nem ele nem ninguém, Harry não pôde deixar de pensar. Não havia nada indecente naquele refúgio, já que ficava à vista do salão de baile. Mas pelo posicionamento – em um canto isolado, uma espécie de nicho que os encapsulava –, a pessoa tinha que estar no ângulo exato para poder vê-los.

Estava longe de ser um palco para sedução, muito menos para qualquer imoralidade, mas era bastante privativo – e bem isolado dos barulhos da festa.

– Foi divertido – anunciou Olivia.

Ele se surpreendeu ao concordar com ela:

– Foi mesmo.

Olivia soltou um leve suspiro de desânimo.

– Mas imagino que eu não vá conseguir evitá-lo a noite inteira.

– Pode tentar.

Ela balançou a cabeça.

– Minha mãe vai dar um jeito de me encontrar.

– Ela quer que a senhorita se case com ele? – perguntou ele, sentando-se ao lado dela no banco curvo de madeira.

– Não, ela não ia querer que eu me mudasse para tão longe. Mas ele é um príncipe. – Ela ergueu o rosto com uma expressão fatalista no olhar. – É uma honra receber as atenções dele.

Harry assentiu. Mas só para demonstrar apoio, não porque estivesse concordando.

– Além do mais… – Olivia se interrompeu, então abriu a boca como se fosse voltar a falar, mas não disse nada.

– Além do mais…? – encorajou ele.

– Posso confiar no senhor?

– Pode – afirmou ele –, mas tenho certeza de que a senhorita já sabe que nunca se deve confiar em um cavalheiro que diz ser confiável.

A frase provocou um leve sorriso.

– Isso é bem verdade. Ainda assim…

– Prossiga – pediu ele, delicado.

– Bem…

Ela ficou com um olhar distante, como se procurasse as palavras certas. Ou talvez as tivesse encontrado, mas as frases não soassem bem. Quando enfim falou, não estava olhando para ele.

Embora também não o evitasse propriamente.

– Eu já… rejeitei os avanços de um bom número de cavalheiros.

Ele ficou pensando no que haveria por trás do uso cuidadoso da palavra "rejeitei", mas não a interrompeu.

– Não que eu me considere boa demais para eles. Quer dizer, talvez para alguns. – Ela o encarou. – Alguns eram tenebrosos.

– Imagino.

– Mas com a maioria… não havia nada *errado*. Eles só não eram o homem certo. – Ela suspirou, deixando transparecer uma pontinha de tristeza.

Harry detestou notar esse sentimento.

– Ninguém diz isso na minha cara, é claro… – prosseguiu ela.

– Agora a senhorita ficou com fama de ser minuciosa demais? – completou ele.

Ela o observou com olhos tristes.

– "Exigente" foi o termo que ouvi. Um deles. – Uma sombra de preocupação atravessou seu olhar. – Mas é o único que me permito repetir.

Harry olhou para a mão dela. Seu punho estava cerrado, com força. Olivia estava fazendo o possível para minimizar a situação, mas estava muito magoada com o disse me disse.

Ela se recostou na parede, deixando um suspiro tristonho pairar no ar.

– E essa agora… Ah, essa realmente passa de todos os limites, porque…

Ela balançou a cabeça, olhando para o céu como quem procura orientação ou perdão. Ou talvez apenas compreensão.

Olivia olhou para multidão; ela sorria, mas era um sorriso melancólico, desnorteado. E então concluiu:

– Houve até mesmo quem dissesse: "Quem ela está esperando? Um príncipe?"

– Ah.

Ela se virou para ele, sobrancelhas arqueadas, o semblante muito franco.

– Entende meu dilema?

– Entendo.

– Se eu for vista rejeitando um príncipe, serei… – Ela mordeu o lábio em busca da palavra correta. – Não serei exatamente motivo de piada… Não sei nem dizer o que serei, mas não acho que vá ser nada agradável.

Ele estava paralisado, sem mover um músculo sequer, mas havia uma bondade extrema em seu rosto ao dizer:

– A senhorita definitivamente não precisa se casar com ele só para provar para a sociedade que é uma boa pessoa.

– Não, é claro que não. Mas preciso, pelo menos, ser vista tratando-o com toda a cortesia. Se eu o rejeitar de imediato…

Olivia suspirou. Detestava aquela situação. Detestava aquilo tudo, e nunca tinha chegado a conversar com ninguém sobre o assunto, porque todos lhe diriam coisas horríveis e mesquinhas como: "Quem me dera que esses fossem os meus problemas."

E ela *sabia* que era sortuda, *sabia* que tinha sido abençoada, sabia que não tinha o menor direito de reclamar de nada na vida, e ela não se queixava, não mesmo.

Só que, às vezes, ela se queixava, sim.

E às vezes ela só queria que os homens parassem de prestar atenção nela, parassem de dizer como ela era linda, adorável e graciosa (algo que, inclusive, ela não julgava ser verdade). Queria que parassem de visitá-la, de pedir a permissão de seu pai para cortejá-la, porque nenhum deles era o homem certo, e, que diabos, ela não queria ter que se conformar com o melhor entre os aceitáveis.

– A senhorita sempre foi bonita? – indagou ele, baixinho.

Era uma pergunta estranha. Estranha e poderosa, definitivamente o tipo de coisa que ela jamais pensaria em responder. No entanto...

– Sempre.

No entanto, feita por ele, parecia uma pergunta adequada.

Harry assentiu.

– Desconfiei. Seu rosto é *daquele* tipo.

Ela se voltou para ele com a energia curiosamente refeita:

– Já lhe contei sobre Miranda?

– Acho que não.

– Miranda é minha amiga e se casou com meu irmão.

– Ah, sim. A senhorita estava escrevendo uma carta para ela hoje à tarde.

– Isso. Bem, ela foi uma espécie de patinho feio. Era magérrima, com pernas muito compridas. Costumávamos brincar dizendo que chegavam até o pescoço. Mas eu nunca a vi dessa forma. Ela era apenas minha amiga. Minha amiga mais querida, mais divertida, mais bonita. Tomávamos aulas juntas. Fazíamos tudo juntas.

Olivia o encarou, tentando avaliar o nível de interesse dele.

A maioria dos homens já teria fugido correndo. Uma jovem tagarelando sobre uma amizade pueril? Credo.

Mas sir Harry apenas assentia. E ela viu que ele compreendia.

– Quando eu tinha 11 anos... na verdade, era meu 11º aniversário... e de Winston também... fizemos uma festa, e todas as crianças da vizinhança compareceram. Imagino que tenha sido um convite bastante cobiçado. Enfim, havia uma menina... nem lembro mais o nome dela... mas ela disse coisas horríveis para Miranda. Antes daquele dia, acho que Miranda nunca se dera conta de que não era considerada bonita. Eu sei que *eu* nunca tinha me dado conta.

– Crianças podem ser muito cruéis – murmurou ele.

– E adultos também – completou Olivia, de forma abrupta. – Enfim, não importa. É só uma daquelas lembranças bobas que ficam na nossa mente.

Passaram alguns minutos sentados em silêncio, até que ele disse:

– A senhorita não terminou a história.

Ela o encarou, surpresa.

– Como assim? – perguntou.

– Não terminou de contar – repetiu ele. – O que a senhorita fez?

Ela ficou atônita.

– Eu me recuso a acreditar que não tenha feito nada. Mesmo aos 11 anos a senhorita não teria deixado isso passar.

Um sorriso preguiçoso se abriu lentamente no rosto dela… e ela sentiu que chegava às maçãs do rosto, aos lábios e então ao coração.

– Se não me engano, eu tive uma *palavrinha* com a tal garota.

Os dois trocaram um olhar curioso de cumplicidade.

– A menina voltou a ser convidada para mais alguma festa na sua casa?

Ela continuava sorrindo. Com os olhos.

– Acho que não.

– Aposto que ela jamais esqueceu o *seu* nome.

Olivia sentiu a alegria brotar dentro de si.

– Acho que não.

– E sua amiga Miranda riu por último – disse ele. – Porque se casou com o futuro conde de Rudland. Havia, em todo o distrito, algum partido melhor?

– Não havia.

– Às vezes – falou ele, pensativo – as pessoas têm o que merecem.

Olivia ficou parada ao lado dele, em silêncio, perdida em pensamentos felizes. E então, do nada, ela se virou para ele e disse:

– Bem, *eu* sou uma tia dedicada.

– Seu irmão e Miranda já têm filhos?

– Uma menina. Caroline. É a coisinha mais preciosa da minha vida. Às vezes tenho vontade de engolir aquela criaturinha. – Olivia notou como ele a olhava. – Está rindo do quê?

– Do tom da sua voz.

– O que é que tem?

Ele balançou a cabeça.

– Não faço ideia. Parece que a senhorita… Não sei, quase parece que está ansiosa pela sobremesa.

Ela deu uma gargalhada.

– Bem, tudo que sei é que vou ter que repartir minha afeição. Eles estão esperando mais um filho.

– Ora, parabéns.

– Sempre achei que não gostasse de crianças – ponderou ela –, mas eu *idolatro* minha sobrinha.

Olivia se calou outra vez, pensando como era ótimo estar ao lado de uma pessoa com quem o silêncio não pesava. Mas ela logo voltou a falar porque nunca conseguia ficar muito tempo calada.

– O senhor deveria ir visitar sua irmã na Cornualha – comentou ela. – Conhecer seus sobrinhos.

– Deveria mesmo – concordou ele.

– Família é importante.

Ele ficou mais um tempo calado, mais do que ela esperava, antes de dizer:

– É, é sim.

Havia alguma coisa errada. Um vazio na voz dele. Ou talvez não. Tomara que não, pensou ela. Porque seria uma decepção e tanto se ele, no fim das contas, fosse um daqueles homens que não ligavam para a própria família.

Mas ela não queria pensar nisso. Não naquele momento. Se sir Harry tinha defeitos, segredos ou qualquer outra coisa além do que ela via naquele instante, Olivia não queria saber.

Ao menos não nessa noite.

Definitivamente, nessa noite, não.

# Capítulo nove

Eles não podiam passar a noite inteira na alcova, de modo que, com muito pesar, Olivia se levantou, se endireitou e olhou para Harry por cima do ombro e disse:

– À brecha novamente, meu caro amigo.

Ele também ficou de pé, fitando-a com uma expressão calorosa e intrigada.

– Achei que a senhorita não gostasse de ler.

– Não gosto mesmo, mas é *Henrique V*, pelo amor de Deus! Nem eu consegui escapar dessa. – Olivia quase estremeceu, lembrando-se da Tutora nº 4, que insistira que elas lessem todos os *Henriques*. Inexplicavelmente, na ordem contrária. – E eu tentei. Pode crer, tentei mesmo.

– Por que tenho a sensação de que a senhorita não era exatamente uma aluna exemplar? – ponderou ele.

– Ah, eu estava só tentando fazer com que Miranda se sobressaísse, por comparação.

Não era bem verdade, mas até que ela gostava desse efeito colateral de seu mau comportamento. Não era de estudar que ela não gostava, e sim de ter alguém lhe dizendo *o que* estudar. Miranda, que vivia com o nariz enfiado nos livros, aceitava de bom grado se banhar em qualquer que fosse o conhecimento que a tutora *du jour* achasse por bem ensinar. Olivia sempre gostava mais dos períodos entre uma tutora e outra, quando as duas ficavam por contra própria. Em vez de serem forçadas a decorar coisas, criavam todo tipo de jogos e recursos. Olivia nunca se saíra tão bem em matemática como nos períodos em que não havia ninguém tentando ensiná-la.

– Estou começando a achar que sua amiga deve ser uma santa – comentou Harry.

– Ah, ela tem seus momentos – retrucou Olivia. – O senhor jamais conhecerá uma pessoa tão turrona.

– Ainda mais do que a senhorita?

– Muito mais.

Olivia o encarou, contrariada. Porque ela não era turrona. Impulsiva, sim, e com certa frequência insensata, mas turrona, não. Sempre sabia quando ceder. Ou quando desistir.

Ela inclinou a cabeça para o lado, analisando sir Harry enquanto ele observava a multidão. No fim das contas, ele se mostrara um homem muito interessante. Quem poderia adivinhar que teria um senso de humor tão diabólico? Ou que fosse tão atencioso a ponto de desarmar a outra pessoa? Conversar com ele era como estar com um amigo que se conhecia a vida inteira. O que era surpreendente. Ser amiga de um cavalheiro – quem diria que uma coisa assim era possível?

Olivia tentou se imaginar admitindo que era bonita em uma conversa com Mary, Anne ou Philomena. Nem pensar. Seria vista como uma convencida de marca maior.

Teria sido diferente com Miranda. A amiga teria entendido. Mas Miranda quase não passava mais tempo em Londres, e Olivia estava começando a perceber o vazio que essa ausência criava em sua vida.

– Está com um semblante tão sério... – disse Harry.

Perdida em pensamentos, Olivia nem se dera conta de que ele havia se voltado outra vez para ela. E que a observava com muita atenção, com aquele olhar tão amistoso, tão concentrado... nela.

Ficou imaginando o que ele estaria vendo.

E ponderou se estaria à altura.

E, acima de tudo, perguntou-se por que importava estar à altura dele ou não.

Como ele esperava uma resposta, Olivia disse:

– Não é nada.

– Bem. – Ele virou o rosto, voltando a examinar a multidão, e a intensidade do momento evaporou. – Vamos encontrar seu príncipe, então?

Olivia olhou para ele com muita vivacidade, grata pela chance de trazer os pensamentos de volta para assuntos menos perigosos.

– Chegou finalmente a hora de lhe agradar dizendo que ele não é meu príncipe?

– Eu ficaria extremamente grato.

– Pois bem. Ele não é meu príncipe – recitou ela, ciosa.

Ele ficou um pouco desapontado.

– Só isso?

– Esperava algo mais melodramático?

– No mínimo – murmurou ele.

Ela riu sozinha e adentrou o salão de baile, observando a multidão. A noite estava muito bonita e Olivia não sabia bem por que só percebera isso naquele momento. O salão estava tão lotado como de costume, mas havia algo diferente no ar. As velas? Talvez houvesse mais do que o normal ou quem sabe brilhavam com mais intensidade. Mas todos os convivas pareciam banhados por uma luz cálida e gentil. Olivia notou como todo mundo parecia mais bonito naquela noite.

Era um efeito encantador. Todos pareciam tão felizes.

– Ele está lá no outro canto – disse Harry atrás dela. – À direita.

A voz quente e tranquilizadora ao pé do ouvido percorreu o corpo de Olivia por inteiro e causou arrepios, como uma estranha carícia. Ela sentiu vontade de chegar o corpo para trás, de sentir o ar ao redor do corpo dele e de...

Deu um passo à frente. Não era seguro pensar assim. Não no meio de um salão lotado. E certamente não quando se tratava de sir Harry Valentine.

– Acho que a senhorita deveria esperar aqui – sugeriu Harry. – Deixe que ele venha ao seu encontro.

Ela assentiu.

– Acho que ele não me viu.

– Mas não vai demorar a ver.

Por algum motivo, as palavras soaram como um elogio, e ela sentiu vontade de sorrir para ele. Mas não o fez, sem saber por quê.

– Eu deveria ir ficar com meus pais – falou ela. – Seria mais adequado do que... bem, do qualquer outra coisa que já fiz essa noite. – Ela olhou para ele, para sir Harry Valentine, seu novo vizinho e, surpreendentemente, seu novo amigo. – Muito obrigada pela aventura incrível.

Ele fez uma mesura.

– O prazer foi todo meu.

Mas a despedida parecia formal demais e Olivia não quis que se afastassem naquele tom. Então sorriu para ele – seu sorriso verdadeiro, não o que ela reservava para o protocolo social – e perguntou:

– Seria incômodo se eu voltasse a abrir minhas cortinas? Meu quarto anda terrivelmente escuro.

Ele deu uma bela risada, alto o suficiente para atrair alguns olhares.

– Pretende continuar me espionando?

– Só quando o senhor usar chapéus ridículos.

– Só tenho aquele, que uso apenas às terças-feiras.

E esse pareceu o desfecho perfeito para a interação daquela noite. Ela fez uma breve mesura, se despediu e se misturou à multidão antes que qualquer um dos dois pudesse dizer mais alguma coisa.

Não fazia nem cinco minutos que Olivia tinha encontrado os pais quando o príncipe Aleksei Gomaróvski da Rússia a localizou.

Precisava admitir que era um homem extremamente atraente. Tinha aquela beleza fria dos eslavos, os olhos de um azul glacial e os cabelos tão louros quanto os seus. O que era um tanto surpreendente – era raro ver um homem com cabelos de um tom tão claro. Ele realmente se destacava da multidão.

Bem, por causa da aparência e do brutamontes que o seguia para todos os lados. Nas palavras do próprio príncipe, os palácios da Europa podiam ser lugares muito perigosos. Um homem tão conhecido quanto ele não podia viajar sem guarda-costas.

Postada entre os pais, Olivia observou a multidão se abrir para dar passagem ao convidado real. Ele então parou bem diante dela, batendo os calcanhares com um estranho trejeito militar. Sua postura era excepcional e ela teve a estranha certeza de que dali a muitos anos, muito depois de já ter se esquecido das feições dele, ela ainda se lembraria do jeito como se portava, empertigado, orgulhoso e ereto.

Ficou se perguntando se ele havia servido durante a guerra. Harry servira, mas devia estar do outro lado do continente em relação ao Exército russo, não?

Não que fizesse alguma diferença.

O príncipe ergueu o queixo ligeiramente para o lado e sorriu, um sorriso de lábios contraídos que era mais condescendente do que hostil.

Ou talvez fosse só a barreira cultural. Ela sabia que não deveria fazer julgamentos precipitados. Talvez na Rússia as pessoas sorrissem de maneira diferente. E mesmo se não sorrissem... ele era um membro da realeza. Ela não conseguia imaginar um príncipe revelando para qualquer um quem ele realmente era. Era bem possível que Aleksei fosse um homem perfeitamente agradável, porém sempre incompreendido. Devia ser uma vida muito solitária.

Ela mesma teria odiado.

– Lady Olivia – disse ele, com um sotaque bem leve. – Que imenso prazer revê-la.

Ela fez uma mesura, curvando-se mais do que era praxe em um evento daqueles, mas não tanto a ponto de parecer excessivamente obsequiosa.

– Vossa Alteza Real – falou ela.

Quando se levantou, ele pegou a mão dela e pousou um beijo suave como uma pluma no dorso. Os sussurros preencheram o salão e, para seu desconforto, Olivia soube que era o centro das atenções. O salão inteiro parecia ter recuado um passo, criando um abismo ao redor deles – só para ver melhor o drama que se desenrolaria.

Lentamente o príncipe devolveu a mão dela e murmurou:

– A senhorita já deve saber que é a mulher mais bela desta festa.

– Obrigada, Vossa Alteza Real. Sinto-me honrada.

– Só estou dizendo a verdade. A senhorita é a personificação da beleza.

Olivia sorriu, tentando ser a linda estátua que ele parecia desejar que ela fosse. Não sabia ao certo como responder aos repetidos elogios que ele lhe fazia. Tentou imaginar sir Harry usando o mesmo linguajar efusivo. Só de tentar falar a primeira frase ele teria caído na gargalhada.

– Seu sorriso é um presente para mim, lady Olivia – falou o príncipe.

Ela pensou rápido, muito rápido.

– É com contentamento que recebo seus elogios, Vossa Alteza Real.

Deus do céu... Se Winston a ouvisse, rolaria no chão de tanto rir. Assim como Miranda.

O príncipe, no entanto, aprovou o comentário. Seus olhos se iluminaram e ele estendeu a mão.

– Venha dar uma volta comigo pelo salão, *milaya*. Talvez possamos até dançar.

Sem ter como fugir, Olivia foi obrigada a aceitar o braço dele. Ele vestia um uniforme russo formal, vermelho-escuro, com quatro botões de ouro imensos em cada punho. Era de lã áspera, e ela só pensava no tanto de calor que ele devia estar sentindo naquele salão abarrotado. O príncipe, contudo, não mostrava sinais de desconforto. Pelo contrário, parecia irradiar certa frieza, como se estivesse ali para ser admirado, mas nunca tocado.

Decerto ele sabia que todos tinham os olhos vidrados nele. Já devia estar acostumado com tanta atenção. Olivia ficou se perguntando se ele notara como ela estava desconfortável naquele tablado – mesmo que também não fosse novidade para ela ser observada. Sabia que era popular, sabia que as outras damas a consideravam uma referência de moda e estilo. Mas isso... isso era completamente diferente.

– O clima inglês me agrada bastante – falou o príncipe, enquanto caminhavam.

Olivia tinha que se concentrar muito na postura para manter-se adequadamente ereta ao lado dele. Cada passo era medido com cuidado, cada pisada tinha que ser precisa, o mesmíssimo movimento todas as vezes, do calcanhar à ponta dos dedos.

– Me diga – prosseguiu ele –, costuma ser sempre tão quente nessa época do ano?

– Tem feito mais calor do que de costume – respondeu ela. – Na Rússia faz muito frio?

– Sim. É bem... Como se diz?

Aleksei se deteve e, por um breve momento, Olivia viu um leve sinal de esforço em seu semblante enquanto procurava as palavras. Contraiu os lábios, irritado, e então perguntou:

– A senhorita fala francês?

– Quase nada, infelizmente.

– Uma pena – disse, parecendo ligeiramente irritado com a deficiência dela. – Eu sou mais... hã...

– Fluente? – sugeriu ela.

– Isso. É uma língua muito falada na Rússia. Para alguns, chega a ser mais comum que o próprio russo.

Por mais que Olivia estivesse intrigada, pareceu rude tecer algum comentário.

– A senhorita recebeu meu convite esta tarde?

– Recebi, sim – respondeu ela. – Fiquei muito honrada em aceitar.

Não era verdade. Bem, talvez ela se sentisse honrada, sim, mas nada feliz. Como esperado, a mãe dela havia insistido para que aceitasse, e naquela tarde mesmo Olivia perdera três horas tirando medidas para um vestido novo de emergência. Seria de seda azul-gelo – cujo tom, Olivia notou, de repente, era idêntico ao dos olhos do príncipe Aleksei.

Ficou torcendo para que ele não lesse o gesto como uma premeditação da parte dela.

– Pretende passar quanto tempo em Londres? – perguntou ela, esforçando-se para soar mais interessada do que desesperada.

– Não sei ao certo. Depende de... muitas coisas.

Como ele não pareceu inclinado a explicar melhor o comentário enigmático, ela deu um sorriso – não seu sorriso verdadeiro, porque estava tensa demais. O príncipe, contudo, não a conhecia bem o suficiente para notar a expressão forçada.

– Bem, independentemente de quanto dure sua estada conosco – falou ela, educada –, espero que seja proveitosa.

Ele respondeu com um aceno afetado de cabeça, sem comentar nada.

Ao chegar ao canto do salão, fizeram a curva. Dali, Olivia via os pais, do outro lado. Eles a observavam, assim como todas as outras pessoas. Até a dança tinha cessado. Os convidados conversavam, mas em voz baixa. O zum-zum-zum era tamanho que todos pareciam insetos.

Deus, ela queria ir embora. O príncipe poderia ser um cavalheiro exemplar. Na verdade, torcia para que fosse. Isso daria uma história muito melhor – se ele fosse uma pessoa encantadora, aprisionada em formalidades e tradição. E se ele fosse *mesmo* uma pessoa encantadora, ela ficaria mais do que feliz em conhecê-lo melhor, mas não daquela maneira, diante de toda a alta sociedade, de centenas de pares de olhos atentos a cada movimento deles.

O que aconteceria se ela tropeçasse? Se trocasse os pés logo ao chegarem ao outro canto do salão? Poderia ser um gesto comedido – a menor das discrepâncias. Ou ela poderia valorizar ao máximo o festo, estatelando-se no chão com vontade.

Seria espetacular.

Ou espetacularmente horrível. No fundo não importava, porque Olivia não tinha coragem de fazer nada daquilo.

*Só mais alguns minutos*, disse a si mesma. Já estavam quase voltando ao local onde os pais dela aguardavam, quando ela seria, enfim, devolvida. Ou talvez se visse obrigada a dançar, mas seria menos terrível porque certamente não seriam os únicos na pista de dança. Seria óbvio demais, até mesmo para aquelas pessoas.

Só mais alguns minutos e aquilo tudo estaria acabado.

Harry vigiava o casal de ouro o melhor que podia, mas a decisão do príncipe de caminhar pelo salão dificultava seu trabalho. Ficar muito próximo não era imperativo, pois era muito improvável que o príncipe fizesse ou dissesse algo que o Departamento de Guerra achasse relevante. Mas Harry não queria perder Olivia de vista.

Talvez fosse por saber da desconfiança de Winthrop, mas Harry havia cismado com o príncipe logo de cara. Não gostava daquela postura orgulhosa, mesmo que ele próprio tivesse a postura de quem passa anos no Exército. Não gostava dos olhos também, que se estreitavam para todas as pessoas a quem era apresentado. E não gostava do movimento da boca de Aleksei quando ele falava, curvada em um eterno sorrisinho de escárnio.

Harry já tinha conhecido muitas pessoas como o príncipe. Não da realeza, é verdade, mas duques pomposos e afins, indivíduos que pavoneavam pela Europa como se tudo lhes pertencesse.

E de fato pertencia, no fim das contas, mas ainda assim Harry os achava um bando de cretinos.

– Ah, aí está você. – Quem vinha era Sebastian, com uma taça de champanhe quase vazia. – Entediado?

Harry, com um olho no primo e o outro em Olivia, respondeu:

– Não.

– Interessante – murmurou Seb, que terminou o champanhe, deixou a taça em uma mesa próxima e chegou mais perto para que só Harry o ouvisse: – Quem estamos procurando?

– Ninguém.

– Ah, não, me expressei mal. Para quem estamos *olhando*?

– Para ninguém – repetiu Harry, dando meio passo para a direita na tentativa de se esquivar de um conde parrudo que acabara de bloquear a visão dele.

– Sei. Então está apenas me ignorando por... por quê?

– Não estou ignorando você.

– Tampouco está olhando para mim.

Harry teve que admitir a derrota. Sebastian era tenaz para diabo, e duas vezes mais irritante. Ele encarou o primo.

– Já estou cansado de ver você.

– E, ainda assim, continuo sendo uma visão arrebatadora. Quem não está olhando para mim não sabe o que está perdendo. – Sebastian deu um sorrisinho soberbo. – Pronto para ir embora?

– Ainda não.

Seb ergueu as sobrancelhas.

– Está falando sério?

– Estou me divertindo – declarou Harry.

– Você, se divertindo. Em um baile.

– Você sempre se diverte.

– É, mas eu sou eu. Você é você. E você não gosta desses eventos.

Com o canto do olho, Harry vislumbrou Olivia. Ela lhe chamou a atenção, então ele atraiu o olhar dela, e na mesma hora os dois desviaram o olhar. Ela estava ocupada com o príncipe e ele estava ocupado com Sebastian, que o estava tirando do sério mais do que de costume.

– Você estava trocando olhares com lady Olivia? – inquiriu Sebastian.

– Não.

Harry não era bom em mentir, mas quase conseguia quando se atinha a respostas monossilábicas. Sebastian esfregou as mãos.

– A noite está ficando interessante.

Harry o ignorou. Ou melhor, tentou.

– Eles já estão se referindo a ela como Princesa Olivia – comentou Sebastian.

– E quem são *eles*, afinal? – exigiu saber Harry, virando-se para encarar o primo. – *Eles* também disseram que matei minha noiva.

Sebastian piscou, atônito.

– Quando foi que você ficou noivo?

– Exatamente. – Harry quase cuspiu a resposta. – E ela não vai se casar com esse palhaço.

– Parece até que você está com ciúmes.

– Não seja absurdo.

Sebastian abriu um sorriso perspicaz.

– Bem que eu pensei ter visto vocês dois juntos mais cedo.

Harry nem tentou negar.

– Estávamos apenas conversando educadamente. Ela é minha vizinha. Não é você que vive dizendo que eu deveria ser mais sociável?

– Então vocês já esclareceram todo aquele imbróglio de espionagem?

– Um mero mal-entendido – falou Harry.

– Hmmm.

Na mesma hora, Harry ficou alerta. Sempre que Sebastian parecia pensativo – não apenas distraído, mas como quem trama um plano maléfico –, convinha tomar bastante cuidado.

– Até que eu gostaria de conhecer esse príncipe – disse por fim.

– Santo Deus. – Só de ficar perto dele, Harry já estava exausto. – O que você vai fazer?

Sebastian coçou o queixo, pensativo.

– Ainda não sei bem. Mas tenho certeza de que, na hora certa, o plano perfeito vai me ocorrer.

– Vai improvisar, então?

– Geralmente me saio muito bem no improviso.

Harry já sabia que não teria como impedi-lo.

– Escute aqui – sibilou ele, agarrando o braço do primo com força suficiente para conseguir sua atenção imediata.

Harry não podia lhe contar sobre a missão, mas Seb tinha que saber que havia muito mais em jogo do que uma suposta atração por lady Olivia. Ou poderia acabar estragando tudo ao fazer a menor referência à *grand-mère* Olga.

– Hoje, aqui com o príncipe, eu *não falo* russo – sussurrou ele. – E nem você. – Sebastian estava longe de ser fluente, mas certamente conseguiria trocar uma ou duas palavras no idioma.

Harry olhou para o primo, impaciente.

– Entendeu bem?

Seb o olhou nos olhos e aquiesceu – uma só vez, com uma firmeza que raramente permitia que os outros soubessem que ele tinha. E então, no instante seguinte, a seriedade já havia sido substituída pelo sorriso torto e a postura relaxada de sempre.

Harry recuou, observando com atenção. Olivia e o príncipe já tinham completado três quartos do majestoso passeio e vinham seguindo reto na direção deles. As hordas de convivas abriam caminho, afastando-se como gotículas de óleo na água, e Sebastian, imóvel, mexia apenas os dedos da mão esquerda, esfregando distraidamente o polegar na ponta dos outros dedos.

Estava pensando. Seb tinha esse trejeito quando pensava.

E então, com um movimento tão bem cronometrado que ninguém jamais acreditaria não ter sido acidental, ele pegou outra taça de champanhe na bandeja de um criado que passava, inclinou-se para trás para beber e...

Harry sequer entendeu como ele conseguiu tal proeza, mas o resultado é que tudo que ali havia foi ao chão. E então ouviu o tilintar de vidro quebrando, cacos para todos os lados, e champanhe se derramando furiosamente no piso de parquê.

Olivia deu um salto para trás: a barra do seu vestido estava toda molhada.

O príncipe parecia furioso.

Harry não disse nada.

Então Sebastian sorriu.

# Capítulo dez

— Lady Olivia! – exclamou Sebastian. – Sinto muitíssimo! Queira aceitar minhas mais sinceras desculpas. Que falta de atenção da minha parte.

– Imagine – falou ela, sacudindo discretamente um pé e depois o outro. – Não foi nada. Só um pouquinho de champanhe. – Ela sorriu para ele, um sorriso reconfortante e apaziguador. – Ouvi dizer que é bom para a pele.

Nunca ouvira tal coisa, mas o que mais poderia comentar? Não era do feitio de Sebastian Grey ser desastrado daquele jeito e, na verdade, só caíram mesmo algumas poucas gotas em seus sapatos. Ao lado dela, contudo, o príncipe fervilhava de raiva. Dava para sentir em sua postura. Ele levara um banho maior do que ela, embora, justiça fosse feita, suas botas tivessem sido as únicas atingidas – e ela já não tinha ouvido dizer que certos homens limpavam as botinas com champanhe?

Ainda assim, o príncipe Aleksei resmungou alguma coisa em russo, e Olivia intuía que as palavras não tinham sido cordiais.

– Para a pele? É mesmo? – perguntou Sebastian, manifestando um interesse que Olivia tinha bastante certeza de ser falso. – Não sabia disso. Fascinante.

– Li numa revista para moças – mentiu ela.

– O que explica meu completo desconhecimento – respondeu Sebastian, desenvolto.

– Lady Olivia, quer me apresentar ao seu amigo? – pediu o príncipe Aleksei, austero.

– É-É claro – gaguejou Olivia.

Olivia ficou surpresa com o pedido, afinal ele não tinha demonstrado muito interesse em conhecer outros londrinos, à exceção de duques, membros da família real e, bem, ela própria. Talvez ele não fosse tão pedante quanto ela achava.

– Vossa Alteza Real, permita-me apresentá-lo ao Sr. Sebastian Grey. Sr. Grey, este é o príncipe Aleksei Gomaróvski da Rússia.

Os dois fizeram suas mesuras, sendo a de Sebastian consideravelmente mais profunda que a do príncipe, que se curvou tão pouco que quase pareceu rude. Depois, Sebastian disse:

– Lady Olivia, já conhece meu primo, sir Harry Valentine?

Surpresa, ela ficou um pouco boquiaberta. O que Sebastian estava tramando? Sabia muito bem que...

– Lady Olivia – disse Harry, de repente, diante dela.

Quando os olhos se encontraram, ela percebeu nos dele um brilho que não foi capaz de definir. Aquilo lhe causou arrepios. Mas a sensação logo desapareceu, e eles voltaram a ser meros conhecidos. Ele a cumprimentou de forma graciosa e disse ao primo:

– Já fomos apresentados.

– Ah, sim, é claro – concordou Sebastian. – Vivo esquecendo que vocês são vizinhos.

– Vossa Alteza Real – falou Olivia ao príncipe –, permita-me apresentar sir Harry Valentine. A casa dele fica em frente à minha.

– De fato – murmurou o príncipe e, enquanto Harry fazia sua mesura, disse algo em um russo muito acelerado para seu acompanhante, que apenas aquiesceu.

– A senhorita e o Sr. Valentine estavam conversando mais cedo – comentou o príncipe.

Olivia se retesou. Não tinha se dado conta de que ele a estava vigiando. E não sabia muito bem por que isso a incomodava tanto.

– Sim – confirmou ela, pois não havia nenhum motivo para negar. – Sir Harry é um dos meus inúmeros conhecidos.

– O que me deixa muitíssimo grato – disse Harry, embora seu tom carregasse certa intensidade que contrastava com o significado cordial das palavras, e o mais estranho foi que ele não tirou os olhos do príncipe ao dizê-lo.

– Sim – respondeu o príncipe, também sem tirar os olhos de Harry. – O senhor deveria mesmo ser grato, não?

Olivia olhou para Harry, depois para o príncipe, depois de novo para Harry, que continuava encarando o outro quando disse:

– Sem sombra de dúvida.

– Que festa agradável, não acham? – comentou Sebastian. – Este ano lady Mottram se superou.

Olivia teve que fazer um esforço para não soltar uma risada muito inapropriada. O comportamento dele – tão excessivamente jovial – deveria ter dissolvido a tensão como se fosse fumaça. No entanto, isso não aconteceu e Harry continuava encarando o príncipe com um resguardo frio. Aleksei, por sua vez, o fitava de volta com um desdém congelante.

– É impressão minha ou está frio aqui? – disse ela, sem se dirigir a ninguém em específico.

– Um pouco, sim – respondeu Sebastian, já que parecia que ele e Olivia eram os únicos dispostos a conversar. – Sempre penso em como deve ser difícil ser mulher e ter que usar essas fazendas leves e diáfanas.

O vestido de Olivia era de veludo, mas tinha mangas curtas e os braços dela estavam arrepiados.

– De fato – respondeu ela, porque ninguém mais estava disposto a falar.

Então notou que não havia o que dizer, portanto pigarreou e sorriu, primeiro para Harry e o príncipe, que continuavam sem olhar para ela, e depois para as pessoas atrás deles – essas, sim, todas olhando para ela, embora fingissem que não.

– O senhor é um dos muitos admiradores de lady Olivia? – indagou o príncipe a Harry.

De olhos arregalados, ela voltou-se para o vizinho. Como diabo ele seria capaz de responder a uma pergunta tão direta?

– Londres inteira admira lady Olivia – retrucou Harry, habilidoso.

– Ela é uma das nossas damas mais admiradas – acrescentou Sebastian.

Olivia devia ter feito algum comentário modesto e humilde diante de tantos elogios, mas a situação ali estava esquisita demais, bizarra demais, para que conseguisse dizer qualquer coisa.

Não era dela que estavam falando. Diziam o nome dela, é claro, e a elogiavam, mas tudo fazia parte de uma dança masculina, estranha e absurda, em busca de dominação.

Teria sido lisonjeiro se não a houvesse deixado tão inquieta.

– É impressão minha ou estou escutando música? – disse Sebastian. – Talvez a dança vá recomeçar. Na Rússia se dança?

O príncipe respondeu com um olhar gélido e ofendido.

– Perdão, como disse?

– Vossa Alteza Real – corrigiu Sebastian, embora não parecesse nem um pouco penitente –, as pessoas dançam na Rússia?

– Lógico – cortou o príncipe.

– Nem todas as sociedades têm esse hábito – comentou Sebastian.

Olivia não fazia ideia se isso era mesmo verdade. Suspeitava fortemente que não.

– E o que o traz a Londres, Vossa Alteza Real? – indagou Harry.

Era a primeira vez que ele entrava na conversa. Até então, não tinha feito nada além de responder perguntas e se manter como espectador.

O príncipe lançou-lhe um olhar torto, mas era difícil discernir se achara a questão impertinente.

– Vim visitar meu primo – explicou. – Ele é embaixador.

– Ah – falou Harry, com graça. – Eu não o conheço.

– É claro que não.

Era um insulto, claro e direto, mas Harry não pareceu ficar ofendido. Em vez disso, falou:

– Quando servi no Exército de Sua Majestade, conheci muitos russos. Seus conterrâneos, Vossa Alteza, são muito honrados.

O príncipe reconheceu o elogio com um breve aceno.

– Não teríamos conseguido derrotar Napoleão se não fosse pelo tsar – prosseguiu Harry. – E pelo seu país.

Por fim, o príncipe Aleksei o olhou nos olhos.

– Eu me pergunto se Napoleão teria se saído melhor se o inverno não tivesse começado tão cedo naquele ano – continuou Harry. – Foi um inverno brutal.

– Para os fracos, talvez – rebateu o príncipe.

– Quantos franceses morreram ao bater em retirada? – perguntou-se Harry, em voz alta. – Não lembro. – Então, voltando-se para Sebastian: – Você lembra?

– Mais de noventa por cento – respondeu Olivia, antes de se dar conta de que talvez não devesse ter se pronunciado.

Os três homens a encararam. Todos igualmente estupefatos.

– Gosto de ler o jornal – declarou ela, apenas.

O silêncio que se seguiu deixou claro que a explicação não era suficiente, de modo que ela acrescentou:

– Tenho certeza de que omitiram a maioria dos detalhes, mas, ainda assim, pude notar pelo relato que foi um evento fascinante. E muito triste. – Ela se dirigiu ao príncipe Aleksei: – Vossa Alteza estava lá?

– Não – respondeu ele, brusco. – A marcha foi em Moscou. Minha terra fica ao leste, em Níjni. E eu ainda não tinha idade para servir.

– O senhor já estava no Exército? – perguntou ela a Harry.

– Sim. – Harry indicou Sebastian com um meneio de cabeça. – Ambos tínhamos acabado de receber nossas patentes. Estávamos na Espanha, sob o comando de Wellington.

– Não sabia que haviam servido juntos – comentou Olivia.

– Com os hussardos do 18º – informou Sebastian, com um orgulho comedido na voz.

Outro silêncio desconfortável, e então ela disse:

– Que fascinante.

Parecia o tipo de coisa que se esperaria que ela dissesse, e já fazia tempo que Olivia aprendera que, naquelas situações, o mais inteligente era ater-se ao esperado.

– Não foi Napoleão quem disse ter ficado surpreso ao saber de um hussardo que chegara aos 30 anos? – murmurou o príncipe, que então se virou para Olivia e explicou: – Eles têm fama de ser... Como se diz? – Fez um gesto circular com os dedos diante do rosto, como se isso pudesse lhe reavivar a memória. – Inconsequentes. Sim, é isso mesmo. O que é uma pena, porque são admirados por sua coragem, mas no fim das contas... – Aleksei fez um sinal de cortar a própria garganta. – Acabam sendo abatidos.

Então olhou direto para Harry e Sebastian (mais para Harry), abrindo um sorriso forçado.

– Sir Harry, acha que há alguma verdade nisso? – indagou, com a voz baixa e carregada de malícia.

– Não – respondeu Harry.

Só isso, apenas "não".

Olivia corria os olhos de um para outro. Harry não poderia ter dito nada – nenhum protesto, nenhum comentário irônico – capaz de deixar o príncipe mais irritado.

– Estão ouvindo a música? – perguntou ela.

Mas ninguém estava prestando atenção.

– Sir Harry, quantos anos o senhor tem? – questionou o príncipe.

– Quantos anos o *senhor* tem?

Nervosa, Olivia engoliu em seco. Não era algo que se perguntasse a um príncipe. E ela sabia *bem* que o tom fora completamente inadequado. Tentou trocar olhares com Sebastian, mas ele estava ocupado demais assistindo aos outros dois homens.

– O senhor não me respondeu. – Havia um leve toque de ameaça na voz de Aleksei e, de fato, o guarda-costas dele se remexeu de forma hostil.

– Tenho 28 – disse Harry, e então, após uma longa pausa, completou como se notasse sua falta: – Vossa Alteza.

O príncipe Aleksei abriu um sorriso muito comedido.

– Ainda temos uns dois anos para que a previsão de Napoleão se concretize, não?

– Só se o senhor estiver planejando declarar guerra à Inglaterra – ponderou Harry, tranquilo. – Porque, do contrário, meus dias na cavalaria já chegaram ao fim.

Os dois mais uma vez se encararam por um tempo que pareceu durar uma eternidade, até que, de repente, o príncipe soltou uma gargalhada abrupta.

– Sir Harry, o senhor me diverte – falou ele, mas a insinuação em sua voz contradizia as palavras. – Ainda havemos de nos enfrentar outra vez.

Harry aquiesceu com muita graciosidade, demonstrando o devido respeito. O príncipe tocou a mão de Olivia, que ainda segurava o braço dele.

– Mas isso terá que ficar para outra ocasião – acrescentou Aleksei, lançando um sorriso vitorioso para o adversário. – Depois que eu dançar com lady Olivia.

E então deu as costas para Harry e Sebastian e conduziu Olivia para longe.

Vinte e quatro horas depois, Olivia estava esgotada. Já eram quase quatro da manhã quando chegara do baile de lady Mottram e sua mãe se recusara a deixá-la dormir até mais tarde, arrastando-a para a Bond Street, onde faria a última prova do vestido que usaria na visita real. Depois, naturalmente, não houvera tempo para descansar os olhos exaustos, pois ela precisava ser *apresentada* ao príncipe, o que parecia um disparate, já que tinha passado boa parte da noite anterior na companhia do próprio.

Para ser "apresentada" não era um pré-requisito *não* conhecer a outra pessoa?

Ela e os pais foram às instalações do príncipe Aleksei, hospedado na residência do embaixador. Tudo tinha sido terrivelmente grandioso, terrivelmente formal e, sendo muito sincera, terrivelmente entediante. Seu vestido, que exigia um espartilho que parecia do século anterior, era desconfortável e quente demais – exceto pelos braços, que, nus, quase congelaram.

Ao que parecia, os russos não acreditavam em calefação residencial.

A coisa toda durou três horas, durante as quais seu pai consumiu vários copos de uma bebida transparente que o deixou extremamente sonolento. O príncipe também oferecera uma dose a Olivia, mas seu pai, tendo experimentado antes, tirou imediatamente o copo da mão dela.

Olivia ainda tinha outro compromisso naquela mesma noite – lady Bridgerton faria uma *soirée* para os íntimos –, mas, alegando exaustão, para sua surpresa, conseguiu convencer a mãe a ficar em casa. Olivia suspeitava de que ela própria também estivesse cansada. E o pai também não estava em condições de ir a lugar algum.

Olivia ceou no quarto (após uma soneca, um banho e outra soneca mais curta) e se preparava para ler o jornal na cama, mas nem bem tocara o periódico quando viu *Srta. Butterworth e o barão louco* em sua mesinha de cabeceira.

Que coisa mais estranha, pensou ela, pegando o exemplar fino. Por que sir Harry lhe daria um livro daqueles? Se achava que ela poderia gostar de tal título, o que isso queria dizer?

Olivia o folheou, lendo passagens aqui e ali. Parecia um tanto frívolo. Será que ele achava que *ela* era frívola?

Olhou pela janela, protegida pelas cortinas pesadas já fechadas pelo adiantado da hora. Será que ele ainda a achava frívola?

Agora que a conhecia de verdade?

Olhou novamente para o livro em suas mãos. Será que agora escolheria o mesmo presente? *Um romance gótico sombrio*, fora o que ele dissera.

Era isso que pensava dela?

Olivia fechou o livro com força e o colocou sobre o colo, com a lombada para baixo.

– Um, dois, três e... – proclamou, e deixou o livro cair para que se abrisse numa página qualquer.

O exemplar caiu de lado.

– Livro idiota – resmungou ela, tentando outra vez, pois não estava interessada o suficiente para escolher ativamente uma página.

O livro caiu outra vez, no mesmo lado.

– Meu Deus, que ridículo.

O mais ridículo, porém, foi que ela saiu da cama, se sentou no chão e se preparou para repetir o experimento outra vez, porque decerto funcionaria se o livro estivesse sobre uma superfície plana.

– Um, dois, tr...

Olivia recuou as mãos com rapidez, mas aquele objeto absurdo caiu para o mesmo lado outra vez.

Agora ela estava *mesmo* se sentindo ridícula. O que era impressionante, considerando o grau de ridículo necessário para fazê-la se levantar da cama apenas com essa finalidade. Mas ela não ia deixar aquele livrinho maldito levar a melhor, então na quarta tentativa permitiu-se entreabrir o volume só um pouquinho antes de soltá-lo. Talvez ele precisasse de um incentivo.

– Um, dois, três e...

O livro finalmente se abriu. Na página 193.

Ela se deitou de bruços, apoiada nos cotovelos, e começou a ler:

*Ela conseguia ouvi-lo atrás de si. Ele encurtava a distância que os separava e logo a alcançaria. Mas com que propósito? Bom ou mau?*

– Eu voto no mau – murmurou ela.

*Como ela poderia saber? Como ela poderia saber? Como ela poderia saber?*

Ah, faça-me o favor. Era por isso que ela preferia ler o jornal. Imagine só que ridículo ler algo do tipo: *Parlamento inicia as atividades. As atividades. As atividades.*

Balançando a cabeça, Olivia foi em frente.

*E então ela se lembrou do conselho que ouvira da mãe, mulher abençoada, antes de encontrar a morte nas bicadas cruéis dos pombos...*

– O quê?

Olivia olhou por cima do ombro, dando-se conta de que tinha pratica-mente gritado. Mas francamente... *pombos*?

Ela se levantou aos tropeços, com *Srta. Butterworth* na mão direita e marcando a página com o indicador.

– Pombos? – repetiu. – Sério?

Voltou a abrir o livro. Não conseguiu se conter.

*Tinha apenas 12 anos, jovem demais para uma conversa daquele porte, mas talvez a mãe estivesse...*

– Que chato.

Escolheu outra página, aleatoriamente. Só que fazia sentido tentar ler mais do começo do livro.

*Pendurada no parapeito da janela, Priscilla se valia de toda a sua força para se segurar à pedra com as mãos nuas. Ao ouvir o barão girando a fechadura, soube que teria meros segundos para agir. Se ele a encontrasse ali, em seu santuário particular, Deus sabe o que poderia fazer. Era um homem violento, segundo relatos.*

Olivia se aproximou da cama e ali ficou, meio inclinada, meio empolei-rada, sem tirar os olhos do livro.

*Não se sabia como a noiva dele havia morrido. Uns alegavam doença, mas a maioria apostava em veneno. Assassino!*

– Sério?

Ela ergueu o rosto, piscando, então olhou para a janela. Uma noiva mor-ta? Fofocas e rumores? Será que sir Harry sabia disso? As semelhanças eram impressionantes.

*Ela o ouviu entrar no quarto. Perceberia a janela aberta? O que ela faria? O que poderia fazer?*

Olivia respirava com dificuldade. Não porque estivesse ansiosa para sa-ber o que aconteceria – de modo algum. Mas é que estava bastante desconfortável ali, na ponta da cama, o que justificava toda e qualquer alteração em sua respiração.

*Priscilla sussurrou uma oração e, com os olhos cerrados, soltou-se.*

Fim do capítulo. Ansiosa, Olivia virou a página.

*Foram poucos metros até o chão duro e frio.*

*O quê?* Priscilla estava no primeiro andar? A ansiedade de Olivia logo deu lugar à irritação. Que tipo de pessoa desmiolada se jogava da janela do primeiro andar? Tudo bem, talvez houvesse certa elevação se considerássemos as fundações da casa, mas *ainda assim*. Numa queda boba como aquela, a pessoa teria que se esforçar muito para torcer o tornozelo.

– Que manipulador – queixou-se ela, estreitando os olhos.

Que autora era aquela, que tentava assustar as leitoras a troco de nada? Harry tinha alguma ideia do conteúdo daquele presente ou simplesmente acatou a recomendação da irmã sem pensar?

Olivia olhou pela janela. Ainda era a mesma – o mesmo tamanho, as mesmas cortinas. Não compreendia o motivo da surpresa.

Enfim, que horas eram? Quase nove e meia. Ele não haveria de estar no escritório. Bem, talvez estivesse. Tinha o hábito de trabalhar até tarde. Mas, pensando bem, ele nunca dissera o que de fato ficava fazendo com tamanha diligência.

Ela se levantou e foi à janela. Devagar, com passos cautelosos, o que era ridículo, já que ele jamais a veria por trás das cortinas grossas.

Ainda segurando *Srta. Butterworth*, usou a mão livre para abrir a cortina e…

# Capítulo onze

Apesar dos pesares, Harry estava pronto para encerrar o trabalho.

Em um dia normal, teria traduzido duas vezes o que conseguira até então, ou até mais, mas a distração o prejudicara.

Toda hora se flagrava olhando para a janela de Olivia, embora soubesse que ela não estaria ali. Era o dia da visita ao príncipe. Às três da tarde. O que significava que ela teria saído de casa pouco antes das duas. A residência do embaixador russo não era longe, mas o conde e a condessa não correriam o risco de se atrasar. Talvez houvesse um engarrafamento, uma roda podia quebrar ou um pivete poderia se atirar no meio da rua... Pessoas minimamente prudentes sempre saíam de casa com tempo de sobra para cobrir imprevistos.

Olivia passaria umas duas horas presa lá, talvez três; os russos tinham um talento único para estender aquele tipo de coisa. Depois, mais meia hora para chegar em casa e...

Bem, àquela hora, ela certamente já estaria em casa. A não ser que tivesse saído novamente, embora ele não tivesse visto a carruagem dos Rudlands.

Não que estivesse prestando atenção. Mas as cortinas dele estavam abertas. Se posicionando no ângulo certo, dava para ver uma réstia de luz vinda da rua. E, é claro, qualquer carruagem que passasse por ali. Harry ficou de pé e se alongou, erguendo as mãos acima da cabeça e girando o pescoço. Tinha planejado fazer mais uma página – o relógio no console da lareira informava que ainda não eram nem nove e meia –, mas antes ele precisava esticar um pouco as pernas. Afastou-se da mesa e foi até a janela.

E lá estava ela.

Por uma fração de segundo, os dois ficaram parados, congelados em um momento de ponderação do tipo *Finjo que não vi?*.

Então Harry pensou: *É claro que não.*

E acenou.

Ela sorriu. Acenou de volta. E então...

Surpreso, ele só conseguiu encará-la. Olivia estava abrindo a janela.

De modo que ele fez o mesmo, lógico.

– Sei que o senhor disse que não leu esse livro – começou ela, sem rodeios –, mas nem sequer deu uma folheada rápida?

– Uma boa noite para a senhorita também – disse ele. – Como estava o príncipe?

Ela balançou a cabeça, impaciente.

– O livro, sir Harry, o livro. Leu *alguma parte*?

– Não. Por quê?

Com ambas as mãos, ela ergueu o livro aberto diante do rosto, depois o chegou para o lado para voltar a vê-lo.

– É ridículo!

Ele concordou:

– Imaginei.

– A mãe da Srta. Butterworth é bicada até a morte por pombos!

Sir Harry segurou uma risada.

– Agora que me contou, sabe que estou começando a pensar que parece consideravelmente mais interessante?

– Pombos, sir Harry! Pombos!

Ele sorriu para ela. Sentia-se um pouco como se ele fosse Romeu, e ela, Julieta, tirando a parte da guerra entre famílias. E do veneno.

E acrescentando os pombos.

– Até que eu gostaria de saber o que acontece – disse ele. – Parece um tanto intrigante.

Ela fez uma careta para ele, afastando uma mecha de cabelo que a brisa soprava em seu rosto.

– Aconteceu antes do começo do livro. Se tivermos sorte, quem sabe a Srta. Butterworth também não leva umas bicadas até o fim da história?

– Então a senhorita está lendo.

– Uns trechinhos aqui e ali – admitiu ela. – Só isso. O começo do capítulo quatro e... – Ela olhou para o exemplar, folheando rapidamente, e de volta para Harry: – E a página 193.

– Não lhe ocorreu talvez começar pelo começo?

Fez-se uma pausa. Bem longa. E então, com certo desdém, Olivia disse:

– Ler o livro não estava nos meus planos.

– Mas vejo que ele a arrebatou, não foi?

– Não! Não mesmo.

Olivia cruzou os braços, derrubando o exemplar. Então desapareceu por um momento e ressurgiu no seguinte, com *Srta. Butterworth* nas mãos.

– Este livro é tão irritante que não consegui parar de ler – disse ela.

Ele se debruçou na janela, sorrindo para ela.

– Parece intrigante.

– É absurdo, isso sim. Entre a Srta. Butterworth e o barão louco, estou torcendo pelo barão.

– Ah, não creio... É um romance, lady Olivia. A senhorita deve torcer pela mocinha, que, afinal, é uma dama como a senhorita.

– Ela é uma desmiolada. E ainda não dá para saber se, além de louco, o barão é um assassino. Se for, eu espero que ele vença.

– Duvido muito – falou Harry.

– Por quê?

Mais uma vez, ela correu a mão pelos cabelos, tentando afastá-los do rosto. A brisa estava ficando mais forte, e ele se divertia bastante com a cena.

– O livro foi escrito por uma mulher, certo? – perguntou ele.

Olivia assentiu.

– Sarah Gorely. Nunca ouvi falar.

– Supostamente um romance, certo?

Ela confirmou outra vez. Então Harry balançou a cabeça.

– Ela jamais mataria a heroína.

Olivia o encarou por um bom tempo e, de repente, abriu o livro no fim.

– Ah, não, não faça isso! – repreendeu ele. – Vai estragar a surpresa.

– Que nada! – retorquiu ela. – Não vou ler o livro mesmo.

– Pode confiar – afirmou ele. – Quando o autor é homem, a mulher morre. Quando é mulher, o final é sempre feliz.

Ela ficou boquiaberta, como se não soubesse se deveria ficar ofendida ou não com a generalização. Harry reprimiu um sorriso. Gostava de ver Olivia ficar sem palavras.

– O que há de romântico na morte da mulher? – perguntou ela, desconfiada.

Ele deu de ombros.

– Não falei que fazia sentido, só falei que costuma ser assim.

E isso aparentemente a deixou sem argumentos. Harry notou como era bom só ficar ali, observando-a analisar o livro. De pé diante da janela, Olivia era uma visão belíssima, mesmo com a horrenda camisola azul. Os cabelos estavam presos em uma única trança grossa, e ele se perguntou por que demorara tanto para se dar conta de que aquela conversa era extremamente inadequada. Não conhecia os pais dela, mas não conseguia conceber que pudessem aprovar a filha conversando pela janela, no escuro, com um homem solteiro.

De camisola.

Só que Harry estava se divertindo demais para se importar, então decidiu que, se ela não estava preocupada com a moral e os bons costumes, ele também não ficaria.

Olivia estreitou os olhos e voltou a fitar o livro, avançando sorrateiramente para as páginas finais.

– Não faça isso – advertiu ele.

– Quero ver se o senhor está certo.

– Então comece pelo começo – disse, mas só por implicância.

Olivia soltou um muxoxo.

– Não quero ler o livro inteiro.

– Por quê?

– Porque já sei que não vou gostar e só vou perder meu tempo.

– A senhorita não tem como saber que não vai gostar.

– Tenho, sim – insistiu ela, com absoluta convicção.

– Não gosta de ler? – perguntou ele.

– Não, e é exatamente por isso – exclamou ela, balançando *Srta. Butterworth*. – Tudo é absurdo. Se me desse um jornal, eu leria com prazer. É um hábito que eu cultivo. Leio cada palavra. Todo santo dia, sem falta.

Harry ficou impressionado. Não por achar que as mulheres não liam jornal, mas porque nunca tinha pensado muito no assunto. Sua mãe nunca lia as notícias, e se a irmã lia, nunca comentara nada em sua missiva mensal.

– Leia o livro – insistiu ele. – Talvez se surpreenda e acabe gostando.

– Por que está me azucrinando para ler algo em que o senhor mesmo não tem o menor interesse? – perguntou ela, soando bastante desconfiada.

– Porque... – Harry se deteve, no entanto, porque ele mesmo não sabia. Talvez pelo fato de o livro ter sido um presente dele. E de que estava gostando de implicar com ela. – Pois façamos um trato, lady Olivia.

Ela inclinou a cabeça para o lado, na expectativa.

– Se a senhorita ler o livro todo, de cabo a rabo, eu também vou ler.

– O senhor vai ler *Srta. Butterworth e o barão louco* – repetiu ela, cética.

– Vou. Assim que a senhorita terminar.

Olivia pareceu prestes a concordar – chegou, de fato, a abrir a boca. Então congelou e estreitou os olhos perigosamente.

Nesse momento Harry lembrou que estava falando com uma mulher que tinha dois irmãos. Que sabia lutar. E lutava sujo.

– Acho que o senhor poderia ler *junto comigo* – declarou ela.

Isso fez Harry pensar em *várias* coisas, especialmente porque tinha o hábito de ler antes de dormir.

Na cama.

– Compre outro exemplar – disse ela.

Desvanecida sua adorável fantasia.

– Assim poderemos comparar impressões. Como um clube do livro. Um desses saraus literários cujos convites eu vivo rejeitando.

– Fico profundamente lisonjeado.

– Pois deveria mesmo – concordou ela. – Nunca convidei alguém para fazer algo do gênero.

– Não sei se a loja terá outro exemplar – falou ele.

– Então *eu* vou providenciar outro para o senhor. – Ela deu um sorriso convencido. – Pode confiar, de compras eu entendo.

– Por que isso me dá certo medo? – murmurou ele.

– O quê?

Ele a encarou e disse, um pouco mais alto:

– A senhorita me assusta.

Olivia ficou radiante ao ouvir isso.

– Leia uma passagem para mim – pediu ele.

– Agora? Sério?

Ele se sentou no parapeito, apoiando as costas na janela.

– Do começo, por favor.

Olivia passou um bom tempo olhando para Harry, deu de ombros e disse:

– Muito bem. Vamos lá. – Ela pigarreou. – "Era uma noite fria e escura..."

– Sinto que já ouvi isso antes.

– Está me interrompendo.

– Desculpe. Prossiga.

Depois de lançar um olhar atravessado, ela continuou:

– "Era uma noite fria e escura, e a Srta. Priscilla Butterworth tinha certeza de que a qualquer momento a chuva começaria a cair, desprendendo-se a cântaros do céu, encharcando tudo o que estava sob sua alçada." – Ela ergueu o rosto. – Isso é pavoroso. E eu acho que esse "sob sua alçada" não está lá muito certo.

– Talvez não – falou Harry, embora concordasse em gênero, número e grau. – Prossiga.

Ela balançou a cabeça, mas, mesmo assim, continuou:

– "Ela estava, é claro, a salvo das intempéries em seu quartinho minúsculo, mas tamanho era o estrépito com que chacoalhavam as esquadrias da janela que de modo algum conseguiria cair no sono naquela noite. Encolhida em sua cama fina e gelada, ela…" blá-blá-blá. Espere, vou pular para a parte em que fica interessante.

– Isso não vale – repreendeu ele.

Ela ergueu o exemplar.

– Eu é que estou com o livro.

– Jogue para mim.

– O quê?

Ele desceu do parapeito, firmou os pés no chão e pendurou o tronco para fora da janela.

– Jogue para mim.

Ela fez uma cara cética.

– Você vai conseguir pegar?

Harry a provocou em resposta.

– Se você conseguir jogar, eu consigo pegar.

– É óbvio que eu consigo jogar – retrucou ela, claramente ofendida.

Ele abriu um sorriso.

– Nunca conheci uma garota que conseguisse.

Na mesma hora ela atirou o livro, e não fosse pelos reflexos apurados, aprimorados durante os anos no campo de batalha, Harry não teria conseguido pegá-lo.

Mas conseguiu. *Graças* a Deus. Não saberia conviver com o fracasso.

– Da próxima vez, tente jogar com um pouco mais de delicadeza.

– E qual seria a graça?

Que *Romeu e Julieta*, que nada. Olivia estava mais para *A megera domada*. Ele olhou para ela. Viu que ela arrastara uma cadeira e estava sentada diante da janela aberta, aguardando com uma expressão afetada de paciência.

– Vamos lá – falou ele, encontrando o ponto em que ela parara. – "Encolhida em sua cama fina e gelada, ela não podia deixar de lembrar todos os eventos que haviam culminado naquele momento em que se encontrava, naquela noite sombria. Contudo, caro leitor, não é esse o começo da nossa história."

– Odeio autor que faz isso – proclamou Olivia.

– Psiu! "Há de se começar pelo começo, que não é o momento em que a Srta. Butterworth chegou a Thimmerwell Hall, nem mesmo quando chegou a Fitzgerald Place, sua morada anterior. Não, há de se começar no dia em que ela nasceu, em uma manjedoura…"

– Manjedoura?! – exclamou Olivia.

Ele sorriu para ela.

– Só queria saber se você estava mesmo prestando atenção.

– Seu travesso.

Harry deu uma risadinha e prosseguiu:

– "… no dia em que ela nasceu, em uma pequena cabana em Hampshire, cercada de roseiras e borboletas, um dia antes de a aldeia ser dizimada pela peste."

Ele ergueu os olhos.

– Não, não pare agora – falou ela. – Agora que está ficando interessante. Qual será que foi a peste?

– A senhorita é uma mocinha sanguinária, sabia?

Ela inclinou o rosto, concordando.

– A pestilência me fascina. Desde sempre.

Ele correu os olhos pela página.

– Sinto decepcioná-la, mas a autora não faz nenhuma descrição médica.

– Talvez na próxima página? – indagou ela, ansiosa.

– Vou continuar – anunciou ele. – "A epidemia ceifou a vida de seu amado pai, milagrosamente poupando a bebê e sua mãe. Entre os finados também estavam a avó paterna, ambos os avôs, três tias-avós, dois tios, uma irmã e uma prima de segundo grau."

– O senhor está brincando comigo outra vez – acusou ela.

– Não estou, não! – insistiu ele. – Juro que está tudo aqui! Foi mesmo uma epidemia e tanto. Se não tivesse jogado o livro na minha cara, poderia ver por si mesma.

– Não é possível que exista alguém que escreve tão mal.

– Parece que existe, sim.

– Não sei quem é pior: a autora, por escrever essa asneira, ou nós dois, por lê-la.

– Eu estou me divertindo muito – disse Harry.

E estava mesmo. Era uma situação bastante inusitada, estar sentado no peitoril da janela, lendo um livro horroroso para lady Olivia Bevelstoke, a donzela mais desejada da alta sociedade. Mas a brisa estava muito agradável, e ele tinha passado o dia inteiro enfurnado dentro de casa. Às vezes erguia o olhar e a encontrava sorrindo. Não para ele, embora às vezes Olivia, de fato, o fizesse. Mas os sorrisos que faziam Harry formigar por dentro eram os que tomavam seu rosto quando ela não sabia que estava sendo observada, quando apenas apreciava o momento e sorria para a noite.

Ela era mais do que bonita: era linda, com o rosto em formato de coração e a tez de porcelana que deixavam os homens de joelhos. E os olhos... As mulheres seriam capazes de matar para ter olhos daquela cor, uma nuança incrível de azul-céu.

Olivia era linda, e sabia bem disso, mas não empunhava a beleza como uma arma. Era apenas parte de quem ela era, tão natural quanto duas mãos e dois pés, com cinco dedos em cada.

Ela era linda e ele a desejava.

# Capítulo doze

— Sir Harry? – chamou Olivia, ficando de pé.

Inclinou-se no parapeito, escuridão adentro, e olhou para a janela dele, onde se via a silhueta do vizinho diante do retângulo de luz bruxuleante. De repente ele tinha ficado imóvel.

Ao ouvir a voz dela, Harry se sobressaltou e olhou para cima, mas não exatamente para ela.

– Mil desculpas – murmurou, então voltou sem demora para o livro, procurando o ponto onde tinha parado.

– Não precisa se desculpar – disse Olivia, achando-o um pouco estranho, como se tivesse comido alguma coisa estragada. – Está tudo bem?

Quando ele enfim voltou a encará-la foi… impossível descrever, até mesmo compreender, o que aconteceu. Os olhares se encontraram e, embora estivesse escuro demais para ver com clareza, Olivia conhecia bem aquele tom da cor de chocolate. E ela sentiu. E então… simplesmente perdeu o fôlego.

Por completo. E o equilíbrio também. Precisou se jogar na cadeira, onde permaneceu sentada por um instante, perguntando-se por que estava com o coração acelerado.

Ele apenas olhara para ela. E ela… e ela…

Bem, ela quase desmaiara.

Ó céus, ele devia estar pensando que ela era uma tola. Nunca na vida chegara perto de desmaiar e... Ora, está bem, não tinha chegado perto de desmaiar de fato, mas a sensação fora exatamente essa, estranha e aérea, uma coisa borbulhante e incomum. Agora sir Harry ia achar que ela era daquelas damas que precisavam andar por aí com sais na bolsa.

O que já seria ruim se ela mesma não tivesse passado a vida zombando daquele tipo de mulher. Ah, Deus. Deus do céu. Ela se levantou aos tropeços e pôs a cabeça para fora da janela.

– Está tudo bem – gritou ela. – Só perdi o equilíbrio.

Ele aquiesceu, devagar, e Olivia percebeu que ele estava completamente distraído. Com a mente em outro lugar. Então, como se lentamente voltasse a si, Harry ergueu o rosto e se desculpou.

– Fiquei perdido em pensamentos – explicou ele. – Já está tarde.

– Sim – concordou ela, embora achasse que não devia passar muito das dez.

De repente, Olivia percebeu que não suportava a ideia de vê-lo dizendo adeus e que ela é que teria que se despedir primeiro. Porque... porque... bem, o porquê ela não sabia, só sabia que era assim.

– Eu já ia avisar que preciso ir embora – falou ela, as palavras praticamente se atropelando. – Bem, não ir *embora*, creio, porque já estou no meu quarto, então não vou a lugar nenhum além da minha cama, que está a poucos passos.

Ela sorriu, como se pudesse compensar o discurso sem sentido que saía de sua boca.

– Como o senhor mesmo disse – prosseguiu –, está ficando tarde.

Harry concordou outra vez.

E ela sentiu necessidade de dizer mais alguma coisa, porque estava claro que ele não pretendia respondê-la.

– Então boa noite.

Harry respondeu, mas com a voz tão fraca que ela não chegou a ouvir, apenas leu a resposta enunciada em seus lábios.

Novamente, assim como quando o olhar dele se voltou para ela, Olivia sentiu. Começou na ponta dos dedos e foi se espalhando pelos braços até se transformar num arrepio que a fez suspirar, como se assim pudesse expulsar aquela sensação estranha de si.

Mas a sensação continuou lá, fazendo formigar os pulmões, dançando por toda a pele.

Olivia estava ficando louca. Só podia ser. Ou estafada. Tensa demais por ter passado o dia inteiro na companhia de um príncipe.

Voltou para dentro do quarto e fez menção de fechar a janela, quando...

– Ah! – Olivia voltou a se pendurar na janela. – Sir Harry!

Ele olhou para ela. Nem sequer tinha se mexido.

– O livro – disse ela. – Ficou com você.

Em perfeita sincronia, os dois olharam para o espaço vazio entre as casas.

– Não precisa atirar de volta. Não vamos correr o risco de vê-lo cair sem necessidade.

Harry balançou a cabeça e sorriu, só um pouquinho, como se soubesse que não deveria.

– Então farei uma visita amanhã, para devolver o livro.

E outra vez foi invadida por aquela sensação estranha e efervescente que a deixava sem ar.

– Mal posso esperar.

Olivia fechou a janela.

E fechou as cortinas.

E então deu um gritinho esganiçado, abraçando o próprio peito.

Tinha sido uma noite absolutamente perfeita.

Na tarde seguinte, Harry pôs *Srta. Butterworth e o barão louco* debaixo do braço e se preparou para fazer a curtíssima jornada até a sala de visitas de lady Olivia. No caminho, pensou que a distância horizontal era quase a mesma que a vertical. Doze passos até o térreo da casa dele, mais seis até a rua, oito até a porta da frente dela...

Da próxima vez, tentaria medir também a distância horizontal. Seria interessante ver a comparação.

Ele já tinha superado a insanidade momentânea da noite anterior. Lady Olivia Bevelstoke era estonteantemente linda; mais do que a opinião dele, era um fato consumado. Qualquer homem a desejaria, principalmente um que estivesse vivendo uma vida monástica havia meses, como era o caso de Harry.

Harry ficava cada vez mais convencido de que a chave para a própria sanidade estava em se lembrar do *motivo* pelo qual subia os degraus da casa dela. O Departamento de Guerra. O príncipe. A segurança nacional... Ela era a missão dele. Winthrop praticamente ordenara que ele se infiltrasse na vida de Olivia.

Não, Winthrop *de fato* ordenara que ele se infiltrasse na vida dela. Não houvera a menor ambiguidade.

Ele estava seguindo ordens, disse a si mesmo ao erguer a aldrava. Uma tarde com Olivia. Pelo rei e pelo país.

Para ser sincero, ela era uma visão muito mais agradável do que uma condessa russa entupida de vodca.

Contudo, considerando o foco que mantinha em seu dever, seria de se esperar que Harry Valentine tivesse ficado menos aborrecido ao chegar à sala de visitas e constatar que lady Olivia não estava só. A outra parte de sua missão e dono de uma postura impressionante, o príncipe Aleksei da Rússia, estava bem ali, sentado diante dela, com uma expressão pedante no rosto.

Devia ter sido uma coincidência conveniente. Em vez disso, era apenas enervante.

– Sir Harry – falou Olivia, abrindo um sorriso radiante quando ele entrou. – O senhor se lembra do príncipe Aleksei, naturalmente.

Mas é claro. Tão bem quanto se lembrava do guarda-costas brutamontes que também estava presente, encurvado em um cantinho.

Harry ficou se perguntando se ele acompanhava o príncipe até em seus aposentos particulares. Devia ser um tanto desconfortável para as moças.

– O que você tem aí? – perguntou o príncipe.

– Um livro – respondeu Harry, deixando *Srta. Butterworth* em uma mesinha lateral. – Prometi emprestar a lady Olivia.

– Qual é o título? – insistiu o príncipe.

– É só um romance bobo – comentou ela. – Acho que não vou gostar, mas foi recomendação de uma amiga.

O príncipe parecia indiferente.

– O que Vossa Alteza gosta de ler? – perguntou ela.

– A senhorita não conheceria – menosprezou ele.

Harry observava Olivia com atenção. Percebeu que ela era mesmo boa naquela pantomima que se disfarçava de sociedade. Mal foi possível vislumbrar o lampejo de irritação em seus olhos. Olivia o reprimiu por completo, com uma expressão tão agradável e luminosa que *só podia* ser sincera.

Só que ele sabia que não era.

– Ainda assim, eu gostaria de saber mais sobre as preferências literárias de Vossa Alteza – disse ela, cordialmente. – Gosto de aprender sobre outras culturas.

O príncipe se virou para ela, dando as costas para Harry.

– Um dos meus antepassados era um grande poeta e filósofo. Príncipe Antíoco Dimitriévitch Cantemir.

Harry achou o comentário muito curioso, pois era amplamente conhecido entre os versados em cultura russa que Cantemir fora um solteirão até à morte.

– Também li recentemente todas as fábulas de Ivan Krylov – prosseguiu Aleksei. – Todo russo minimamente culto deve lê-las.

– Também temos alguns autores assim – comentou Olivia. – Shakespeare. Todo mundo precisa conhecer Shakespeare. Acho que não ler sua obra seria quase antipatriótico.

O príncipe deu de ombros, parecendo indiferente ao dramaturgo inglês.

– Vossa Alteza já leu a obra dele? – perguntou Olivia.

– Já li algo dele em francês – disse ele. – Mas prefiro ler em russo. Nossa literatura é muito mais profunda do que a de vocês.

– Já li *Pobre Liza* – falou Harry.

Sabia muito bem que deveria ter ficado calado, mas o príncipe era tão absurdamente cheio de si que era difícil resistir à tentação de rebaixá-lo.

Aleksei virou-se para ele com indisfarçável surpresa.

– Não sabia que *Bednaya Liza* tinha sido traduzido para o inglês.

Harry também não; lera em russo fazia muitos anos. Mas já havia cometido um erro crasso naquela tarde. Não cometeria outro.

– Acho que estou pensando no livro certo... O autor se chamava... ah, não sei se ainda me lembro... começa com K, talvez? Karmazinim?

– Karamzin – atalhou o príncipe. – Nikolai Karamzin.

– Sim, esse mesmo – disse Harry, soando propositalmente avoado. – Uma pobre camponesa arruinada por um nobre, não é isso?

O príncipe aquiesceu. Harry deu de ombros.

– Então alguém deve ter traduzido.

– Talvez eu devesse procurar um exemplar – falou o príncipe. – Talvez ajude a melhorar o meu inglês.

– É uma obra conhecida? – indagou Olivia. – Eu adoraria ler, se pudermos encontrar um exemplar em inglês.

Harry lançou um olhar incrédulo para ela, a mesma pessoa que dissera que não gostava de *Henrique V* e de *Srta. Butterworth e o barão louco*.

A conversa deu sinais de que acabaria até que Olivia disse:

– Sir Harry, quando o senhor chegou eu tinha pedido o chá. Gostaria de se juntar a nós?

– Adoraria. – Harry se sentou de frente para o príncipe, dando-lhe um sorriso forçado.

– Devo confessar – disse Olivia – que sou péssima com idiomas. Minha tutora vivia desesperada tentando me ensinar francês. Admiro muito quem fala mais de uma língua. Seu inglês é impecável, Vossa Alteza.

O príncipe recebeu o elogio com um breve meneio de cabeça.

– O príncipe Aleksei também fala francês – informou Olivia.

– Eu também – respondeu Harry, já que não havia motivo para esconder esse fato.

O príncipe poderia deixar algo escapar em russo, mas jamais o faria em francês; havia francófonos demais em Londres. Além do mais, depois de tantos anos no continente, seria estranho se ele não tivesse aprendido ao menos um pouco do idioma.

– Não sabia – falou Olivia. – Talvez os senhores possam conversar em francês. Ou talvez não. – Ela deu uma risadinha. – Tremo de pavor só de pensar no que poderiam dizer de mim.

– Nada além dos mais profundos elogios – retrucou o príncipe, galante.

– Duvido que minhas habilidades se comparem às de Vossa Alteza – mentiu Harry. – Com certeza seria uma conversa muito frustrante para ambos.

Outro silêncio, e desta vez Olivia o preencheu.

– Quem sabe Vossa Alteza não fala algo em russo? – sugeriu ela ao príncipe. – Acho que nunca ouvi o idioma em voz alta. E o senhor, sir Harry?

– Vez ou outra – murmurou ele.

– Ah, sim, é claro, por conta do tempo que passou no continente. Imagino que tenha ouvido conversas em vários idiomas.

Harry assentiu, mas Olivia já tinha se virado para Aleksei outra vez.

– O senhor poderia dizer alguma coisa? Francês eu reconheço, mas mal consigo entender uma palavra. Já o russo… não faço a menor ideia de como soa. Parece talvez com o alemão?

– *Nyet* – respondeu o príncipe.

– Ny… Ah! – Olivia ficou radiante. – Imagino que isso queira dizer "não".

– *Da* – falou o príncipe.

– E isso deve ser "sim"!

Harry não sabia se achava graça ou se vomitava.

– Diga mais alguma coisa, por favor – pediu ela. – Não dá para entender o ritmo do idioma apenas com monossílabos.

– Pois bem – concordou o príncipe –, deixe-me ver.

Aguardaram pacientemente enquanto ele pensava no que dizer. Após alguns instantes, ele falou.

E Harry percebeu que nunca odiara tanto outro ser humano quanto odiava o príncipe Aleksei Gomaróvski da Rússia.

– O que o senhor disse? – perguntou Olivia, com um sorriso empolgado.

– Apenas que a senhorita é mais bela que os mares, o céu e a neblina.

Ou, dependendo da tradução, "Vou te possuir até você gritar".

– Que poético – murmurou Olivia.

Harry preferiu não comentar, porque talvez não respondesse por si.

– Mais uma vez? – pediu Olivia.

O príncipe se fez de tímido.

– Não consigo pensar em nada mais… Como dizer?

*Ofensivo.*

– Delicado – concluiu o príncipe, satisfeitíssimo com sua escolha de palavra. – Delicado o suficiente para a senhorita.

Harry tossiu. Era isso ou ter uma ânsia de vômito. Na verdade, deve ter soado como um misto de ambos, porque Olivia o encarou com uma expressão de pânico. Harry não pôde fazer nada além de revirar os olhos em resposta. Nenhum homem razoável seria capaz de escutar aquela baboseira e não reagir.

– Ah, aí vem o chá – disse Olivia, parecendo um tanto aliviada. – Mary, vamos precisar de mais um jogo. Sir Harry decidiu se juntar a nós.

Assim que Mary deixou a bandeja e foi buscar outra xícara, Olivia olhou para Harry e perguntou:

– O senhor se importaria se eu já começar a servir?

– De modo algum.

Ao responder, ele deu uma olhada ocasional na direção do príncipe, que o observava com um sorrisinho cínico.

Harry respondeu com uma expressão igualmente imatura. Não conseguiu se conter. Além do mais, pensou, isso o ajudaria a manter a história de que ele era apenas mais um pretendente enciumado. Mas será que Aleksei achava que Olivia estava demonstrando predileção ao servi-lo antes que a xícara de Harry chegasse?

– Vossa Alteza, gosta do chá inglês? – indagou Olivia. – Embora não seja verdadeiramente inglês, creio que já tenha se tornado uma tradição nossa.

– Acho o costume muito agradável – replicou o príncipe.

– Leite?

– Por favor.

– Açúcar?

– Sim.

Ela preparou a xícara dele e, ao adoçar, comentou:

– Sir Harry me contou recentemente que era do chá que mais sentia falta quando estava no Exército.

– É mesmo? – devolveu Aleksei.

Harry não sabia a quem o príncipe se dirigia, mas decidiu responder mesmo assim.

– Houve muitas noites em que eu teria matado em troca de uma xícara de chá quente.

– Imagino que o senhor tenha matado com ou sem chá – retrucou o príncipe.

Harry o encarou friamente.

– Em várias ocasiões eu andava armado com sabre, rifle e baioneta. Matei com certa frequência.

O príncipe devolveu um olhar igualmente frio.

– Do jeito que fala, parece que gostava.

– Jamais – pontuou Harry.

O príncipe esboçou um sorriso.

– Às vezes é preciso fazer o mal para que o bem possa florescer, *da*?

Harry assentiu brevemente.

O príncipe bebeu o chá, mesmo que Harry ainda não tivesse sido servido.

– Como é na esgrima, sir Harry?

– Sofrível.

Era verdade. Em Hesslewhite não houvera um mestre esgrimista adequado. Por isso, as habilidades de Harry com a espada eram mais militares do que competitivas. Era medíocre no *parry*, mas sabia bem como dar um golpe fatal.

– Aqui está a outra xícara – anunciou Olivia, tomando-a da criada que tinha acabado de retornar. – Sir Harry, o seu é sem açúcar, certo?

– A senhorita se lembra – murmurou ele.

Olivia sorriu para ele, um sorriso alegre e sincero que o envolveu como uma brisa morna. Em resposta, ele sentiu o próprio sorriso surgindo no rosto, livre e genuíno. Ela olhava para ele, ele olhava para ela, e por um momento arrebatador parecia que estavam a sós.

Então Olivia desviou o olhar, murmurando alguma coisa sobre o chá. Enquanto servia, Harry se viu hipnotizado pelas mãos dela, belas e elegantes, mas não exatamente graciosas. Ele gostou de notar isso. Toda deusa tem que ter alguma imperfeição.

Ela ergueu o rosto, notando que ele a observava. Então sorriu outra vez, e ele também se viu sorrindo, e...

E aí o maldito príncipe teve que abrir a porcaria da boca.

# Capítulo treze

*Cinco coisas que me agradam bastante*
*em sir Harry Valentine*
por Olivia Bevelstoke

*O sorriso*
*A inteligência*
*Os olhos*
*Ele fala comigo pela janela*

— Vladimir! – rugiu, de repente, o príncipe, deixando a lista de Olivia com um item a menos.

Na mesma hora, Vladimir atravessou a sala e foi ter com o príncipe Aleksei, que aparentemente lhe deu uma ordem em russo. Vladimir grunhiu em resposta, acrescentando, por sua vez, mais um jorro de palavras incompreensíveis.

Olivia olhou para Harry e viu que ele estava com a testa franzida. Talvez ela também estivesse.

Vladimir grunhiu mais alguma coisa e depois voltou para seu cantinho. Harry, que também havia assistido à cena, falou ao príncipe:

– Ele é muito conveniente.

O príncipe Aleksei devolveu um olhar enfastiado.

– Não entendi o que quis dizer.

– Ele vem, ele vai, faz tudo o que o senhor manda...

– É para isso que ele serve.

– Sim, é claro.

Harry inclinou a cabeça ligeiramente para o lado em uma espécie de dar de ombros sem realmente mexer os ombros, transmitindo a mesma medida de indiferença.

– Não falei nada diferente disso – acrescentou.

– É necessário que a realeza viaje com acompanhantes.

– Concordo totalmente – respondeu Harry, mas seu tom afável pareceu deixar o príncipe mais incomodado.

– Aqui está seu chá – interrompeu Olivia, estendendo a xícara para Harry.

Ele aceitou, agradeceu e bebeu.

– Tomo meu chá igual a sir Harry – disse ela, a ninguém em particular. – Colocava açúcar, mas depois acabei enjoando.

Harry olhou para ela com uma expressão curiosa. Olivia não ficou surpresa; não conseguia se lembrar da última vez que tivera uma conversa tão entediante. Ele certamente compreenderia que ela não tinha escolha.

Olivia respirou fundo, tentando navegar ao sabor da corrente. Os dois homens se detestavam, isso estava bem claro, mas ela já vivenciara ambientes com esse tipo de animosidade. Contudo, o sentimento não costumava ser tão palpável.

E, embora gostasse de pensar que era tudo por conta de ciúmes, algo lhe dizia que havia outra coisa em jogo.

– Ainda não fui lá fora – falou ela, pois falar do tempo sempre fornecia uma distração conveniente em uma conversa. – Está quente?

– Acho que vai chover – comentou o príncipe.

– Ah, bem, estamos na Inglaterra, não é mesmo? Chove dia sim, no outro também. E quando não chove…

Mas o príncipe já tinha transferido sua atenção ao rival.

– Onde mora, sir Harry?

– Nos últimos tempos, logo aqui em frente – respondeu ele, alegre.

– Achei que os aristocratas ingleses tinham propriedades grandiosas no campo.

– De fato – confirmou Harry, educadamente. – Eu, naturalmente, não sou aristocrata.

– Como está o chá? – perguntou Olivia, com um leve desespero na voz.

Ambos murmuraram qualquer coisa. Ambos com monossílabos. E nenhum dos monossílabos foi lá muito inteligível.

– Chamam o senhor de "sir" – apontou o príncipe Aleksei.

– De fato – assentiu Harry, sem aparentar a menor preocupação com sua falta de status. – Mas isso não faz de mim um aristocrata.

O príncipe Aleksei abriu um leve sorriso.

– Baronetes não são considerados parte da aristocracia – explicou Olivia.

E então lançou um olhar condoído a Harry. O príncipe fora bastante deselegante ao frisar tanto a baixa patente social de Harry, mas, por outro lado, era algo que se podia creditar às diferenças culturais.

– O que seria um baronete? – perguntou o príncipe.

– Eternamente no meio – respondeu Harry, com um suspiro. – Na verdade é como um purgatório.

Aleksei voltou-se para Olivia:

– Não estou entendendo o seu amigo.

– O que ele quer dizer, ou pelo menos o que eu acho que está querendo dizer – retrucou ela, lançando a Harry um olhar chateado, sem entender por que diabo ele propositalmente entrava em conflito com o príncipe –, é que baronetes não fazem parte da aristocracia, apesar de terem um título. É por isso que o chamam de "sir".

Como Aleksei ainda parecia confuso, ela prosseguiu:

– Em ordem de importância, abaixo da realeza, é claro, vêm duques e duquesas, marqueses e marquesas, condes e condessas, viscondes e viscondessas e, enfim, barões e baronesas. – Hesitou. – E então baronetes e suas esposas, embora não sejam considerados membros da aristocracia.

– É uma posição muito inferior – murmurou Harry, começando a se divertir com o assunto. – Quilômetros e quilômetros abaixo de alguém como Vossa Alteza.

O príncipe o encarou por meio segundo, o suficiente para que Olivia notasse o desagrado em seus olhos.

– Na Rússia, a aristocracia compõe a estrutura da sociedade. Sem nossas grandes famílias, o país se despedaçaria.

– Muitos sentem a mesma coisa aqui – disse Olivia, educada.

– O resultado seria... como se diz...

– Uma revolução? – sugeriu Harry.

– Caos? – tentou Olivia.

– Caos – repetiu Aleksei. – Isso mesmo. De revolução eu não tenho medo.

– Seria sábio aprender com a experiência dos franceses – advertiu Harry.

O príncipe Aleksei voltou-se para ele com fogo no olhar.

– Os franceses foram estúpidos. Permitiram que a burguesia tivesse liberdades demais. Esse é um erro que não cometemos na Rússia.

– Também não temos medo da revolução na Inglaterra – comentou Harry, calmo –, embora seja por outros motivos.

Olivia se sobressaltou. Harry havia falado com uma convicção silenciosa, contrastando com a petulância anterior. O tom sério realmente envolveu a atmosfera do momento. Até o príncipe Aleksei parou e se virou para ele com uma expressão de... bem, não era exatamente respeito, porque com certeza não apreciara o comentário. Talvez algum tipo de reconhecimento, admitindo que Harry era um adversário à altura.

– Nossa conversa está ficando tão séria – declarou ela. – Está cedo demais para esse tipo de assunto, não acham? – Quando não obteve uma resposta imediata, acrescentou: – Acho insuportável discutir política enquanto o sol ainda brilha lá fora.

Na verdade, insuportável mesmo era ter que desempenhar aquele papel de menina frívola. Olivia adorava discussões políticas a qualquer hora do dia.

Além disso, o sol não brilhava lá fora.

– Como estamos sendo rudes – observou Aleksei.

Ele então ficou de pé, foi até Olivia e se ajoelhou, deixando-a sem fala. *O que* ele estava fazendo?

– A senhorita pode nos perdoar? – murmurou ele, tomando a mão dela.

– Eu... eu...

Plantou um beijo no dorso da mão que segurava.

– Por favor.

– É claro – ela conseguiu dizer, enfim. – Não foi...

– Nada – sugeriu Harry. – Creio que seja essa a palavra que a senhorita esteja procurando.

Ela teria olhado de cara feia para ele, isto é, se Aleksei não estivesse ocupando todo o seu campo de visão.

– É claro que perdoo, Vossa Alteza – disse ela. – Foi um tanto tolo de minha parte.

– Mulheres lindas têm todo o direito de serem tolas sempre que desejarem.

O príncipe mudou de posição, e Olivia viu de esguelha a expressão de Harry. Parecia prestes a vomitar.

– Imagino que o senhor esteja muito atarefado desde que chegou a Londres – comentou Harry, quando Aleksei já tinha voltado para seu lugar.

– Que tipo de tarefa eu poderia ter a fazer nesta cidade? – indagou ele, confuso e irritado com a mudança de assunto.

Olivia se apressou para salvar a situação:

– Acho que sir Harry quis dizer que o senhor deve ter muitos compromissos, muitas pessoas a ver.

– Sim – confirmou Aleksei.

– Seus dias devem ser muito tumultuados – analisou Harry, impressionado, com uma leve adulação na voz.

Olivia franziu a testa. Sentia que sabia aonde ele queria chegar, e sabia que isso não acabaria bem.

– Deve ser uma vida muito empolgante – disse ela rapidamente, tentando controlar o rumo da conversa.

Mas Harry não se deixou abater.

– Hoje mesmo, por exemplo – ponderou ele –, sua agenda deve estar abarrotada. Lady Olivia deve se sentir muito honrada porque o senhor tirou um tempo para vê-la.

– Eu sempre encontrarei tempo para lady Olivia.

– Vejo que é mesmo muito generoso com sua companhia – comentou Harry. – Do que nós o estamos privando esta tarde?

– O *senhor* não me priva de absolutamente nada.

Harry deu um sorrisinho só para mostrar que o insulto, embora devidamente registrado, não o afetara.

– Onde mais Vossa Alteza Real poderia estar agora? Com o embaixador? Com o rei?

– Eu poderia estar onde bem entendesse.

– Ah, os privilégios da realeza – refletiu Harry.

Tensa, Olivia mordeu o lábio. De fininho, Vladimir começou a se aproximar e, se a coisa chegasse às vias de fato, Harry não sairia vencedor.

– Fico mesmo muito honrada com sua visita – acrescentou Olivia, a única frase em que conseguiu pensar.

– Ora, muito obrigado – respondeu Harry, na mesma hora.

"Pare com isso", disse a ele, mexendo os lábios sem emitir som.

"Por quê?", indagou ele, também em silêncio.

– Bem, parece que não querem me incluir nesta conversa – ralhou Aleksei.

Vladimir chegou mais perto.

– Não, imagine! – garantiu Olivia. – Eu só estava lembrando a sir Harry que o primo dele... hã... está à sua espera para uma... reunião.

Aleksei fez uma expressão cética.

– A senhorita disse tudo isso?

Olivia sentiu o rosto enrubescer.

– Praticamente – murmurou ela.

– Bem, preciso mesmo ir – avisou Harry, abruptamente, já se pondo de pé.

Olivia também se levantou.

– Por favor, deixe-me acompanhá-lo até a porta – disse ela, tentando disfarçar os dentes trincados.

– Por favor, não precisa se incomodar – respondeu ele. – Eu jamais sonharia em pedir que uma dama tão linda se levantasse.

Olivia ficou lívida. Aleksei percebera que Harry estava caçoando dele? Ela olhou de soslaio para o príncipe. Ele não parecia ofendido; na verdade, parecia contente – mas de uma maneira um tanto rígida e reservada.

Talvez fosse melhor dizer que parecia satisfeito.

Harry saiu sozinho, privando Olivia da chance de lhe dizer exatamente o que achara de seu comportamento infantil. A verdade era que ela estava soltando fogo pelas ventas, a ponto de cravar as unhas no estofamento da poltrona. Mas Harry não ia escapar tão fácil. Ele não fazia ideia do que acontecia quando se deixava germinar a ira de uma mulher. Seja lá o que Olivia tivesse a dizer, seria ainda pior à noite.

Contudo, nesse meio-tempo, ela precisava lidar com o príncipe. O homem estava sentado diante dela com uma expressão que misturava satisfação e petulância. Ficara contente por Harry ter ido embora, e mais ainda por estar sozinho com ela.

E com Vladimir. Não podia se esquecer de Vladimir.

– Onde está minha mãe? – perguntou-se Olivia, pois era mesmo um pouco curioso que ela não tivesse sequer aparecido.

A porta da sala de visitas estava aberta, como ditavam os bons costumes, de modo que a presença de uma acompanhante era dispensável, mas era esperado que ela fosse cumprimentar o príncipe.

– É necessário que ela esteja aqui?

– Bem, não. – Olivia olhou para a porta aberta. – Huntley está logo ali, no vestíbulo...

– Fico contente que estejamos sozinhos.

Olivia engoliu em seco, sem saber o que dizer.

Aleksei abriu um sorriso, mas havia certo peso em seu olhar.

– Está nervosa? Por ficar sozinha comigo?

*Agora estou.*

– Não, é claro que não – respondeu ela. – Sei que o senhor é um cavalheiro. Além disso, não estamos sozinhos.

Ele piscou, atônito, então deu uma risada.

– Está se referindo a Vladimir?

O olhar de Olivia correu várias vezes do príncipe até seu guarda-costas.

– Bem, sim – falou ela, hesitante. – Ele está bem ali. E…

Aleksei descartou o comentário dela com um aceno.

– Vladimir é invisível.

O desconforto de Olivia começou a aumentar.

– Não estou entendendo.

– É como se ele não estivesse aqui. – Sorriu para ela, de um jeito um pouco perturbador. – Se essa for minha vontade.

Olivia abriu a boca, mas não conseguia emitir nenhum som.

– Por exemplo – prosseguiu Aleksei –, se eu a beijasse…

Olivia arquejou.

– … seria como se nós estivéssemos sozinhos. Ele não contaria a ninguém, e você não ficaria… como se diz… desconfortável.

– Acho que Vossa Alteza Real deveria ir embora.

– Eu gostaria de beijá-la antes.

Olivia se levantou de repente, derrubando a mesinha.

– Não há necessidade disso.

– Discordo – disse ele, também se levantando. – Acho que há necessidade, sim. Para mostrar à senhorita.

– Para me mostrar o quê?

Ela não acreditava que tinha feito essa pergunta.

Ele gesticulou na direção de Vladimir.

– Para mostrar que é como se ele não estivesse aqui. Eu preciso de proteção o tempo inteiro, então Vladimir está sempre comigo. Até mesmo quando eu… Bom, não devo mencionar na presença de uma dama.

Ele já tinha mencionado várias coisas que não cabiam na presença de uma dama. Olivia contornou o sofá, tentando se aproximar da porta, mas ele estava no caminho.

– Eu beijarei sua mão – disse ele.

– O-O quê?

– Para provar que eu sou um cavalheiro. Acha que eu farei outra coisa, mas vou beijar sua mão.

Ela sentiu a garganta fechar. A boca estava aberta, mas Olivia nem sabia se estava respirando. Aquele homem a tirara completamente do sério.

Então ele tomou a mão de Olivia, que por sua vez estava estarrecida demais para puxá-la de volta. Aleksei beijou o dorso, acariciando levemente os dedos dela ao soltar.

– Da próxima vez – avisou ele –, vou beijá-la na boca.

Ah, meu Deus...

– Vladimir! – Aleksei deu uma ordem curta em russo e o guarda-costas veio imediatamente.

Olivia ficou horrorizada ao constatar que tinha mesmo se esquecido de que ele estava ali, embora só pudesse ser por conta do choque diante das palavras escandalosas proferidas pelo príncipe.

– Lady Olivia, nos vemos mais tarde – disse Aleksei.

– Mais tarde? – ecoou ela.

– A senhorita vai à opera, não? *A flauta mágica*. É a primeira performance da temporada.

– Eu... eu...

Ela iria à ópera? Não conseguia pensar direito. Um príncipe real tinha tentado seduzi-la em sua própria sala de visitas. Ou pelo menos quase tentara.

Na presença de seu guarda-costas descomunal.

Com certeza tinha o direito de estar um pouco confusa.

– Até lá, lady Olivia.

O príncipe Aleksei fez uma saída dramática, com Vladimir em seu encalço. E Olivia só conseguia pensar: "Tenho que contar a sir Harry."

Contudo, estava furiosa com ele.

Não estava?

# *Capítulo catorze*

Harry estava de mau humor. O dia tinha começado às mil maravilhas, com a promessa de grandes momentos de contentamento enquanto saracoteava em direção à Rudland House, até que ele chegara lá e dera de cara com o príncipe Aleksei Gomaróvski, que aparentemente se dizia descendente do poeta russo mais famigerado por sua solteirice.

Bem, talvez não *o mais*, mas sua solteirice era notória.

*Depois* fora forçado a ver Olivia se derretendo pelo borra-botas.

*Depois* tivera que ficar sentado lá, fingindo não entender quando o facínora falara em estuprá-la. E ainda tivera a pachorra de dizer que a tradução era uma bobagem qualquer sobre o céu e a neblina.

*Depois* – já em casa, enquanto tentava pensar no que fazer a respeito da ordem que o príncipe dera a Vladimir em russo, para que o investigasse – ele recebera do Departamento de Guerra ordens por escrito para comparecer à estreia de *A flauta mágica* naquela noite, o que teria sido fantástico se pudesse manter os olhos no palco e não na pessoa que, de repente, ele mais detestava no mundo: o supracitado Aleksei da Rússia.

*Depois* o maldito príncipe resolvera sair mais cedo da ópera. Ele se levantou e foi *embora*, logo quando a Rainha da Noite cantava as primeiras notas de sua ária. Era "A vingança do inferno fervilha em meu coração"! Faça-me o favor, quem em sã consciência ia embora no início de "A vingança do inferno fervilha em meu coração"?

Harry decidiu que a vingança do inferno também fervilhava em seu próprio coração.

Seguira o príncipe e o onipresente, e cada vez mais ameaçador, Vladimir até o estabelecimento de Madame LaRoux, onde concluiu que Aleksei se utilizou dos serviços de uma ou algumas moçoilas.

Foi então que Harry decidiu que tinha todo o direito de voltar para casa.

E assim o fez, mas não antes de ser surpreendido por um curtíssimo, porém violento, pé-d'água.

Motivo pelo qual ao chegar em casa, arrancando o casaco e as luvas encharcados, a única coisa em que conseguia pensar era tomar um banho. Já imaginava tudo: o vapor se evolando na superfície, a pele se arrepiando de forma quase dolorosa diante do calor até o corpo se acostumar.

Seria o paraíso. As doçuras do paraíso fervilhando em sua banheira.

Pobre Harry, infelizmente o paraíso não estava em seu futuro, ao menos, não naquela noite. Ele ainda segurava o casaco encharcado quando o mordomo adentrou o vestíbulo, informando que um mensageiro especial havia trazido uma carta que fora colocada em cima da escrivaninha dele.

De modo que lá foi Harry para o escritório, as botas chapinhando a cada passo, só para descobrir que a mensagem não continha absolutamente nada de imediata relevância, apenas algumas informações esparsas que preenchiam certas lacunas na história do príncipe. Harry fez um muxoxo, tremendo de raiva e lamentando não poder atirar aquela carta ofensiva na lareira. E, então, ele também poderia se aquecer. Estava com tanto frio e tão encharcado e tão transtornado com tudo o que acontecera...

Até que olhou para cima.

Olivia. Ali parada, olhando para ele. Francamente, era tudo culpa dela. Ao menos *metade* da culpa era dela. Harry marchou até a janela, que abriu com sofreguidão.

Ela também abriu a dela.

– Eu estava esperando o senhor – disse ela, antes que ele pudesse falar. – Onde você... O que aconteceu?

No rol de perguntas estúpidas, decidiu ele, aquela merecia quase o topo da lista. Mas seus lábios ainda deviam estar roxos de frio, e não havia a menor chance de ele conseguir explicar tudo que acontecera.

– Choveu – respondeu ele, de má vontade.

– E o senhor decidiu ir dar um passeio?

Quem sabe, valendo-se de um esforço sobre-humano, ele não conseguisse esganá-la a distância.

– Preciso lhe falar – declarou ela.

Ele notou que não estava mais sentindo os dedos dos pés.

– Agora?

Ela se retraiu, claramente ofendida.

O que não melhorou em nada o humor dele. Os modos cavalheirescos que aprendera desde criança deveriam falar mais alto, pois, por mais que quisesse bater a janela e ir embora, Harry respirou fundo e se explicou, por entre dentes:

– Estou com frio. Estou molhado. E de péssimo humor.

– Ora, eu também!

– Muito bem – disse ele, secamente. – Qual o motivo de todo esse chilique?

– Chilique? – zombou ela.

Ele ergueu a mão, interrompendo-a. Se ela pretendia ficar julgando as escolhas vocabulares dele, a conversa acabaria ali mesmo.

Olivia decerto decidiu concentrar sua energia no que importava, pois fincou as mãos na cintura e disse:

– Já que é assim, o motivo desse chilique é o *senhor*.

Ah, essa era boa! Harry aguardou e então, pingando sarcasmo e gotas de chuva na mesma medida, disse:

– E?

– E o seu comportamento hoje à tarde. Onde estava com a cabeça?

– Onde estava com a…

Olivia chegou a se pendurar na janela, com o dedo em riste.

– Provocou o príncipe Aleksei de propósito. Por acaso faz alguma ideia da situação difícil em que me pôs?

Harry a encarou por um momento e então declarou apenas:

– Ele é um imbecil.

– Ele não é um imbecil – teimou ela.

– Ele é um imbecil – repetiu Harry. – Um imbecil que nem sequer merece lamber os seus sapatos. Um dia a senhorita ainda vai me agradecer.

– Não tenho a menor intenção de deixá-lo lamber qualquer parte de mim – retrucou Olivia, ruborizando no instante em que se deu conta do que falara.

Harry sentiu que o frio estava começando a passar.

– Não tenho a menor intenção de permitir que ele me corteje – retomou ela, com a voz abafada, porém, sabe-se lá como, alta o suficiente para que cada sílaba chegasse aos ouvidos dele com a maior clareza. – Mas isso não quer dizer que vou permitir que ele seja destratado na minha casa.

– Muito bem. Peço perdão. Satisfeita?

Ela se calou, surpresa com o pedido de desculpas, mas o triunfo de Harry foi efêmero. Nem cinco segundos haviam se passado quando ela rebateu:

– Não senti sinceridade nas suas desculpas.

– Ah, faça-me o favor! – vociferou ele.

Não conseguia acreditar que ela agia como se *ele* tivesse feito algo errado. Só estava seguindo as malditas ordens do maldito Departamento de Guerra. E, mesmo admitindo que Olivia não fazia ideia das ordens que ele tinha a cumprir, fora *ela* quem passara a tarde inteira de conversa fiada com um homem que a insultara da forma mais pérfida.

Não que ela soubesse disso também.

Seja como for, qualquer pessoa com um pingo de bom senso perceberia que o príncipe Aleksei não passava de um sapo escorregadio. Tudo bem, um sapo extremamente bonito, mas, ainda assim, um sapo.

– Por que está tão irritado? – exigiu saber ela.

Era melhor mesmo que eles não estivessem frente a frente, porque ele teria feito... *alguma* coisa.

– Por que estou tão irritado? – repetiu ele, quase cuspindo. – Por que estou *tão* irritado? Porque eu...

Nesse momento, Harry se deu conta de que não podia dizer a ela que tinha sido forçado a sair mais cedo da ópera. Nem que tinha seguido o príncipe até o bordel. Muito menos que...

Não, essa última parte ele podia contar.

– Estou encharcado até o osso, cada centímetro do meu corpo está tremendo de frio e eu estou aqui, batendo boca com a senhorita, quando poderia muito bem estar numa banheira quentinha.

A última parte saiu quase em um berro, o que decerto não foi a coisa mais esperta a se fazer, considerando que estavam, tecnicamente, em público.

Ela se calou. De repente disse, baixinho:

– Pois bem.

*Pois bem?* Só isso? "Pois bem", e acabou?

E então ele continuou parado ali, como um dois de paus. Olivia lhe dera a oportunidade perfeita de se despedir, fechar a janela e subir a passos largos para ir tomar seu banho, mas ele permaneceu onde estava.

Olhando para ela.

Observando que ela abraçava o próprio corpo com força, como se também estivesse com frio. Observando seus lábios. E, embora não pudesse vê-los com clareza à meia-luz, soube o momento exato em que ela os contraiu, os cantos carregados de uma emoção reprimida.

– Onde o senhor esteve? – perguntou ela.

Ele não conseguia parar de olhar para Olivia.

– Hoje mais cedo – esclareceu ela. – Onde esteve para acabar tão encharcado?

Harry baixou os olhos, como se acabasse de constatar o que ela dizia.

Como era possível uma coisa daquelas?

– Fui à ópera.

– Ah, é? – Ela abraçou o tronco com ainda mais força e, embora ele não tivesse certeza, pareceu que havia chegado ligeiramente mais perto da janela. – Eu também ia – disse ela. – Eu queria ir.

Ele também chegou mais perto do peitoril.

– E por que não foi?

Olivia hesitou, a atenção desviando-se por um momento, e então respondeu:

– Se quer mesmo saber, eu sabia que o príncipe compareceria, e eu não estava com a menor vontade de vê-lo.

Isto, sim, era interessante. Ele se aproximou ainda mais da janela, e então…

Uma batida à porta.

– Não saia daí – ordenou ele, apontando para ela.

Harry fechou a janela, foi até a porta e a abriu.

– Senhor, seu banho está pronto – anunciou o mordomo.

– Obrigado. Pode fazer a gentileza de, hã, manter a água quente para mim? Vou demorar só mais um pouco.

– Vou instruir os lacaios para que deixem a água fervendo. O senhor gostaria de um cobertor?

Harry olhou para as mãos. Engraçado. Quase não sentia mais os dedos.

– Hã, sim. Perfeito. Obrigado.

– Providenciarei agora mesmo.

Enquanto o mordomo ia tomar suas providências, Harry correu de volta para a janela. Olivia estava de costas para ele, sentada no peitoril e levemente recostada no alizar lateral. Ele notou que ela também tinha arrumado um cobertor, azul-bebê, macio e…

Harry balançou a cabeça. Que diferença fazia o cobertor que ela estava usando?

– Só mais um minuto – pediu ele. – Não vá.

Ao ouvir o som da voz dele, Olivia olhou para baixo apenas em tempo de ver a janela se fechando outra vez. Ela aguardou mais meio minuto e então ele voltou, a madeira rangendo quando a janela se abriu.

– Ah, também pegou um cobertor – disse ela, como se fosse importante.

– Bem, estou com frio – declarou ele, também como se fosse importante.

Passaram um bom tempo em silêncio, então ele perguntou:

– Por que a senhorita não queria ver o príncipe?

Olivia apenas balançou a cabeça. Não por ele estar errado, mas por achar que não seria capaz de conversar com Harry sobre o assunto. O que era estranho porque, naquela tarde, a primeira coisa em que pensara fora que tinha que contar a ele sobre o comportamento reprovável do príncipe Aleksei. Mas agora, vendo o rosto dele e seus olhos escuros inescrutáveis, ela não sabia o que dizer.

Nem como dizê-lo.

– Não é nada importante – respondeu ela, enfim.

A princípio, Harry não comentou nada. E, quando falou, estava com a voz grave, tão intensa que a deixou sem ar.

– Se ele a deixou desconfortável, considero muito importante saber.

– Ele... ele... – Ela balançava a cabeça ao falar, até finalmente conseguir se recuperar o suficiente para explicar: – Ele só disse algo sobre me beijar. Na verdade, não foi nada.

Olivia estava evitando olhar para Harry, mas seus olhares acabaram se encontrando. Ele nem se mexia.

– Não é a primeira vez que ouço algo assim de um cavalheiro – acrescentou ela.

Preferiu, no entanto, excluir a parte que dizia respeito a Vladimir. Honestamente, ficava abalada só de lembrar.

– Harry? – chamou ela.

– Não quero que volte a encontrá-lo – declarou ele, em voz baixa.

A primeira coisa que ela pensou em responder era que ele não mandava nela. E de fato, quando abriu a boca, a frase já estava na ponta da língua. Então lembrou-se de algo que ele dissera. Algo para implicar com ela, ou talvez não. Talvez ela só tivesse *achado* que ele estava implicando ao perguntar se ela não pensava antes de falar.

Dessa vez ela ia pensar bem.

Ela tampouco queria ver o príncipe outra vez. Por que fazer tanta questão de contrariar Harry se ambos desejavam a mesma coisa?

– Eu não sei se terei muita escolha – respondeu ela.

Era verdade; a menos que fizesse uma barricada em seu próprio quarto, Olivia não tinha como evitá-lo. Harry ergueu os olhos para ela, com uma seriedade letal.

– Olivia, ele não é um bom homem.

– Como pode saber?

– Eu simplesmente... – Ele correu a mão pelos cabelos, dando um suspiro frustrado. – Não posso dizer como eu sei. Quer dizer, eu não sei como eu sei. É coisa de homem, talvez. Eu sei e ponto final.

Ela o encarou, tentando decodificar o significado do que ele dizia.

Harry fechou os olhos por um momento, esfregando a testa com as duas mãos. Finalmente, quando seus olhares voltarem a se encontrar, prosseguiu:

– A senhorita não sabe coisas sobre outras mulheres que os homens são tapados demais para perceber?

Ela assentiu. Aquele argumento tinha certo mérito. Bastante mérito, na verdade.

– Apenas fique longe dele. Prometa.

– Não tenho como prometer isso – respondeu ela, lamentando.

– Olivia...

– O que posso prometer é que vou tentar. O senhor sabe que é o melhor que posso fazer.

Ele assentiu.

– Pois bem.

Fez-se um silêncio reticente e tenso, e então ela disse:

– O senhor deveria ir tomar aquele banho. Está tremendo de frio.

– E a senhorita também – retrucou ele com ternura.

Estava mesmo. Ela nem tinha se dado conta de que estava tremendo, mas agora... agora que sabia... o tremor pareceu piorar. E então... ainda mais... e ela sentiu-se prestes a chorar, sem saber direito o motivo. Só que havia algo ali, dentro dela. Um excesso de emoções. Um excesso de...

Era um excesso. Um excesso e ponto final.

Ela aquiesceu e, apressada, disse:

– Boa noite. – Sentia que as lágrimas estavam prestes a cair, e não queria que ele visse.

– Boa noite – respondeu ele, mas Olivia fechara a janela antes mesmo que ele terminasse a frase.

Correu para a cama e enterrou o rosto no travesseiro. Mas não chorou. Muito embora quisesse. E o motivo, ela continuava sem saber.

Harry apertou mais o cobertor contra o corpo enquanto cambaleava pelo escritório. Já não sentia tanto frio, mas estava péssimo. Uma sensação vazia e perturbadora se espalhava em seu peito, mais forte a cada respiração, subindo pelo pescoço, pesando em seus ombros e deixando-o encurvado de tensão.

Ele entendeu que não era frio. Era medo.

O príncipe Aleksei assustara Olivia. Harry não sabia ao certo o que ele havia feito ou dito, e tinha certeza de que, se a pressionasse em busca dos fatos, Olivia minimizaria a situação. No entanto, algo inadequado tinha acontecido. E voltaria a acontecer se o príncipe ficasse livre para agir.

Harry atravessou o vestíbulo, segurando o cobertor com uma das mãos e coçando a nuca com a outra. Precisava se acalmar. Precisava recobrar o fôlego e pensar direito. Naquele momento tudo que podia fazer era tomar banho e ir para a cama, onde então analisaria com calma o problema e...

A porta da frente começou a chacoalhar.

O coração dele se acelerou e seus músculos ficaram de prontidão, cada nervo imediatamente preparado para lutar. Estava tarde. E ele tinha passado o dia seguindo os misteriosos russos. E...

E ele era um idiota. Se iam invadir a casa dele, não usariam a porta da frente. Harry foi até ela, girou a maçaneta e abriu.

Edward caiu no chão do vestíbulo.

Harry encarou o irmão mais novo com um ar de repugnância.

– Ora, só me faltava essa.

– Harry? – Edward ergueu o rosto, estreitando os olhos, e Harry se perguntou quem diabo ele achava que poderia ser.

– Quanto você bebeu? – exigiu saber Harry.

Edward tentou se levantar, mas logo desistiu e sentou-se no meio do vestíbulo, piscando atônito, como se não soubesse bem como tinha chegado ali.

– Hein?

A voz de Harry ficou ainda mais baixa. E mais mortal.

– Quanto você bebeu?

– Hããã... bom... – Edward fez um movimento com a boca, como se estivesse ruminando. Provavelmente estava mesmo, pensou Harry, enojado.

– Não quero nem saber – atalhou Harry.

Pouco importava quantas doses Edward consumira. Tinham sido o suficiente para deixá-lo quase sem sentidos. Só Deus sabia como ele tinha chegado em casa. Edward era tão deplorável quanto o pai deles. A única diferença era que o pior da bebedeira de sir Lionel ficava restrito à casa. Edward, por sua vez, passava vergonha por toda a cidade.

– De pé – ordenou Harry.

Edward o encarou com um olhar frio.

– Levanta. Agora.

– Por que você está tão zangado? – murmurou Edward, estendendo a mão para ele.

Mas Harry não o ajudou, então Edward precisou dar seu jeito, apoiando-se em uma mesa. O mais velho se esforçava para não perder as estribeiras. Queria agarrar o irmão pelo colarinho e chacoalhar e sacudir e gritar com todas as forças que ele estava se matando e que corria o risco de morrer a qualquer momento de uma maneira estúpida e solitária, como aconteceu com sir Lionel.

O pai deles caíra da janela. Debruçara-se demais no parapeito, caíra e quebrara o pescoço. Numa mesinha próxima foram encontradas uma taça e uma garrafa de vinho vazia.

Pelo menos foi isso que lhe contaram. Harry estava na Bélgica quando aconteceu. Ficara sabendo através de uma carta do advogado do pai contando os detalhes.

Da mãe, não recebera nem uma palavra.

– Vá para a cama – disse Harry, cansado.

Trôpego, Edward abriu um sorriso desagradável.

– Você não manda em mim.

– Muito bem – vociferou Harry.

Ele estava farto. Era igualzinho ao pai dele, mas dessa vez ele podia fazer alguma coisa. Dizer alguma coisa. Não precisava assistir a tudo impotente e depois ainda ter que limpar a sujeira.

– Não me interessa o que você vai fazer – falou ele, a voz grave e trêmula. – Só não vomite na minha casa.

– Ah, isso você ia adorar, não é mesmo? – lamuriou-se Edward, tentando avançar para cima do irmão. Ao tropeçar, agarrou-se à parede para não cair. – Você ia adorar que eu fosse embora, para que tudo ficasse bonitinho e arrumadinho outra vez. Você nunca me quis aqui.

– Que diabo de conversa é essa? Você é meu irmão.

– Você foi embora. Você foi embora! – Edward quase gritou.

Harry olhou nos olhos do irmão.

– Você me abandonou. Com ele. E com ela. E mais ninguém. Você sabia que Anne ia se casar e que ia embora também. Sabia que eu não teria mais ninguém.

Harry balançou a cabeça.

– Você estava prestes a ir para a escola. Só mais uns meses e você também iria embora. Eu me certifiquei de que as coisas funcionassem assim.

– Ah, mas essa foi...

O rosto de Edward se contorceu e sua cabeça bamboleou instável; por um momento, Harry achou que o irmão fosse vomitar, mas na verdade ele estava procurando a palavra certa, uma que fosse grosseira e sarcástica o suficiente.

E, bêbado como estava, não teve sucesso.

– Você nem... você nem pensou... – Edward brandiu o dedo em riste para o irmão. – O que você achava que ia acontecer quando ele fosse me deixar no colégio?

– Não deveria ter permitido que ele levasse você lá!

– E como é que eu ia saber?! Eu só tinha 12 anos. Doze! – gritou Edward.

Harry vasculhou suas próprias lembranças, tentando recordar as despedidas. Mas não se lembrava de quase nada. Estava tão afoito para ir embora, para deixar tudo para trás. Só que ele dera conselhos a Edward, não dera? Dissera que daria tudo certo, que também chegaria seu momento de partir e não precisar mais lidar com os pais.

E reforçara que não deveria deixar que o pai sequer se aproximasse da escola, não?

– Ele mijou nas calças – falou Edward. – No primeiro dia. Caiu no sono na minha cama e mijou nas calças. Eu o levantei, troquei suas roupas, mas não tinha roupa de cama extra. E todo mundo...

A voz de Edward ficou embargada, e Harry viu em seu semblante o menininho apavorado que ele fora um dia, confuso e solitário.

– Todo mundo pensou que tinha sido eu – falou Edward. – Um excelente jeito de começar no colégio, não acha? – perguntou, entortando o pescoço num gesto indolente. – Depois disso eu era o mais *popular* da escola. *Todo mundo* queria ser meu amigo.

– Sinto muito – disse Harry.

Edward deu de ombros e tropeçou, mas, desta vez, foi amparado pelo irmão. E então, sem saber como ou por quê, Harry o puxou para perto. Deu-lhe um abraço. Bem breve. Só o suficiente para conseguir reprimir as próprias lágrimas.

– Melhor você ir para a cama – falou Harry, com a voz rouca.

Edward concordou, apoiando-se no irmão para subir as escadas. Conseguiu subir os dois primeiros degraus, mas tropeçou no terceiro.

– *Desgulbe*... – murmurou Edward, tentando se aprumar.

Assim mesmo, arrastando o S tal qual sir Lionel. Harry sentiu vontade de vomitar.

Não foi rápido e não foi agradável, mas Harry conseguiu, enfim, enfiar Edward na cama, de bota e tudo. Deitou-o de lado, cuidadosamente, com o rosto virado para o caso de vomitar. E então fez algo que nunca fizera, durante todos aqueles anos em que manobrara o pai de maneira similar.

Ele esperou.

Ficou parado perto da porta até que a respiração de Edward se acalmasse, e ali permaneceu por vários minutos.

Porque as pessoas não deveriam ficar sozinhas. Não deveriam sentir medo. Ou impotência. Nem ficar contando quantas vezes algo ruim acontecia, nem viver com receio de que isso se repetisse.

Assim, de pé na escuridão, ele se deu conta do que deveria fazer. Não apenas por Edward, mas por Olivia. E talvez por ele mesmo também.

# Capítulo quinze

Na manhã seguinte, Olivia estava se sentindo um pouco melhor. Ao que tudo indicava, a luz do dia e uma boa noite de sono faziam milagres pelo ânimo de uma pessoa, mesmo que não tivesse chegado a nenhuma grande conclusão.

*Por que eu estava chorando ontem à noite*
*por Olivia Bevelstoke*

*Na verdade, eu não estava chorando. Mas sentia como se estivesse.*

Decidiu tentar uma abordagem ligeiramente diferente.

*Por que eu não estava chorando ontem à noite*
*por Olivia Bevelstoke*

Suspirou. Não fazia ideia.

Mas era sempre possível que estivesse em negação. Então decidiu não pensar mais no assunto, pelo menos até conseguir tomar um bom café da manhã. Seu cérebro sempre funcionava melhor quando o estômago estava cheio.

Estava no meio da rotina matinal, esforçando-se para ficar parada enquanto a aia prendia seus cabelos, quando alguém bateu à porta.

– Pode entrar! – gritou ela, murmurando então para Sally: – Você mandou trazer chocolate quente?

Sally balançou a cabeça e ambas ergueram o rosto para a criada que entrou, anunciando que sir Harry estava à espera dela na sala de visitas.

– A esta hora da manhã?

Eram quase dez horas e, embora não fosse muito cedo, era um horário atípico para a visita de um cavalheiro.

– Devo pedir que Huntley informe que a senhorita não pode recebê-lo?

– Não – respondeu Olivia, pensando que Harry não estaria ali tão cedo se não tivesse um bom motivo. – Por favor, avise a ele que já desço.

– Mas, milady, a senhorita ainda nem tomou café da manhã – falou Sally.

– Suponho que um diazinho sem desjejum não vá me fazer definhar.

Erguendo o rosto, Olivia avaliou o reflexo no espelho. Sally estava trabalhando em um penteado elaborado que envolvia tranças, presilhas e, no mínimo, uma dúzia de grampos.

– Vamos fazer algo mais simples?

Os ombros de Sally murcharam de decepção.

– Falta menos da metade, milady, prometo.

Mas Olivia já estava tirando os grampos.

– Acho melhor fazer só um coque. Nada muito elegante.

Suspirando, Sally se pôs a ajustar o penteado.

Em dez minutos, já pronta, Olivia descia as escadas, tentando ignorar uma mecha de cabelo que, na pressa, acabara se soltando e que toda hora ela precisava enfiar atrás da orelha. Sir Harry estava na outra extremidade da sala de visitas, sentado à pequena escrivaninha perto da janela.

Parecia estar... trabalhando?

– Bom dia, sir Harry – disse ela, fitando-o intrigada. – O que o traz aqui tão cedo?

– Cheguei a uma conclusão – declarou ele, levantando-se.

Ela o observava com expectativa. Estava com as mãos unidas na frente do corpo e com uma postura firme. Parecia tão... *categórico*.

– Não posso permitir que fique sozinha com o príncipe.

Harry tinha falado a mesma coisa na noite anterior, mas o que poderia fazer?

– Só existe uma solução – prosseguiu. – *Eu* serei seu guarda-costas.

Ela o encarou, estupefata.

– Ele tem Vladimir, e você tem a mim.

Olivia continuou a encará-lo, ainda perplexa.

– Hoje vou ficar aqui – explicou.

Ela piscou várias vezes, aturdida, até que enfim encontrou as palavras.

– Aqui, na minha sala de visitas?

– Por favor, não se sinta obrigada a me fazer companhia. – Ele indicou uns papéis que já tinha arrumado sobre a pequena escrivaninha. – Eu trouxe trabalho de casa.

Deus do céu, só faltava o sujeito dizer que ia se mudar para lá.

– Você trouxe trabalho de casa?

– Desculpe, mas não posso me dar o luxo de perder um dia inteiro de trabalho.

Olivia abriu a boca, mas levou ainda alguns segundos até murmurar:

– Sei.

Porque, francamente, o que mais poderia dizer?

Ele sorriu, e Olivia teve a impressão de que deveria ser um gesto reconfortante.

– Por que não pega um livro e vem se juntar a mim? – perguntou ele, indicando as poltronas e os sofás no meio da sala. – Ah, sim, você não gosta de livros. Bem, pode ser o jornal. Queira se sentar.

Mais uma vez, ela levou um bom tempo até conseguir falar:

– Você está me convidando a sentar na *minha própria* sala de visitas?

Ele apenas a encarou, então disse:

– Para mim seria muito melhor se estivéssemos na *minha* sala de visitas, mas acho que não seria muito apropriado.

Ela assentiu, não por concordar com ele, embora concordasse, ao menos com a última frase.

– Estamos combinados – declarou ele.

– O quê?

– Você concordou.

Olivia parou de assentir.

– Incomoda-se que eu vá me sentar? – perguntou ele.

– Sentar?

– Preciso muito voltar ao trabalho – explicou ele.

– Ao trabalho – repetiu Olivia, aparentemente a eloquência em pessoa naquela manhã.

Harry a encarou, sobrancelhas arqueadas, e só então ela se deu conta do que ele queria dizer; ele não podia se sentar até que ela o fizesse. Olivia fez menção de dizer "Por favor", ou seja, "Por favor, fique à vontade", pois tinha anos e anos de boa etiqueta entranhados dentro de si. Mas o bom senso (e talvez um pouco de autopreservação) prevaleceu, e o que ela disse foi:

– Não se sinta obrigado a passar o dia inteiro aqui.

Harry contraiu os lábios, resoluto. Por trás de seus olhos escuros havia um quê de determinação, uma firmeza pétrea.

Ela notou que não estava pedindo permissão, e sim dizendo a ela o que fazer.

O que devia ter sido motivo para que ela perdesse as estribeiras. Não havia nada que detestasse mais em um homem do que agir desse modo. Mas tudo que Olivia conseguiu foi permanecer ali, de pé, sentindo um frio na barriga. Notou que seus pés estavam inquietos, que estava prestes a ficar na pontinha dos dedos, pois o corpo parecia leve demais para ficar preso ao chão.

Ela se segurou no espaldar de uma cadeira. Tinha a sensação de estar prestes a sair flutuando. Talvez devesse, afinal, ter tomado café da manhã, embora isso não justificasse por completo a estranha sensação que se espalhava em algum lugar mais abaixo do ventre.

Olivia olhou para Harry, que dizia algo em que ela definitivamente não estava prestando atenção. Ela sequer chegava a ouvi-lo ou a qualquer outra coisa além da vozinha desavergonhada dentro de sua cabeça que lhe dizia para olhar para a boca dele, para aqueles lábios, para...

– Olivia? Olivia!

– Ah, me desculpe – disse ela.

Ela contraiu as coxas, pensando que o movimento muscular pudesse tirá-la de seu torpor, já que não havia nenhuma outra parte do corpo que pudesse contrair sem que ele notasse.

Mas o ato só fez com que ela se sentisse... ainda mais irrequieta.

Harry inclinou a cabeça para o lado, parecendo... preocupado? Achando graça? Difícil dizer.

Olivia precisava recobrar a compostura. Imediatamente. Ela pigarreou.

– O que você estava dizendo mesmo?

– Você está bem?

– Estou ótima – afirmou, aprovando a clareza e a assertividade em sua voz, cada sílaba enunciada com perfeição.

Ele a observou por alguns instantes, mas ela não conseguiu decifrar o que dizia seu semblante. Ou talvez não *quisesse* decifrar, porque temia se dar conta de que, pelo modo como a encarava, sir Harry parecia esperar que ela começasse a latir a qualquer momento.

Olivia abriu um sorriso comedido e repetiu:

– O que estava dizendo mesmo?

– Eu estava dizendo – falou ele, devagar – que sinto muito, mas não posso permitir que fique sozinha com aquele sujeito. E não venha me dizer que Vladimir está sempre com ele, porque o brutamontes não conta.

– Não – falou ela, lembrando-se da conversa assustadora que tivera com o príncipe –, eu não ia dizer isso.

– Acho bom. Então estamos de acordo?

– Bem – respondeu ela –, estamos de acordo que eu não devo ficar sozinha com o príncipe Aleksei, mas...

Olivia pigarreou outra vez na esperança de recobrar algum equilíbrio. Não podia baixar a guarda com aquele homem. Harry era absurdamente inteligente e a faria de gato e sapato se ela não mantivesse a cabeça no lugar, ou seja, firmemente presa no pescoço, e não no mundo da lua. Ela pigarreou novamente. E de novo, porque de tanto pigarrear acabou irritando a garganta.

– Gostaria de uma água ou algo assim? – perguntou ele, solícito.

– Não, obrigada. Eu só estou tentando dizer que... bem, não estou sozinha. Meus pais estão em casa.

– Pois bem – respondeu ele, nada impressionado com o argumento dela –, imagino que estejam. Contudo, eu nunca os vi. Pelo menos não aqui.

Olivia franziu a testa, olhando por cima do ombro para o vestíbulo.

– Creio que minha mãe ainda esteja dormindo.

– Exatamente – falou Harry.

– Sir Harry, aprecio muito o gesto – disse ela –, mas me sinto na obrigação de observar que é muito improvável que o príncipe... ou qualquer outra pessoa, na verdade, venha me visitar a esta hora da manhã.

– Concordo, mas não estou disposto a correr esse risco. Agora... – Ele parou por um momento, pensativo. – Se seu irmão se comprometer a vir até aqui e jurar que não a perderá de vista pelo restante do dia, eu irei embora com a maior satisfação.

– Bem, isso parte do pressuposto que *eu* queira que ele não me perca de vista pelo restante do dia – resmungou Olivia.

– Bem, então parece que não vai se livrar de mim.

Ela olhou para ele.

Ele olhou para ela.

Ela abriu a boca.

Ele sorriu.

Ela parou para se perguntar por que tanta resistência.

– Então está bem – disse ela, saindo enfim de perto da porta e entrando na sala. – Mal não vai fazer, suponho.

– Você nem vai lembrar que eu estou aqui – assegurou ele.

Ah, ela duvidava muito.

– Mas saiba que só estou concordando com isso porque não tenho outros planos para a manhã de hoje – ela tratou de informar.

– Entendi.

Olivia lançou-lhe um olhar atravessado. Era desconcertante não saber se ele estava sendo sarcástico ou não.

– E que não gosto nada dessa situação – murmurou ela.

Harry, porém, fiel à própria palavra, já estava de volta à mesa, compenetrado na leitura dos papéis que trouxera. Seriam os mesmos documentos em que ele estava trabalhando com tanto afinco na época em que ela o espionava?

Olivia se aproximou um pouquinho, pegando um livro na mesa. Precisava ter algo nas mãos que pudesse usar como artifício caso ele notasse que ela o observava.

– Então você decidiu ler *Srta. Butterworth* – disse ele, sem erguer os olhos para ela.

Olivia ficou atônita. Como ele tinha percebido que ela pegara um livro? Como tinha percebido que ela estava olhando para ele? O homem nem sequer havia tirado os olhos dos papéis...

E *Srta. Butterworth*? Sério? Irritada, ela fitou o livro que tinha nas mãos. Entre tantos objetos que poderia ter pegado aleatoriamente, por que logo aquele, meu Deus?

– Estou tentando manter a mente aberta – falou ela, sentando-se no sofá mais próximo.

– Uma empreitada nobre – respondeu ele, ainda sem olhar na direção dela.

Ela abriu o livro e folheou até chegar ao ponto em que eles haviam parado, dois dias antes.

– Pombos... pombos... – murmurou ela.

– Hein?

– Estou procurando a parte dos pombos – falou ela, docemente.

Harry balançou a cabeça, e ela pensou ter notado um sorriso, embora ele continuasse com o rosto voltado para baixo.

Olivia suspirou alto e depois olhou para ele. Nenhuma reação.

Então afirmou a si mesma que não havia suspirado com a intenção de chamar a atenção dele. O suspiro saiu porque sentira vontade, e se tinha sido alto, bem, era assim que ela costumava suspirar. E, uma vez que tinha sido alto, fazia *sentido* olhar para ele...

Ela suspirou outra vez. Definitivamente não de propósito.

Ele seguiu trabalhando.

### Possível conteúdo dos papéis de sir Harry
*por Olivia Bevelstoke*

*Continuação de* Srta. Butterworth *(ah, como seria divino se, no fim das contas, o autor fosse ele!)*
*Continuação não autorizada de* Srta. Butterworth, *pois é muitíssimo improvável que ele tenha escrito o primeiro livro, por mais maravilhosa que seja a ideia*
*Um diário secreto – com todos os segredos dele (!!!!!)*
*Algo completamente diferente*
*Formulário de solicitação para um chapéu novo*

Ela deu uma risadinha.

– Do que está rindo? – perguntou ele, erguendo, enfim, o rosto.

– Impossível explicar – respondeu ela, tentando não rir.

– Está rindo de mim?

– Só um pouquinho.

Harry ergueu a sobrancelha.

– Ah, está bem, é mais do que um pouquinho, mas nada que não tenha merecido.

Olivia sorriu para ele, esperando uma réplica que não recebeu.

O que foi uma decepção.

Ela voltou à leitura de *Srta. Butterworth,* mas, embora a pobre garota tivesse acabado de fraturar ambas as pernas em um terrível acidente de carruagem, o livro não estava lá muito interessante.

Então Olivia começou a tamborilar em uma das páginas abertas. O barulho foi ficando mais alto… mais alto… até parecer ecoar pela sala.

Para ela, ao menos. Porque Harry não parecia notar.

Ela suspirou alto, voltando à Srta. Butterworth e suas pernas quebradas. Virou a página.

E leu. Virou outra. E leu. Virou outra. E…

– Você já está no capítulo quatro.

Olivia quase deu um pulo de susto, sobressaltada com a voz de Harry tão próxima de seu ouvido. Como ele tinha conseguido se levantar sem que ela percebesse?

– Deve ser um bom livro – comentou ele.

Ela deu de ombros.

– Distrai.

– A Srta. Butterworth já se recuperou da peste?

– Nossa, há muito tempo. Suas últimas agruras foram ter quebrado as duas pernas, ter sido picada por uma abelha e quase ter sido vendida como escrava.

– Tudo isso em quatro capítulos?

– Está mais para três – informou ela, mostrando o cabeçalho do quarto capítulo ainda visível na página em que estava. – Acabei de começar o quarto.

– Bem, terminei meu trabalho – informou ele, dirigindo-se para o sofá à frente dela.

Ah. Até que *enfim*, ela pôde perguntar:

– O que você estava fazendo?

– Nada muito interessante. Relatórios sobre o cultivo de grãos na minha propriedade em Hampshire.

Comparado com o que ela tinha imaginado, realmente era uma decepção.

Ele se sentou no sofá, cruzando as pernas. Era uma posição muito informal; transmitia conforto, familiaridade e alguma outra coisa – que fez Olivia se sentir boba e um tanto acalorada. Tentou pensar em algum outro homem que já tivesse sentado ao lado dela numa pose tão relaxada. Não havia ninguém. Só os irmãos.

E sir Harry Valentine definitivamente não era seu irmão. – No que está pensando? – perguntou ele em um tom levemente malicioso e, diante da expressão espantada dela, acrescentou: – Você ficou vermelha.

Ela se retraiu.

– Não fiquei, não.

– Óbvio que não – retrucou ele, sem hesitar. – Está muito quente aqui dentro, não é mesmo?

Não estava.

– Eu estava pensando nos meus irmãos – disse ela.

Além de ser uma meia verdade, a resposta colocaria um basta em ponderações a respeito da cor de sua face.

– Eu até que gosto do seu irmão gêmeo – comentou Harry.

– *Winston*?

Misericórdia, só faltava dizer que gostava de se pendurar nas árvores com os macacos. E depois comer o excremento deles.

– Qualquer pessoa capaz de irritar você merece meu respeito.

Ela fez uma careta para ele.

– Duvido que você tenha sido um anjinho de luz com a *sua* irmã.

– Ora, mas é claro que não – falou ele, sem o menor pudor. – Eu era um demônio. Mas eu... – Inclinou-se para a frente, os olhos brilhando de malícia –... sempre fui bastante furtivo.

– Ah, faça-me o favor.

A julgar por sua ampla experiência com irmãos do sexo masculino, Olivia sabia que ele não fazia *ideia* do que estava falando.

– Se está tentando insinuar que sua irmã não estava perfeitamente ciente das suas armações...

– Ah, não, ela, sem dúvida, estava – retrucou Harry, inclinando-se mais para perto dela. – Já minha avó, não.

– Sua avó?

– Ela se mudou para nossa casa quando eu era criança. Eu era muito mais próximo dela do que do meu pai e da minha mãe.

Sem saber por quê, Olivia notou que estava assentindo.

– Ela devia ser um doce de pessoa.

Harry soltou uma risada rouca.

– Minha avó era muitas coisas, mas *definitivamente* não um doce.

Olivia não conteve um sorriso ao perguntar:

– Como assim?

– Ela era muito... – Ele gesticulou enquanto escolhia as palavras. – Severa. E tinha opiniões muito fortes.

Olivia pensou um pouco, depois falou:

– Eu gosto de mulheres com opiniões fortes.

– Não fico nem um pouco surpreso.

Ela percebeu que sorria e também se inclinou na direção dele, com uma sensação deliciosa, quase de companheirismo.

– Ela teria gostado de mim?

Harry foi pego de surpresa pela pergunta e passou alguns instantes com a boca aberta. E então, parecendo achar graça, respondeu:

– Não. Duvido que ela tivesse gostado de você.

O choque deixou Olivia boquiaberta.

– Preferia que eu tivesse mentido? – perguntou ele.

– Não, mas...

Com um gesto, ele interrompeu os protestos dela.

– Minha avó não tinha paciência para quase ninguém. Demitiu seis dos meus tutores.

– Seis?

Harry fez que sim.

– Céus. – Olivia ficou impressionada. – *Eu* teria gostado dela – murmurou. – Eu mesma só consegui afugentar cinco.

Ele abriu um sorriso preguiçoso.

– Por que será que não fico surpreso?

Olivia olhou feio para ele. Ou melhor, tentou. Mas tudo que conseguiu foi dar um risinho conspiratório.

– Por que eu nunca fiquei sabendo nada sobre essa sua avó? – retrucou ela.

– Você nunca perguntou.

Ora essa, o que ele estava achando – que ela saía por aí perguntando sobre os avós das pessoas? Mas, então, algo lhe ocorreu: o que ela sabia *dele*?

Muito pouco. Quase nada.

O que era estranho, porque ela *conhecia* Harry. Tinha bastante certeza disso. Aí a questão ficou clara: ela conhecia o homem, mas não as circunstâncias que o haviam forjado.

– Como eram seus pais? – perguntou ela, de súbito.

Harry a encarou com certa surpresa.

– Eu nunca perguntei se você tinha avó – falou ela, à guisa de explicação. – Fico até envergonhada por nem ter pensado nisso.

– Pois bem.

Mas ele não respondeu imediatamente. Os músculos de seu rosto se moviam – não a ponto de revelar no que ele estava pensando, mas o suficiente para deixar claro que ele *estava* pensando, e ainda não tinha decidido o que dizer. Por fim, falou:

– Meu pai era alcóolatra.

*Srta. Butterworth*, que Olivia nem se lembrava mais de estar segurando, escorregou dos dedos dela e tombou em seu colo.

– Era um bêbado muito cordial, embora isso não fizesse a menor diferença.

O rosto de Harry não exprimia a menor emoção. Ele sorria, inclusive, como se tudo não passasse de uma piada. Era mais fácil assim.

– Sinto mesmo – disse ela.

Harry deu de ombros.

– Ele era incapaz de se controlar.

– É mesmo difícil – falou ela, baixinho.

De repente, ele se virou para ela, pois havia em sua voz um quê de humildade, talvez até de… compreensão.

Mas não. Não era possível, porque Olivia tinha aquela família perfeita e feliz, com o irmão que se casara com a melhor amiga dela e pais que, ao contrário dos dele, importavam-se com ela.

– Meu irmão – disse ela. – O que se casou com Miranda. Acho que não cheguei a contar, mas ele já tinha sido casado. A primeira esposa dele era uma megera. E aí ela morreu. Então… não sei. Seria de se pensar que ele fosse ficar feliz por se livrar dela, mas ele se tornou cada vez mais triste. – Ela hesitou, e então disse: – E passou a beber muito.

"Não é a mesma coisa", foi o que Harry sentiu vontade de dizer, porque era o irmão dela, não o pai – não a pessoa que deveria ser responsável por amá-la e protegê-la e criar um ambiente seguro e estável à sua volta. Não era a mesma coisa, porque ele duvidava que ela tivesse passado 127 noites limpando o vômito do irmão. Porque ela não tinha uma mãe que nunca tinha nada a dizer e porque não… *Maldição*… Não é a mesma coisa. *Não é…*

– Não é a mesma coisa – disse ela, baixinho. – Nem de longe, imagino.

Assim, com essas palavras, com essas duas frases curtas, tudo dentro dele, todos os sentimentos revoltos que se debatiam naquele momento – tudo se amansou, tudo se aquietou, tornando-se mais suportável.

Ela se esforçou para abrir um sorriso. Foi pequeno, mas genuíno.

– Ainda assim, acho que posso imaginar.

Por algum motivo, Harry baixou os olhos e fitou as mãos dela, uma sobre o livro e a outra no sofá de listras verde-claras. Não estavam bem um do lado do outro; havia espaço mais que suficiente para uma terceira pessoa entre os dois. Mas estavam sentados no mesmo sofá e se ambos estendessem a mão...

Ele perdeu o fôlego.

Porque era exatamente o que ela estava fazendo.

# Capítulo dezesseis

Ele nem pensou no que estava fazendo. Não podia estar raciocinando, porque, se estivesse, jamais teria agido daquela forma. Mas quando Olivia estendeu a mão...

Ele a pegou.

Foi só então que Harry se deu conta, no mesmo instante, talvez, em que ela própria percebia o que tinha feito. Mas era tarde demais.

Ele levou a mão dela aos lábios e beijou cada dedo na altura onde ficariam os anéis. Onde, no momento, não havia nada. Onde, em um assustador lampejo de imaginação, ele se viu colocando uma aliança.

Isso deveria ter servido de aviso. Deveria ter causado um terror tão grande a ponto de fazê-lo largar a mão dela e sair correndo da sala, da casa, da vida de Olivia para todo o sempre.

Mas ele não fez nada disso. Manteve a mão dela junto aos lábios, sem querer perder o contato com a pele daquela mulher.

Era tão cálida, tão suave. Mas Olivia estava trêmula.

Quando enfim Harry olhou dentro dos olhos dela, viu que estavam arregalados, encarando-o com certo nervosismo... e confiança... e talvez... desejo? Era impossível dizer, porque Harry sabia que *ela* decerto nem saberia o que era desejo, não compreenderia aquela tontura maravilhosa, aquele anseio tão ardoroso que formigava na pele.

Mas ele sabia, e percebeu que sempre soubera, desde quase o primeiro momento que passara com *ela*. Sentira aquela avassaladora atração inicial, é claro, mas pouco importara. Ele ainda não a conhecia e sequer gostava dela naquela ocasião.

Agora era tudo diferente. Não era apenas a beleza dela que Harry desejava, nem somente a curva de seu seio ou o sabor de sua pele. Ele desejava *Olivia*. Por inteiro. Desejava cada detalhe dela que a fazia gostar de ler o jornal em vez de romances, e aquela nota de excentricidade que a levara ao peitoril da janela para ler trechos de um livro bobo para ele, do outro lado do quintal.

Desejava a argúcia dela, a expressão de triunfo em seu rosto quando retrucava com inteligência algum comentário dele. E desejava aquele semblante estupefato e escandalizado que ela exibia quando uma resposta *dele* superava a dela.

Desejava o fogo por trás daqueles olhos, desejava o sabor daqueles lábios e, sim, desejava tê-la sob seu corpo, sobre seu corpo, à sua volta, em todas as posições possíveis, de todos os jeitos imagináveis.

Ele teria que se casar com ela. Simples assim.

– Harry... – murmurou Olivia, atraindo o olhar dele para seus lábios.

– Eu vou beijar você – disse ele, baixinho, sem pensar, sem sequer considerar que isso era algo que se pedia, e não que se anunciava.

Então ele chegou mais perto e, naquele derradeiro segundo antes que os lábios se tocassem, Harry se sentiu purificado. Era seu novo começo.

Ele a beijou e o primeiro toque foi dolorosamente delicado, um mero roçar dos lábios ao mesmo tempo elétrico. Arrebatador, no sentido mais literal da palavra. Ele se retraiu, só o suficiente para ver a expressão dela. Havia certo deslumbramento por trás dos olhos azul-céu que o encaravam.

Ela sussurrou o nome dele.

E foi aí que ele perdeu o controle. Puxou-a para junto de si, dando vazão a toda a urgência que corria em suas veias. Beijou-a com avidez, desfazendo-se de toda a cautela e, quando deu por si, estava com as mãos enterradas em seus cabelos, arrancando grampo por grampo, porque só conseguia pensar em vê-la outra vez de cabelos soltos.

A pele coberta pelos cabelos soltos. E nada mais.

O corpo dele, teso de paixão, enrijeceu-se ainda mais, e num último arroubo de sanidade, Harry se deu conta de que, se não se afastasse imediatamente, acabaria arrancando as roupas de Olivia e possuindo-a ali mesmo, na sala de visitas dos pais dela.

Com a porta aberta.

Deus do céu.

Segurou-a pelos ombros, num gesto que foi menos para afastá-la de si e mais para *se* arrastar para longe dela.

Por um instante, apenas se encararam. O penteado dela fora arruinado e ela estava linda daquele jeito, descabelada. Ela levou a mão à boca, três dedos tocando os lábios em um gesto de deslumbramento.

– Você me beijou... – sussurrou ela.

Ele assentiu e viu os lábios dela se curvaram em um leve sorriso.

– Acho que também beijei você.

Harry assentiu outra vez.

– Beijou, sim.

Ela fez menção de dizer mais alguma coisa, então olhou para a porta aberta. E sua mão foi dos lábios até os cabelos.

– Acho melhor arrumar isso aí – disse ele, achando graça.

Olivia concordou. E pareceu mais uma vez prestes a falar, mas não disse nada. Puxou as madeixas para trás, segurando-as junto à nuca num rabo de cavalo, e se levantou.

– Você vai estar aqui quando eu voltar? – perguntou ela.

– Você quer que eu esteja?

– Quero.

– Então estarei – falou ele; a mesma resposta que daria se ela tivesse dito "não".

Ela aquiesceu de novo, correndo para a porta. Contudo, antes de sair, lhe lançou um último olhar.

– Eu... – começou ela, mas balançou a cabeça.

– Você...? – perguntou ele, sem conseguir repreender um leve divertimento.

Olivia deu de ombros, desarvorada.

– Não sei.

Harry soltou uma risada. Olivia também. E, ao som dos passos dela se afastando, ele decidiu que tinha acabado de viver um momento perfeito.

Simplesmente perfeito.

⁓

Alguns minutos depois, Harry ainda estava sentado no sofá quando o mordomo chegou à porta.

– Anuncio o príncipe Aleksei Gomaróvski, em visita a lady Olivia – entoou ele. Hesitou, inclinando-se para olhar para dentro da sala. – Lady Olivia?

Harry já ia avisar que ela voltaria em breve quando o príncipe adentrou a sala de visitas.

– Ela vai me receber – afirmou ele ao mordomo.

Harry sentiu vontade de provocá-lo dizendo "Mas é a mim que ela vai beijar." Que sensação maravilhosa. Tinha vencido. Derrotara aquele traste. E, embora não fosse dizer nada sobre o beijo – era, afinal, um cavalheiro –, Harry tinha bastante certeza de que, naquele dia, Aleksei não deixaria a casa dos Rudlands sem saber quem, afinal, conquistara o afeto de Olivia.

Harry se levantou, com a consciência um tantinho pesada devido à imensa satisfação que sentia naquele momento. Afinal, jamais negara ser um homem competitivo.

– Ah, é você – falou o príncipe; o que, na verdade, soou mais como uma acusação.

Levantando-se para cumprimentá-lo, Harry abriu um sorriso pastoso.

– Sou eu.

– O que está fazendo aqui?

– Vim visitar lady Olivia, é claro. E Vossa Alteza, *o que* está fazendo aqui?

O príncipe respondeu apenas com um esgar, rugindo:

– Vladimir!

Vlad, o Empalador (alcunha que Harry vinha dando a ele), entrou na sala a passos largos, lançando um olhar enviesado a Harry antes de se voltar ao seu senhor. Aleksei perguntou (em russo, naturalmente) o que ele já tinha descoberto a respeito de Harry.

– *Poka nitchevo.* – "Nada ainda."

Harry sentiu-se aliviadíssimo. Não era de conhecimento geral que ele falava russo, mas também não era nenhum segredo. Não seria preciso investigar muito para descobrir que a avó de Harry pertencia a uma antiquíssima linhagem da nobreza russa.

O que não queria dizer, é claro, que Harry necessariamente dominasse o idioma, mas o príncipe seria muito estúpido se não desconfiasse. E, embora fosse grosseiro, degenerado e decerto desprovido de qualquer habilidade social que o redimisse, Aleksei não era nem um pouco imbecil, a despeito do que Harry pudesse ter dito dele no passado.

– Como vai esta manhã, Vossa Alteza? – perguntou Harry com sua voz mais afável.

À guisa de resposta, o príncipe lhe lançou um olhar irritado.

– De minha parte, estou tendo um ótimo dia – prosseguiu Harry, voltando a se sentar.

– Onde está lady Olivia?

– Suponho que tenha subido. Surgiu algo que ela teve que... hã, resolver.

Harry fez um gesto vago ao redor do cabelo, deixando que o príncipe interpretasse como bem entendesse.

– Vou esperar – falou Aleksei, curto e grosso como sempre.

– Fique à vontade – respondeu Harry, cortês, indicando as poltronas.

O que lhe rendeu mais um olhar fuzilante – e merecido, talvez, pois não tinha nada que bancar o anfitrião naquela casa.

Ainda assim, era divertido demais para deixar passar.

Aleksei ergueu a cauda da casaca e se sentou, os lábios contraídos num esgar inflexível. Com os olhos fixos à frente, sinalizava *claramente* que pretendia ignorar Harry por completo.

O que Harry, que também não tinha a menor vontade de interagir com o príncipe, receberia de bom grado, não fosse a ligeira sensação de superioridade que sentia, pois tinha sido *ele*, e *não* o príncipe, o escolhido de Olivia. Ele a conquistara mesmo sem ter uma posição na realeza, na aristocracia ou em qualquer uma das instituições que o príncipe tanto valorizava.

E juntando tudo isso à missão que Harry recebera do Departamento de Guerra, que *poderia* ser interpretada como uma ordem para ser uma tremenda pedra no sapato do príncipe russo, bem...

Longe de Harry Valentine esquivar-se do serviço à pátria.

Harry se esticou o suficiente para pegar *Srta. Butterworth* na mesinha lateral e voltou a se acomodar, cantarolando enquanto procurava a página em que tinham parado dois dias antes, quando a pobre Priscilla perdia a família para a peste.

*Hmm hmm hmmm hmmmmmm hm hm...*

Aleksei olhou para ele, claramente incomodado.

– É "Deus salve o Rei" – informou Harry. – Caso estivesse se perguntando.

– Não estava.

– "Deus salve nosso glorioso rei. Longa vida ao nosso nobre rei. Deus salve o nosso rei."

O príncipe entreabriu os lábios, mas seus dentes continuavam trincados ao dizer:

– Conheço a melodia.

Harry foi deixando a voz ganhar volume.

– "Que seja longo e glorioso seu reinado alegre e vitorioso. Deus salve o rei."

– Pare já com essa cantilena maldita.

– Ora, estou apenas sendo patriótico – declarou Harry, logo seguindo com: – "Rogamos, Senhor, que derroteis os inimigos de nosso nobre rei."

– Se estivéssemos na Rússia, eu mandaria prendê-lo agora mesmo.

– Por cantar o hino do meu país? – murmurou Harry.

– Eu não precisaria de nenhum motivo além da minha própria vontade.

Harry parou, pensou, deu de ombros e continuou:

– "Confundi suas políticas vis, frustrai seus pérfidos ardis. Ouvi, Senhor, nossa voz. Deus salve a todos nós."

Parou, pensando que os versos finais tinham sido desnecessários. Teria preferido terminar com os pérfidos ardis. – Somos um povo bastante democrático – disse ele ao príncipe. – Se quiser, posso incluí-lo no "todos nós".

Aleksei não respondeu, mas Harry notou que contraía os punhos com força.

Harry voltou a *Srta. Butterworth*; até que estava se divertindo com aquela faceta do ofício de espião. Não se divertia espezinhando alguém daquela forma desde...

Desde sempre.

Riu consigo mesmo. Nem atormentar a irmã fora tão prazeroso. E Sebastian nunca levava nada a sério, de modo que era quase impossível irritá-lo.

Harry cantarolou as primeiras notas da *Marselhesa*, só para ver a reação do príncipe (que estava vermelho de ódio), depois se pôs a ler. Folheou mais adiante, pois não tinha muito interesse nos anos formativos de Priscilla Butterworth, e enfim parou na página 144, que parecia conter uma boa dose de loucura, desfiguramento, insultos e lágrimas – ou seja, todos os requisitos para um livro danado de bom.

– O que está lendo? – exigiu saber o príncipe Aleksei.

Harry ergueu o rosto distraído.

– Perdão?

– O que está lendo? – vociferou ele.

Harry voltou a olhar o livro, depois encarou o príncipe outra vez.

– Agora mesmo eu tive a impressão de que Vossa Alteza não desejava falar comigo.

– Não desejo. Mas estou curioso. Qual é o livro?

Harry ergueu a capa para que o príncipe pudesse ler o título.

– *Srta. Butterworth e o barão louco* – complementou.

– Alguma leitura popular na Inglaterra? – zombou Aleksei.

Harry ponderou.

– Não sei. Mas lady Olivia está lendo. Achei que seria bom ler também.

– Não era este o livro que ela disse que não ia gostar?

– Se não me engano – murmurou Harry. – Não que eu possa culpá-la por isso.

– Leia um trecho para mim.

Um a zero para o príncipe. Harry só teria ficado mais surpreso se ele se levantasse e lhe tascasse um beijo.

– Acho que Vossa Alteza não vai gostar – falou Harry.

– E você por acaso está gostando?

– Nem um pouco – respondeu Harry, balançando a cabeça.

Não era bem verdade; gostava muito de ouvir a voz de Olivia lendo o livro para ele. E também de lê-lo para ela. Mas algo lhe dizia que aquelas palavras não proporcionariam a mesma mágica aos ouvidos do príncipe Aleksei Gomaróvski da Rússia.

Aleksei ergueu o queixo, inclinando a cabeça muito ligeiramente para o lado. Parecia estar posando para um retrato, Harry refletiu. O sujeito passava a vida inteira assim, como se estivesse posando para um retrato.

Se não fosse um canalha, Harry talvez tivesse se compadecido dele.

– Se lady Olivia está lendo – falou o príncipe –, então eu também quero ler.

Harry hesitou, digerindo a frase. Decidiu que poderia oferecer o *Srta. Butterworth* como sacrifício à diplomacia anglo-russa. Fechou o livro e o estendeu para ele.

– Não. Leia você para mim.

Harry decidiu obedecer porque o pedido foi bizarro demais para negar. Além do mais, Vladimir tinha dado dois passos em sua direção e parecia estar rosnando.

– Seu desejo é uma ordem, Vossa Alteza Real. – Harry se acomodou outra vez com o livro nas mãos. – Presumo que queira ouvir do começo?

Aleksei respondeu com um único aceno majestoso de cabeça.

Harry voltou ao início.

– "Era uma noite fria e escura" – leu ele –, "e a Srta. Priscilla Butterworth tinha certeza de que a qualquer momento a chuva começaria a cair, desprendendo-se a cântaros do céu, encharcando tudo o que estava sob sua alçada." – Ergueu o rosto. – A propósito, esse não é o uso correto de "sob sua alçada".

– O que são esses cântaros?

Harry voltou a olhar o teto.

– Hã, é só uma expressão. É como dizer que está chovendo canivetes.

– Que coisa mais besta de se dizer.

Harry deu de ombros. Ele mesmo nunca gostara muito dessa expressão.

– Posso continuar?

Outra vez o mesmo aceno majestoso.

– "Ela, por sua vez, estava a salvo das intempéries em seu quartinho minúsculo, mas tamanho era o estrépito…"

– Anuncio o Sr. Sebastian Grey – interrompeu a voz do mordomo de repente.

Surpreso, Harry ergueu o rosto.

– Veio visitar lady Olivia? – perguntou.

– Está procurando o senhor – informou o mordomo, com uma leve nota de irritação na voz.

– Ah. Bem. Então queira deixá-lo entrar.

Logo depois, Sebastian adentrou a sala de visitas, já no meio da frase:

– … disse que você estaria aqui. Devo dizer que é bastante conveniente. – Ao ver o príncipe, Sebastian parou e piscou algumas vezes, aturdido. – Vossa Alteza Real – cumprimentou, fazendo uma mesura.

– Este é meu primo – falou Harry.

– Eu lembro – respondeu Aleksei, num tom ácido. – Aquele que não leva muito jeito com champanhe.

– Sou terrivelmente estabanado – comentou Sebastian, sentando-se em uma poltrona. – Eu não tenho jeito mesmo, sabe? Semana passada entornei vinho no Chanceler do Erário.

Harry tinha certeza de que Sebastian jamais tivera a oportunidade de estar no mesmo ambiente que o Chanceler do Erário, quanto mais de derramar vinho em suas botas.

Contudo, guardou o comentário para si.

– O que os nobres cavalheiros estão fazendo esta tarde? – perguntou Sebastian.

– Já está de tarde? – perguntou Harry.

– Acaba de dar meio-dia.

– Sir Harry estava lendo para mim – informou o príncipe.

Sebastian encarou Harry com óbvia curiosidade.

– É verdade – falou o primo, mostrando o livro.

– *Srta. Butterworth e o barão louco* – leu Sebastian, em tom de aprovação. – Excelente escolha.

– Já leu? – perguntou Aleksei.

– Não é tão bom quanto *Srta. Davenport e o marquês macabro*, naturalmente, mas muito melhor que *Srta. Sainsbury e o coronel misterioso*.

Harry ficou sem palavras.

– Estou lendo, neste momento, *Srta. Truesdale e o cavalheiro calado*.

– Calado? – repetiu Harry.

– O diálogo não é bem o forte desse livro – confirmou Sebastian.

– O que veio fazer aqui? – perguntou o príncipe, direto.

Sebastian virou-se para ele com uma expressão radiante, como se ignorasse o fato bastante claro de que o príncipe o detestava, e disse:

– Vim falar com meu primo, naturalmente. – Então acomodou-se melhor na poltrona, passando a impressão de estar disposto a ficar ali a tarde toda. – Mas posso esperar.

Harry não soube o que dizer. E o príncipe, ao que tudo indica, também não.

– Continue, primo – pediu Sebastian.

Harry não entendeu o que ele quis dizer.

– O livro. Acho que quero ouvir a história outra vez. Faz anos que li.

– Vai ficar sentado aí enquanto eu leio o livro em voz alta para você? – perguntou Harry, incrédulo.

– Para mim e para o príncipe Aleksei – ressaltou Sebastian, fechando os olhos. – Não se incomodem com a minha presença. Só quero imaginar melhor as cenas.

Harry jamais esperaria que algo fosse capaz de forjar entre ele e o príncipe qualquer tipo de afinidade, mas, numa troca de olhares, ficou claro que ambos compartilhavam a opinião de que Sebastian tinha enlouquecido.

Harry pigarreou, voltou ao começo da frase, e leu:

– "Ela, por sua vez, estava a salvo das intempéries em seu quartinho minúsculo, mas tamanho era o estrépito com que chacoalhavam as esquadrias da janela que seria difícil se entregar ao sono naquela noite."

Então ergueu o rosto. O príncipe ouvia com atenção, apesar do semblante enfastiado. Sebastian estava completamente absorto.

Ou adormecido.

– "Encolhida em sua cama fina e gelada, ela não podia deixar de lembrar todos os eventos que haviam culminado naquele momento, naquela noite sombria. Contudo, caro leitor, não é esse o começo da nossa história."

Sebastian abriu os olhos.

– Ainda está na primeira página?

Harry ergueu a sobrancelha.

– Esperava que eu e Vossa Alteza estivéssemos nos encontrando toda noite numa espécie de clube do livro secreto?

– Passe esse livro para cá – falou Sebastian, esticando-se para tomar o exemplar das mãos do primo. – Contar histórias não é seu forte. – Virou-se, então, para o príncipe: – Eu, por outro lado, tenho certa prática. – E recomeçou: – "Era uma noite fria e escura…"

Harry teve que admitir que o primo realmente imprimia ao texto uma bela carga dramática. Até Vladimir chegou um pouco mais para a frente, embora não falasse uma palavra de inglês.

– "A Srta. Priscilla Butterworth tinha certeza de que a qualquer momento a chuva começaria a cair, desprendendo-se a cântaros do céu, encharcando tudo o que estava sob sua alçada."

Céus, Sebastian mais parecia um profeta. Sem dúvida, aquela era a verdadeira vocação dele.

– Não é o uso correto de "sob sua alçada" – comentou o príncipe Aleksei.

Sebastian ergueu o rosto, com certa irritação no olhar.

– Claro que é.

Aleksei apontou o dedo para Harry.

– Ele disse que não.

– E não é, mesmo. – Harry deu de ombros.

– Ora, o que tem de errado? – exigiu saber Sebastian.

– "Sob sua alçada" dá a entender que ela tem algum tipo de poder ou controle por ali.

– E como é que você sabe que ela não tem?

– Eu não sei – admitiu Harry –, mas francamente não parece que ela está no controle de qualquer coisa em sua vida. – E, dirigindo-se ao príncipe, disse: – A mãe dela foi bicada até a morte por pombos.

– Acontece – declarou Aleksei.

Harry e Sebastian o encararam, chocados.

– Não de forma acidental – insistiu Aleksei.

– Bem, acho que preciso reavaliar minha vontade de conhecer a Rússia, então – declarou Sebastian.

– Justiça ágil – declarou Aleksei. – É assim que deve ser.

Harry mal acreditava no que estava perguntando, mas não conseguiu evitar:

– E os pombos por acaso são ligeiros?

Aleksei deu de ombros – o gesto menos ensaiado e comedido que Harry já o vira fazer.

– A justiça é rápida. A punição talvez não.

Harry respondeu com o silêncio. Sebastian, então, indagou ao primo:

– Como você sabe sobre os pombos?

– Olivia me contou. Ela pulou algumas páginas.

Sebastian contorceu os lábios, desaprovando. Harry sentiu uma pontada de surpresa diante da expressão atípica no rosto do primo. Nunca tinha visto Sebastian reagir com uma expressão reprovadora a qualquer coisa que fosse.

– Posso continuar? – perguntou Sebastian, cheio de boa vontade na voz.

O príncipe assentiu mais uma vez. Harry sussurrou: "Com certeza", e todos se acomodaram para ouvir a história.

Até Vladimir.

# Capítulo dezessete

O segundo penteado de Olivia demorou muito mais tempo do que o primeiro. Sally, ainda irritada por ter sido interrompida no meio da trança, lançou apenas um olhar descontente para os cabelos de Olivia e caprichou no "Eu avisei".

E, embora fosse contra a natureza de Olivia ficar sentada e aceitar o desaforo em silêncio, foi exatamente o que ela fez, já que não podia dizer a Sally que o penteado só se desfizera daquela forma porque sir Harry Valentine enfiara as mãos em seus cabelos.

– Pronto – declarou Sally, colocando o último grampo com uma força que, para Olivia, pareceu um tanto desproporcional. – Vai ficar no lugar durante uma semana inteira, se a senhorita desejar.

Olivia não teria ficado surpresa se Sally a tivesse besuntado de cola só para manter cada fio intacto.

– Não saia na chuva – advertiu Sally.

Olivia se levantou e rumou para a porta, dizendo:

– Não está chovendo.

– Mas pode chover.

– Mas está…

Olivia não terminou a frase. Céus… Por que estava discutindo com a aia daquele jeito? Sir Harry ainda estava lá embaixo, esperando por ela.

Só de pensar nele, Olivia ficou toda boba.

– Por que está dando pulinhos? – perguntou Sally, cheia de suspeita.

Olivia hesitou, já com a mão na maçaneta.

– Não estou dando pulinhos.

– A senhorita estava fazendo isso. – Sally deu uns pulinhos engraçados.

– Estou saindo do quarto de modo tranquilo – anunciou Olivia, chegando ao corredor. – Tranquilíssima, como se eu estivesse carregando um caixão…

Olivia se virou para ter certeza de que Sally não estava mais ouvindo, e saiu correndo escada abaixo.

Já no térreo, achou melhor voltar à cadência serena de quem não tem preocupações, e seus passos ficaram tão leves que ela entrou na sala de visitas sem que ninguém notasse sua presença.

E o que ela viu...

Não havia palavras para descrever.

Ficou parada à porta, pensando que seria o momento ideal para criar uma lista de *Coisas que Eu Não Espero Ver na Minha Sala de Visitas*, mas logo notou que talvez sua imaginação fosse incapaz de superar o que de fato *via*: Sebastian Grey, em cima de uma mesa, lendo em voz alta (e com grande emoção) *Srta. Butterworth e o barão louco*.

E, como se não bastasse (honestamente, já bastava, sim, pois o que raios Sebastian Grey estava fazendo em Rudland House?), Harry e o príncipe estavam sentados lado a lado no sofá, sem qualquer indício de terem se agredido mutuamente.

Foi então que Olivia notou três criadas instaladas em um sofá no canto da sala, completamente enlevadas pela visão de Sebastian. Uma parecia estar com os olhos marejados. E, num cantinho mais afastado, Huntley estava boquiaberto e arrebatado de emoção.

– "Vovó! Vovó!" – declamava Sebastian, com a voz mais aguda do que de costume. – "Não se vá! Eu imploro. Por favor, por favor, não me deixe aqui sozinha."

Uma das criadas começou a chorar em silêncio.

– "Priscilla passou vários minutos defronte à grandiosa casa, uma figura mirrada e solitária a observar o tílburi de aluguel de sua avó que seguia em disparada pela estrada até desaparecer de vista. Fora largada na soleira de Fitzgerald Place tal qual um pacote indesejado."

Outra criada começou a fungar. As três estavam de mãos dadas.

– "E ninguém" – a voz de Sebastian assumiu um tom grave, quase sussurrado – "ninguém sabia que ela estava lá. A avó nem se dera o trabalho de bater à porta e avisar aos primos que ela estava ali."

Huntley balançava a cabeça, os olhos arregalados de espanto e tristeza. Olivia nunca vira o mordomo demonstrar seus sentimentos daquela forma.

Sebastian fechou os olhos e levou a mão ao coração.

– "Priscilla tinha apenas 8 anos."

Fechou o livro.

Silêncio. O mais completo silêncio. Olivia correu os olhos pelo salão, concluindo que ninguém tinha se dado conta de que ela estava ali.

E então...

– Bravo!

O primeiro a reagir foi Huntley, aplaudindo fervorosamente. As criadas logo se juntaram a ele, fungando em meio aos aplausos. Até mesmo Harry e o príncipe bateram palmas, embora estivesse bem claro na expressão de Harry que ele estava mais achando graça da situação do que qualquer outra coisa.

Sebastian abriu os olhos e foi o primeiro a vê-la.

– Lady Olivia – disse, sorrindo. – Há quanto tempo a senhorita está aí?

– Desde que Priscilla implorou para que a avó não a abandonasse.

– Aquela mulher não tinha coração – comentou Huntley.

– Ela fez o que tinha que ser feito – opinou o príncipe.

– Com todo o respeito, Vossa Alteza Real...

Olivia ficou boquiaberta. O mordomo estava contrariando a *realeza*?

– Se ela tivesse feito apenas um mínimo de esforço...

– Ela não teria sido capaz de alimentar a criança – interrompeu o príncipe. – É preciso ser muito tolo para não ver.

– Foi de cortar o coração – disse uma das criadas.

– Eu até chorei – falou outra.

A terceira apenas assentiu, incapaz de se pronunciar.

– O senhor é um contador de histórias fenomenal – prosseguiu a primeira.

Sebastian abriu um sorriso arrebatador.

– Obrigado por ouvirem – murmurou ele.

As três suspiraram.

Olivia esfregou os olhos, ainda tentando assimilar a cena, e olhou para Harry com curiosidade. Ele haveria de ter uma explicação.

– O livro fica muito melhor quando Sebastian está lendo – disse ele.

– Bem, pior não tinha como ficar – murmurou ela.

– Deveriam publicar este livro em russo – falou o príncipe. – Seria um sucesso estrondoso.

– Não foi o senhor mesmo quem disse que sua literatura era mais profunda por tradição? – perguntou Olivia.

– Mas este livro é muito profundo – respondeu ele. – Feito uma trincheira.

– Querem que eu leia o próximo capítulo? – indagou Sebastian.

– Queremos! – foi a resposta unânime.

– Por favor! – implorou uma das criadas.

Olivia ainda estava imóvel a não ser pelos olhos. Por mais que a performance de Sebastian fosse esplêndida, ela não sabia se seria capaz de aguentar um capítulo inteiro daquela história sem rir. O que seria malvisto por... bem, por todos. E a última coisa que queria era se indispor com Huntley. Todo mundo sabia que era ele quem mandava na casa.

Em vez disso, talvez ela pudesse se ausentar. Ainda não tinha tomado café. E também não tinha lido o jornal. Se Sebastian estava entretendo os convidados (e também a criadagem, mas Olivia estava disposta a relevar essa pequena transgressão), ela podia escapulir para fazer a refeição e ler.

Ou talvez pudesse ir fazer compras. Estava mesmo precisando de um chapéu novo. Ponderava as opções quando, de repente, Vladimir se manifestou. Em russo, é claro.

– Ele disse que o lugar do senhor é nos palcos – falou Aleksei a Sebastian.

Sebastian abriu um sorriso satisfeito e curvou-se na direção de Vladimir, dizendo:

– *Spasibo.*

– O senhor fala russo? – perguntou o príncipe, virando-se de supetão na direção de Sebastian.

– Só o básico do básico – respondeu ele, às pressas. – Sei dizer "obrigado" em catorze línguas. Já "por favor", infelizmente, só em doze.

– É mesmo? – indagou Olivia, muito mais interessada no assunto do que em *Srta. Butterworth. –* Quais línguas?

– Também acho muito útil saber dizer "Preciso de uma bebida" – falou Sebastian ao príncipe.

– *Da* – concordou ele. – Em russo, dizemos *Ya nuzhdayus v napitkyeh.*

– *Spasibo* – agradeceu Sebastian.

– Falando sério – disse Olivia, embora ninguém estivesse prestando atenção nela –, eu gostaria de saber quais são as línguas.

– Alguém tem horas? – interrompeu Harry.

– Tem um relógio na cornija da lareira – disse Olivia, sem olhar para ele. – Sr. Grey – insistiu ela.

– Só um segundo – respondeu ele, voltando-se então para o príncipe. – Estou muito curioso em relação ao seu criado – comentou. – Ele não fala inglês, certo? Então como conseguiu acompanhar a história?

O príncipe e Vladimir trocaram rapidamente algumas palavras em russo, então o príncipe respondeu a Sebastian:

– Ele disse que estava acompanhando a emoção em sua voz.

Sebastian ficou extasiado.

– Além do mais, ele sabe algumas palavras – acrescentou o príncipe.

– Ainda assim... – murmurou Sebastian.

– Espanhol – falou Olivia, mesmo achando que ninguém pretendia prestar atenção nela. – O senhor deve ter aprendido um pouco de espanhol no Exército. Como se diz "obrigado" em espanhol?

– *Gracias* – falou Harry.

Ela se virou para ele, bastante surpresa.

Harry deu de ombros.

– Também aprendi um pouco – disse ele.

– *Gracias* – repetiu ela.

– Também significa "graça" – explicou. – O que, com a senhorita, combina muito bem.

Foi um elogio modesto, mas ela ficou feliz em aceitá-lo mesmo assim.

– Qual é a língua mais estranha em que o senhor sabe dizer "obrigado"? – perguntou ela a Sebastian.

Ele pensou por um momento, depois disse:

– *Közsönöm*.

Ela o encarava com expectativa.

– É magiar. – Ao ver a confusão no rosto dela, ele prosseguiu: – Uma língua falada em parte da Hungria.

– Como o senhor aprendeu?

– Não faço ideia – respondeu ele.

– Mulheres – sugeriu o príncipe, com ares de quem sabe das coisas. – Se não se lembra, com certeza foi com uma mulher que você aprendeu.

Olivia decidiu que se sentir ultrajada não valia o esforço.

– *Kiitos* – falou o príncipe Aleksei, com uma expressão desafiadora, e então acrescentou: – Finlandês.

– Agradeço muitíssimo – respondeu Sebastian. – Meu repertório agora se estende a quinze línguas.

Olivia até considerou dizer *merci*, mas concluiu que isso só a faria passar vergonha.

– E você, o que sabe? – perguntou o príncipe.

– É, Harry – falou Sebastian. – E você, o que sabe?

Harry lançou um olhar *daqueles* ao primo e então respondeu:

– Sinto muito, mas não tenho nada extraordinário para contar.

Olivia teve a impressão de que os primos trocaram palavras silenciosas, mas não teve a oportunidade de pensar mais sobre o assunto porque Sebastian logo voltou-se para o príncipe e perguntou:

– Como se diz "por favor" em finlandês?

– *Ole hyvä.*

– Excelente. – Aquiesceu uma vez, aparentemente arquivando o pequeno fragmento de informação em algum lugar da mente. – Nunca se sabe quando uma linda finlandesa vai cruzar o nosso caminho.

Olivia estava se perguntando como poderia reaver o controle da própria sala de visitas quando ouviu uma batida à porta da frente. Na mesma hora, Huntley pediu licença e foi atender.

Voltou logo depois, acompanhado de um jovem que ela não conhecia. Contudo... um pouco mais alto que a média, cabelos castanho-escuros... Certamente ele deveria ser...

– O Sr. Edward Valentine – anunciou Huntley, erguendo as sobrancelhas. – Veio ver sir Harry Valentine.

– Edward – disse Harry, levantando-se imediatamente. – Aconteceu alguma coisa?

– Não, está tudo bem.

Edward olhava ao redor, visivelmente desconfortável. Estava claro que não esperava encontrar todas aquelas pessoas ali. Então entregou um envelope a Harry e acrescentou:

– Acabou de chegar para você. Disseram que era urgente.

Harry guardou o envelope no bolso interno do casaco, então apresentou o irmão a todos os presentes, inclusive as criadas, ainda enfileiradas no sofá.

– Seb, o que você está fazendo em cima da mesa? – perguntou Edward.

– Estou entretendo as tropas – respondeu o primo, cumprimentando-o.

– Sebastian estava lendo para nós *Srta. Butterworth e o barão louco* – explicou Harry.

– Ah – exclamou Edward, demonstrando entusiasmo pela primeira vez desde que chegara. – Eu já li.

– Gostou? – perguntou Sebastian.

– Achei brilhante. Muito divertido. A prosa tem lá seus defeitos, mas a história é fantástica.

Sebastian achou o comentário muito interessante.

– Fantástico de bom ou fantástico de fantasioso?

– Um pouco dos dois, suponho – respondeu Edward, olhando à volta. – Posso me juntar a vocês?

Olivia abriu a boca para dizer que sim, mas Sebastian, Harry e o príncipe foram mais rápidos. Francamente, *quem* era o dono daquela casa?

Edward olhou para ela – interessante constatar que, tirando o tom de pele e a cor do cabelo, que eram idênticos, ele não era nada parecido com Harry – e disse:

– Hã... Pretende ficar aí fora, lady Olivia?

Ela então se deu conta de que ainda estava parada diante da porta. Os demais cavalheiros já estavam sentados, mas Edward, que acabara de conhecê-la, certamente não haveria de se sentar enquanto ela continuasse de pé ali.

– Na verdade, pensei em ir até o jardim... – E sua voz foi morrendo ao notar que ninguém protestou. – Pensando bem, talvez eu fique por aqui com os senhores.

Então foi até uma poltrona mais afastada, perto das três criadas, que a olharam com ansiedade.

– Fiquem – disse ela –, por favor. Eu jamais impediria que assistissem ao resto da performance.

As três agradeceram com tamanha devoção que Olivia ficou imaginando como poderia explicar a situação à mãe. Se Sebastian voltasse todas as tardes para ler (decerto não tentaria dar conta do livro inteiro de uma tacada só) e as criadas viessem ouvi-lo, muitas lareiras ficariam com a limpeza atrasada.

– Capítulo dois – anunciou ele.

Um silêncio reverente recaiu sobre o salão, provocando uma risadinha bastante irreverente de Olivia. O príncipe olhou de cara feia para ela, assim como Vladimir e Huntley.

– Perdão – murmurou ela, pondo as mãos no colo de forma aprumada.

Ao que tudo indicava, a situação pedia seu melhor comportamento.

## *Finais satisfatórios para a Srta. Butterworth*
### por Olivia Bevelstoke

*Na verdade, o barão é perfeitamente saudável e Priscilla é louca!*
*Reincidência da moléstia. Um surto ainda mais mortal.*
*Priscilla abandona o barão e dedica a vida à criação de pombos-correio.*

*O barão devora os pombos.*
*O barão devora Priscilla.*

A última era um pouco exagerada, mas nada impedia que o barão tivesse ficado louco durante uma expedição em uma floresta sombria, na qual conhecera uma sociedade de canibais.

Era possível.

Olivia olhou para Harry, tentando avaliar o que ele estava achando da leitura, mas ele parecia distraído, o olhar pensativo, porém não concentrado em Sebastian. E ele tamborilava com os dedos no braço do sofá – um sinal evidente de que estava perdido em pensamentos.

Será que estava pensando no beijo? Ela torcia para que não. Ele não parecia nem um pouco em transe.

Céus, ela estava começando a parecer Priscilla Butterworth.

Credo.

~

No meio do capítulo dois, Harry decidiu que não seria tão deselegante assim pedir licença para ir ler a carta que Edward lhe entregara, provavelmente do Departamento de Guerra. Deu uma olhada em Olivia antes de sair da sala, mas ela parecia perdida em pensamentos, os olhos fixos em um ponto na parede.

Os lábios dela também se moviam. Não muito, mas Harry tinha certa propensão a reparar nos menores detalhes nos lábios dela.

Edward também parecia bem acomodado. Estava sentado na diagonal do príncipe e encarava Sebastian com um grande sorriso no rosto. Nunca vira o irmão sorrir daquela forma. Edward até gargalhou quando o primo representou um personagem irritante. Harry tinha *certeza* de que nunca ouvira a risada do irmão.

Assim que chegou ao corredor, Harry rasgou o envelope e pegou a folha de papel dobrada dentro dele. Aparentemente, o príncipe Aleksei estava fora de suspeita. Harry deveria interromper a missão imediatamente. Não havia nenhuma explicação dizendo *por que* o Departamento de Guerra não desconfiava mais do príncipe, nada que justificasse a nova diretiva. Era só uma ordem para abortar a missão. Nada de por favor, nada de obrigado.

Em língua nenhuma.

Harry balançou a cabeça. Será que não podiam ter chegado a essa conclusão *antes* de lhe atribuir aquela missão ridícula? Era por isso que só se interessava pelas traduções. Esse tipo de coisa o tirava do sério.

– Sir Harry?

Ele ergueu o rosto. Olivia havia se esgueirado para o corredor e vinha na direção dele, com preocupação no olhar.

– Espero que não sejam más notícias – disse ela.

Ele balançou a cabeça.

– Inesperadas, apenas.

Harry dobrou o papel e guardou-o no bolso outra vez. Seria melhor se livrar daquilo depois, quando estivesse em casa.

– Tive que sair de lá – justificou Olivia.

A julgar pelos lábios contraídos, tentava não sorrir ao menear a cabeça na direção da porta da sala de visitas, por onde se ouviam algumas palavras de *Srta. Butterworth*.

– Sebastian é tão ruim assim?

– Não – falou ela, parecendo um tanto surpresa. – Ele é muito bom. Esse é o problema. O *livro* é horroroso, mas parece que ninguém percebe e ficam todos vidrados em Sebastian como se ele fosse Edmund Kean recitando *Hamlet*. Não daria para ficar mais um segundo lá sem rir.

– Estou impressionado que você tenha conseguido aguentar esse tempo todo.

– E o príncipe… – acrescentou ela, balançando a cabeça com incredulidade. – O homem está completamente arrebatado. Não dá para acreditar. Jamais esperaria que ele gostasse desse tipo de coisa.

*O príncipe*, pensou Harry. Que alívio. Nunca mais teria que lidar com aquele calhorda.

Não teria mais que segui-lo, muito menos falar com ele. Seria maravilhoso. Exceto por…

Olivia.

Ele a observou voltar à porta pé ante pé e espiar lá dentro. Seus movimentos eram meio duros e, por um momento, Harry chegou a pensar que ela ia tropeçar. Não chegava a ser desajeitada, na verdade, mas tinha um jeito único de se mexer, e Harry se deu conta de que poderia passar horas e horas só olhando para Olivia, observando a forma peculiar com que suas mãos executavam as tarefas mais mundanas. Observando seu rosto, deleitando-se em cada manifestação de emoção, cada movimento das sobrancelhas, dos lábios.

Ela era tão linda que chegava a doer nos dentes – Harry fez uma nota mental para jamais tentar fazer poesia. Olivia soltou um "Oh!" bem baixinho e chegou um pouco mais para a frente.

E então Harry também se adiantou, murmurando em seu ouvido:

– Parece interessada demais para alguém que declara desinteresse.

Ela fez "Ssh!" e deu um pequeno empurrão em Harry, para que ele não ficasse tão perto dela.

– O que está acontecendo? – perguntou ele.

Olivia tinha os olhos arregalados e uma expressão maravilhada.

– Seu primo está representando uma cena de morte. Seu irmão também subiu na mesa.

– Edward? – indagou ele, incrédulo.

Olivia aquiesceu, espiando mais uma vez.

– Não dá para saber quem vai matar quem... Ah, não. Edward morreu. Que rápido.

– Ah, espere... – Olivia esticou bem o pescoço. – Não, de fato, ele morreu. Sinto muito. – Ela se voltou para ele. E sorriu.

Harry sentiu o sorriso reverberar no corpo inteiro.

– Edward se saiu muito bem – sussurrou ela. – Acho que ele puxou ao seu primo.

Ele queria beijá-la mais uma vez.

– Colocou a mão no coração – ela fez o mesmo gesto –, grunhiu e deu uma última estrebuchada, embora ele ainda não tivesse terminado. – Ela sorriu outra vez. – E aí, sim, acabou.

Harry tinha que beijá-la. Agora.

– O que tem atrás daquela porta? – perguntou ele, apontando.

– O escritório do meu pai. Por quê?

– E daquela?

– A sala de música, mas nunca a usamos.

Ele pegou a mão dela. Estavam prestes a usá-la naquele exato momento.

# Capítulo dezoito

Olivia mal teve tempo de respirar: quando deu por si, já estava na saleta de música com a porta fechada atrás de si. E então só conseguiu dizer "O qu...", de "O que está fazendo?", antes que *o que* ele estava fazendo ficasse perfeitamente claro.

As mãos dele mais uma vez tocaram os cabelos dela, e Olivia se viu contra a parede, sendo beijada por Harry. De forma louca, apaixonada, fazendo-a derreter até os ossos.

– Harry! – exclamou ela num arquejo quando os lábios dele se afastaram para mordiscar sua orelha.

– Não consigo evitar.

Aa palavras fizeram cócegas na pele dela. Conseguia ouvir o sorriso na voz de Harry. Ele parecia feliz.

E ela *estava* feliz. Entre muitas outras coisas.

– Você estava ali – disse ele, deslizando a mão pela cintura e pelas costas dela. – Você estava ali e eu tive que beijá-la, ponto final.

Esqueça as palavras melosas do barão louco da Srta. Butterworth. Aquela fora a coisa mais romântica que Olivia ouvira na vida.

– Você *existe* – falou ele, com a voz grave de desejo. – E eu, portanto, preciso de você.

Não, *aquela* fora a coisa mais romântica.

Harry sussurrou algo no ouvido dela. Algo sobre lábios, mãos, e o calor do corpo deles, e ela ficou se perguntando se não seria *aquela*, afinal, a coisa mais romântica de todas.

Olivia já tinha sido desejada por outros homens. Uns até chegaram a dizer que a amavam. Mas isso... isso era diferente. Havia uma urgência no corpo de Harry, na respiração, no sangue pulsando sob a pele. Ele a desejava. Ele *precisava* dela. Era algo que ia muito além das palavras, muito além de qualquer coisa que pudesse tentar explicar. Mas também era algo que ela compreendia, que ela mesma sentia bem dentro de si.

E isso a fez se sentir deliciosamente poderosa. E vulnerável ao mesmo tempo, porque o sentimento que corria pelo corpo dele, fosse qual fosse, também se espalhava pelo dela, acelerando sua pulsação, dificultando sua respiração. Tudo dentro dela parecia fervilhar e irromper em um impulso que vinha do âmago de seu ser. Olivia não pôde se conter: tinha que tocá-lo. Tinha que agarrá-lo, apertá-lo. Tinha que estar junto a ele, então estendeu as mãos e enlaçou os dedos na nuca dele.

– Harry...

Olivia ouviu o prazer no próprio sussurro. Aquele momento, aquele *beijo*... era tudo o que ela sempre desejara.

Era o momento pelo qual mais tinha esperado. E muito, muito mais.

As mãos dele deslizaram por suas costas, afastando-a da parede, e os dois giraram juntos até caírem por cima do braço do sofá.

Ele pairou sobre ela, prendendo-a contra as almofadas com seu corpo quente e pesado. Devia ter sido uma sensação estranha. Devia ter sido assustador – o corpo dela comprimido, os movimentos restringidos. Mas Olivia sentiu como se estar deitada sob aquele homem sedutor e poderoso fosse a coisa mais natural do mundo.

– Olivia – sussurrou ele, a boca traçando uma linha ardente pelo pescoço dela.

Ela se arqueou sob o corpo dele e seu coração acelerou ainda mais quando os lábios de Harry chegaram à pele fina e sensível da clavícula. E então foram descendo até a renda delicada do corpete. Ao mesmo tempo, suas mãos subiam pela lateral do corpo dela, até chegar à lateral dos seios.

Olivia arquejou, perplexa. Das laterais, ele passou para a frente, segurando ambos por cima da musselina fina do vestido. Olivia gemeu o nome dele, e gemeu outra coisa, algo ininteligível.

– Você é tão... maravilhosa – grunhiu ele. Harry apertou os seios dela com delicadeza, fechando os olhos e sentindo o corpo inteiro estremecer de desejo. – Tão maravilhosa.

Olivia sorriu. Ali, enquanto era seduzida, ela sorriu. Adorou não ter sido chamado de linda, bela ou radiante. Adorou que ele estivesse tão fora de si que tenha sido "maravilhosa" a palavra mais complexa em que conseguiu pensar.

– Quero tocar você – sussurrou ele. – Quero sentir você... na minha pele... com as minhas mãos.

Os dedos dele foram subindo até chegar ao decote do vestido, e então Harry puxou, primeiro com delicadeza, depois com mais força, até libertar os ombros e deixá-la totalmente exposta.

Ela não se sentiu devassa. Não se sentiu desavergonhada. Pelo contrário, estava à vontade, confortável com o próprio corpo.

A respiração dele – entrecortada – era o único som no cômodo. O ar parecia carregado de urgência, e logo Olivia deixou de só ouvir para também sentir a respiração dele em sua pele, fria a princípio, tornando-se cada vez mais quente à medida que a boca dele se aproximava.

Finalmente ele beijou o corpo dela. Olivia quase gritou – de surpresa, e depois de prazer por conta do desejo que brotava dentro dela.

– Harry... – disse ela, arfando.

Agora, sim, sentia-se desavergonhada. Sentia-se devassa, dos pés à cabeça. Ele estava com o rosto enfiado nos seios dela, e tudo que Olivia conseguia fazer era afundar os dedos nos cabelos dele, sem saber ao certo se tentava afastá-lo ou prendê-lo para sempre.

Ele segurou a perna dela, apertando, acariciando, subindo mais e mais, e então...

– O que foi isso?

Olivia se sentou de supetão, derrubando Harry. Ouvira um estrondo. Parecia madeira se quebrando e vidro se partindo, e alguém definitivamente gritara.

Harry ficou sentado no chão, tentando recuperar o fôlego. Olhou para ela, ainda com desejo, e então Olivia se deu conta de que seu vestido estava todo desalinhado. Ela o arrumou rapidamente e cruzou os braços de forma protetora. Não que temesse o olhar dele, mas, depois daquele barulho, estava apavorada com a possibilidade de que alguém entrasse de repente.

– O que foi isso? – perguntou ela.

Harry se levantou, balançando a cabeça.

– Veio da sala de visitas.

– Tem certeza?

Ele assentiu, e o primeiro pensamento dela foi de alívio, embora não soubesse bem o porquê. Seu segundo pensamento, no entanto, foi na direção oposta. Se tinha ouvido o barulho, outras pessoas na casa decerto ouviram também. E uma dessas pessoas podia ser sua mãe, no andar de cima, que poderia vir correndo para investigar. E se viesse, poderia entrar no cômodo errado.

E poderia encontrar a filha naquela situação indecorosa.

A verdade é que a mãe dela provavelmente seguiria primeiro na direção do som. A porta da sala de visitas estaria aberta, e era o cômodo que se via ao descer as escadas. Se fizesse isso, no entanto, toparia com três cavalheiros, um guarda-costas corpulento, o mordomo, três criadas...

E nenhuma Olivia.

Ela se levantou e, no mesmo instante, o pânico tomou conta de sua mente.

– Meu cabelo!

– Está incrivelmente intacto – respondeu ele.

Olivia o encarou, a descrença nítida no olhar.

– Estou falando sério. – Ele mesmo parecia bastante impressionado. – De verdade, ele está quase... – Fez um gesto ao redor da cabeça, como se quisesse expressar alguma coisa. – Quase igual a antes.

Ela correu até o espelho acima da lareira e ficou na ponta dos pés.

– Ah, meu Deus! – exclamou.

Sally tinha se superado. Mal havia uma mecha fora do lugar, e ela podia jurar que Harry tinha soltado todos os grampos.

Olivia reposicionou dois deles e então avaliou o próprio reflexo. Tirando as bochechas vermelhas, parecia totalmente respeitável. E podia haver mil explicações para o rubor nas faces. Inclusive a peste, mas talvez estivesse na hora de arrumar uma desculpa nova.

Ela olhou para Harry.

– Estou apresentável?

Ele assentiu, mas complementou:

– Sebastian vai saber.

Pasma, Olivia ficou boquiaberta.

– O quê? Como?

Harry deu de ombros. Havia um toque tipicamente masculino no gesto, indicando que aquilo era tudo que ele diria

– Como assim, ele vai saber? – repetiu Olivia.

Harry lançou-lhe um olhar significativo.

– Ele vai saber e pronto. Mas não se preocupe, ele não vai dizer nada.

Olivia olhou para si mesma.

– Acha que o príncipe também vai saber?

– Que diferença faz se ele souber ou não? – perguntou Harry, um tanto irritadiço.

– Eu tenho uma… – Ela estava prestes a falar sobre sua reputação, mas se deteve. – Está com ciúme?

Ele a encarou como se ela estivesse ficando louca.

– Claro que estou.

Olivia começou a sentir as pernas bambas, e então suspirou.

– Ah, é?

Ele balançou a cabeça, num claro sinal de impaciência com a expressão de devaneio repentina que tomara o rosto dela.

– Diga a todos que fui embora, então.

Ela piscou algumas vezes, sem entender.

– Não quer que as pessoas fiquem sabendo o que estávamos fazendo aqui, certo? – disse ele.

– Hã, não.

A resposta dela saiu um pouco hesitante. Não que estivesse envergonhada. Muito pelo contrário. Apenas preferia que aquele acontecimento continuasse a ser particular.

Ele foi até a janela.

– Diga que você me viu ir embora há cerca de dez minutos. Que eu tinha assuntos a resolver em casa.

– Você vai sair pela janela?

Harry já estava passando a perna por cima do parapeito.

– Alguma ideia melhor?

Bem, ela até poderia ter, se ele houvesse lhe dado um segundo para pensar.

– É uma queda considerável – observou ela. – É…

– Não se esqueça de fechar a janela.

E com isso Harry se foi, desaparecendo de vista um segundo depois. Olivia correu para a janela. Na verdade, nem era tão alto assim. Era mais ou menos a mesma altura que Priscilla Butterworth tivera que saltar quando ficara pendurada na janela do andar térreo, e a própria Olivia fizera pouco caso dela.

Ela fez menção de perguntar se ele estava bem, mas Harry já estava correndo para saltar o muro que separava as duas propriedades, claramente ileso.

Além do mais, Olivia não tinha tempo a perder. Já podia ouvir passos na escada, então saiu apressadamente e chegou ao corredor no momento exato em que a mãe surgia.

– Eu ouvi um grito? – perguntou lady Rudland. – O que está acontecendo?

– Não faço ideia – respondeu Olivia. – Eu estava no lavabo. Há uma espécie de performance...

– Performance?

– Na sala de visitas.

– De que raios você está falando? E por que – a mãe estendeu o braço e tirou algo dos cabelos da filha – tem uma pena no seu cabelo?

– Não sei, mamãe – falou Olivia, pegando a pena para descartá-la.

A parte pontuda devia ter atravessado a capa de uma das almofadas. Eram todas de pena, mas Olivia sempre achara que o cálamo era removido antes de serem usadas.

Contudo, foi salva de ter que se explicar graças a Huntley, que surgiu no corredor com uma expressão muito constrangida.

– Milady – disse ele, fazendo uma mesura para a mãe de Olivia. – Houve um acidente.

Olivia passou por Huntley e correu para a sala de visitas. Sebastian estava caído, o braço torcido numa posição nada natural. Atrás dele havia os cacos de um vaso que, aparentemente, caíra no chão, espalhando água e flores para todo lado.

– Santo Deus! – exclamou ela. – O que aconteceu?

– Acho que ele quebrou o braço – disse Edward Valentine.

– Onde está Harry? – gemeu Sebastian. Tinha os dentes trincados e suava de dor.

– Ele foi para casa – informou Olivia. – O que aconteceu?

– Era parte da encenação – respondeu Edward. – A Srta. Butterworth estava em um penhasco e...

– Quem é a Srta. Butterworth? – perguntou lady Rudland, parada à porta.

– Depois eu explico – prometeu a filha.

Aquele livro idiota ainda ia matar alguém. Então ela se voltou para Sebastian.

– Sr. Grey, creio que é melhor chamarmos um médico.

– Vladimir pode consertar – anunciou o príncipe Aleksei.

Sebastian arregalou os olhos para Olivia.

– Mãe – chamou Olivia, pedindo a lady Rudland para se aproximar. – Acho que precisamos do médico.

– Vladimir! – bradou o príncipe, falando várias frases em russo.

– Não permita que ele chegue perto de mim – sibilou Sebastian.

– Não pense a senhorita que vai para a cama hoje sem me explicar tudo nos mínimos detalhes – sussurrou lady Rudland no ouvido de Olivia.

E ela aquiesceu, grata por ter algum tempo para pensar numa história plausível. Contudo, tinha a sensação de que nada poderia superar a verdade. Ou, pelo menos, parte dela, com algumas supressões cuidadosas aqui e ali. Sentiu-se muito grata por Huntley ter ficado tão absorto na performance teatral; pelo menos isso explicaria por que lady Rudland não fora avisada dos muitos visitantes.

– Vá buscar Harry – pediu Sebastian a Edward. – Agora.

O jovem pediu licença e saiu correndo.

– Isso é o que Vladimir faz – declarou o príncipe Aleksei, abrindo caminho.

Vladimir vinha logo ao lado, e já estudava Sebastian com os olhos estreitos e concentrados.

– Isso o quê, consertar braços quebrados? – perguntou Olivia, olhando-o com bastante ceticismo.

– Isso e muito mais – respondeu Aleksei.

– Vossa Alteza Real – cumprimentou lady Rudland, fazendo uma mesura rápida, afinal, ele era da realeza, e membros fraturados não eram desculpa para não seguir o protocolo.

– *Pereloma ruki u nevo nyet* – disse Vladimir.

– Ele disse que não está quebrado – traduziu Aleksei.

E então o príncipe segurou Sebastian pelos ombros, fazendo-o gritar com tanta força que Olivia se encolheu.

Vladimir falou mais alguma coisa, e Aleksei murmurou uma resposta que era claramente uma pergunta. Vladimir assentiu e, antes que alguém tivesse a chance de reagir, os dois russos seguraram Sebastian, Aleksei pelo tronco e Vladimir pelo braço, um pouco acima do cotovelo. Vladimir puxou e torceu – ou talvez tenha torcido e puxado. Em todo caso, ouviu-se um som pavoroso de… Céus, Olivia não fazia ideia, mas devia ser algo muito ruim, porque Sebastian urrou de forma medonha.

Olivia achou que fosse desmaiar.

– Está melhor? – perguntou o príncipe, olhando para seu trêmulo paciente.

Sebastian estava aturdido demais para falar.

– Está melhor – afirmou Aleksei, com plena confiança, e virou-se para Sebastian: – Vai ficar dolorido por alguns dias. Talvez semanas. O ombro estava... hã... Como é que se diz?

– Deslocado – gemeu Sebastian, mexendo os dedos, hesitante.

– *Da.* Deslocado.

Olivia se esgueirou para ver melhor, pois Vladimir estava bloqueando seu campo de visão. Sebastian estava com uma cara *péssima.* Tremia dos pés à cabeça, parecia respirar rápido demais, e a pele...

– Vocês não acham que ele está meio verde? – disse ela a ninguém em particular.

Aleksei, que estava mais próximo, concordou. Lady Rudland também se adiantou, dizendo:

– Talvez devêssemos... Ah!

De repente, Sebastian revirou os olhos, e o barulho que se seguiu foi o da cabeça dele batendo com força no tapete.

Harry estava diante dos degraus da porta da frente da casa quando ouviu o grito. Foi um grito de dor, ele compreendeu na mesma hora, e parecia feminino.

*Olivia.*

O coração dele acelerou de pavor e, sem dizer nada a Edward, subiu os degraus correndo e irrompeu no vestíbulo. Não bateu à porta nem parou de correr até entrar derrapando na sala de visitas, completamente esbaforido.

– O que diabo está acontecendo aqui? – arquejou ele.

Olivia parecia bem. Na mais perfeita saúde, na verdade. Estava ao lado do príncipe, que falava em russo com Vladimir, que estava de joelhos, aparentemente... cuidando de Sebastian?

Um tanto preocupado, Harry olhou para o primo. Estava sentado, recostado na perna de uma cadeira. Tinha a pele meio esverdeada e segurava o braço com firmeza.

O mordomo o abanava com o exemplar escancarado de *Srta. Butterworth e o barão louco.*

– Seb? – chamou Harry.

Sebastian levantou a mão e balançou a cabeça, um gesto que Harry interpretou como "Não precisa se preocupar comigo".

E foi isso que Harry fez, voltando-se para Olivia:

– Você está bem?

O coração dele ainda batia acelerado, apavorado com a possibilidade de Olivia ter se machucado.

– Ouvi um grito de mulher.

– Ah, não, fui eu – falou Sebastian.

Harry olhou para o primo, paralisado e incrédulo.

– *Você* fez aquele barulho?

– *Doeu* – retrucou Sebastian, emburrado.

Harry tentou segurar o riso.

– Você gritou que nem uma menininha.

Sebastian olhou para ele de cara feia.

– Hã, sir Harry? – chamou Olivia, em algum lugar atrás dele.

Ele se virou, e bastou olhar Olivia para cair na gargalhada. E riu simplesmente por estar segurando o riso e, ao vê-la, não conseguiu mais. Ela parecia ter aquele efeito sobre ele. E Harry começava a perceber que isso não era nada mau.

Olivia, contudo, não sorria.

– Permita-me apresentar minha mãe – disse ela, debilmente, indicando a mulher ao seu lado.

No mesmo instante, ele ficou sério.

– Sinto muito, lady Rudland. Não vi a senhora.

– Foi mesmo um grito e tanto – disse ela, seca.

Até então, Harry só a vira a certa distância, mas de perto se percebia que, de fato, era muito parecida com a filha. O cabelo tinha notas grisalhas e havia leves rugas em seu rosto, mas a semelhança era impressionante. Se lady Rudland servia de comparação, a beleza de Olivia não ia se esvair tão cedo.

– Mãe – disse Olivia –, este é sir Harry Valentine. Ele está alugando a casa em frente.

– Sim, ouvi falar – comentou lady Rudland. – É um prazer conhecê-lo finalmente.

Harry pensou ter ouvido uma nota de advertência na voz dela.

"Eu sei que você anda se engraçando com a minha filha"?

Ou talvez: "Porque nunca mais vamos deixá-lo chegar perto dela."

Ou talvez ele estivesse mesmo imaginando coisas.

– O que aconteceu com Sebastian? – perguntou Harry.

– Deslocou o ombro – explicou Olivia. – Mas Vladimir o colocou no lugar.

Harry não sabia se ficava preocupado ou espantado.

– Vladimir?

– *Da* – disse Vladimir, parecendo orgulhoso.

– Foi mesmo... muito... – Olivia procurou as palavras – impressionante.

– Acho que eu descreveria de outra forma – opinou Sebastian.

– O senhor foi muito corajoso – incentivou ela, de modo maternal.

– Ele já fez isso muitas vezes – falou Aleksei, referindo-se a Vladimir, e então olhou para Sebastian, ainda no chão, e disse: – Você vai precisar de... – Fez um gesto, tentando encontrar a palavra, e olhou para Olivia. – É uma coisa para a dor.

– Láudano?

– Isso. Isso mesmo.

– Tenho láudano em casa – avisou Harry, pousando a mão no ombro do primo.

– Aaaah!

– Ah, me desculpe, me desculpe! Ombro errado.

Harry então olhou para os demais, que o encaravam como se ele tivesse cometido um crime.

– Eu só estava tentando confortá-lo.

– Talvez seja melhor levar Seb para casa – sugeriu Edward.

Harry assentiu, ajudando o primo a se levantar.

– Você fica conosco por alguns dias?

Sebastian assentiu, grato. Ao chegar à porta, voltou-se para Vladimir e disse:

– *Spasibo*.

O russo sorriu, orgulhoso, e disse que ficava honrado por poder ajudar um grande homem como ele.

O príncipe traduziu, acrescentando:

– Devo concordar. Sua performance foi magnífica.

Harry não se conteve e trocou um olhar irreverente com Olivia.

Mas Aleksei ainda não tinha terminado.

– Eu ficaria honrado se você pudesse comparecer à nossa festa na semana que vem. Será na casa do meu primo. O embaixador. Uma celebração da cultura russa. – Então, dirigiu-se aos demais: – Estão todos convidados, é claro.

Olhou para Harry, e os dois se encararam. Aleksei deu de ombros, como quem diz: "Até você."

A resposta de Harry foi aquiescer. Parecia que ele ainda não se veria livre do príncipe russo. Se Olivia fosse, ele também iria. Sem mais.

Lady Rudland agradeceu ao príncipe pelo convite generoso, depois dirigiu-se a Harry:

– Acho melhor que o Sr. Grey vá se deitar um pouco.

– Certamente – murmurou Harry.

Despediu-se dos demais, ajudando Sebastian a chegar à porta da sala de visitas. Olivia seguia ao seu lado e disse:

– Por favor, mande notícias dele.

Ele respondeu com um sorriso muito particular.

– Apareça à janela às seis da noite.

Ele deveria ter parado por aí. Havia gente demais zanzando por perto e Sebastian estava claramente sentindo dor, mas ainda assim não resistiu e olhou o rosto dela uma última vez.

E naquele momento a expressão "luz nos olhos" finalmente fez sentido.

Porque, quando lhe pediu que aparecesse na janela às seis, Olivia sorriu. E quando olhou no fundo dos olhos dela, foi como se o mundo inteiro ganhasse uma luz difusa e alegre, e tudo aquilo, cada ínfima gota de beleza, diversão e felicidade, tudo vinha dela. Daquela mulher que estava diante dele à porta de sua casa em Mayfair.

E foi então que ele soube. Tinha acontecido. Ali mesmo, em Londres.

Harry Valentine tinha se apaixonado.

# Capítulo dezenove

À seis em ponto, Olivia abriu a janela e se debruçou no para-peito.

E lá estava Harry, também debruçado, olhando para cima. Estava lindo de morrer, os lábios curvados em um sorriso perfeito, meio tímido, meio juvenil. Ela gostava de vê-lo assim, feliz e relaxado. O cabelo não estava mais perfeitamente alinhado e ela sentiu uma vontade súbita de enfiar os dedos naquelas madeixas e desarrumá-las ainda mais.

Deus do céu, ela devia estar apaixonada.

E isso provavelmente fora uma epifania. Olivia devia estar se sentindo atordoada com a descoberta. Contudo, estava ótima. Perfeita, fabulosa, maravilhosa.

Era amor. *Amor*. AMOR. Ela experimentou dizer a palavra em sua mente, com entonações diferentes. Todas soavam esplêndidas.

Honestamente, parecia um sentimento cheio de qualidades.

– Boa noite – disse ela, com um sorriso bobo no rosto.

– Boa noite para você também.

– Está esperando há muito tempo?

– Acabei de chegar. Você é incrivelmente pontual.

– Não gosto de fazer as pessoas esperarem – falou ela, se debruçando ainda mais e *quase* criando coragem para correr a língua pelos lábios. – A não ser quando estou me vingando.

Isso deixou Harry intrigado. Ele também se inclinou, e ambos estavam um pouco mais debruçados do que deveriam. Ele pareceu prestes a dizer alguma coisa, mas algo diabólico deve ter se apossado dele, pois começou a gargalhar.

E ela também.

Os dois riram até ficarem com lágrimas nos olhos.

– Ah, meu Deus – arquejou Olivia. – Não acha que algum dia, talvez, seria bom se nos encontrássemos de forma mais apropriada?

Ele enxugou os olhos.

– Apropriada?

– Em um baile, talvez.

– Eu já dancei com você – respondeu ele.

– Só uma vez, e você não gostava de mim.

– E você também não gostava de mim – lembrou ele.

– Mas você gostava *menos* de mim.

Ele ponderou, então assentiu.

– É verdade.

Olivia se retraiu.

– Eu me comportei mesmo muito mal, não foi?

– Bem, sim – admitiu ele, um pouco rápido demais para o gosto dela, e sorriu. – Você não tinha nada que ter *concordado* comigo. Mas é bom que você saiba ser uma megera quando necessário. É uma habilidade útil.

Ela apoiou o cotovelo no parapeito e o queixo na mão.

– Curioso, meus irmãos não concordam.

– Ah, irmãos são assim mesmo.

– Você era assim?

– Eu? Nunca. Na verdade, eu até incentivava tal comportamento. Quanto mais minha irmã me tratava mal, maior era a chance de que acabasse encrencada com nossos pais.

– Você é muito esperto – murmurou ela.

Harry deu de ombros.

– Bem, continuo curiosa – insistiu Olivia, recusando-se a mudar de assunto. – Por que é útil saber como ser uma megera?

– Ótima pergunta.

– Você não tem resposta, não é?

– Não, de fato – admitiu ele.

– Eu poderia ser atriz – sugeriu ela.

– E arruinar sua reputação?

– Espiã, então.

– Piorou – afirmou ele, veemente.

– Acha que não sirvo para ser espiã? – Olivia flertava abertamente, mas estava se divertindo demais para se conter. – Com certeza a Inglaterra teria alguma utilidade para uma pessoa como eu. Aposto que eu poria um fim à guerra em dois tempos.

– Disso eu não tenho a menor dúvida.

Por mais estranho que fosse, ele parecia sincero.

Mas algo fez com que Olivia recuasse. Estava sendo leviana demais sobre um tópico com o qual não convinha brincar.

– Eu não deveria fazer piada sobre essas coisas.

– Tudo bem – disse Harry. – Alguém tem que fazer.

E então Olivia imaginou que tipo de coisas ele tivera que testemunhar e fazer. Harry passara anos no Exército. Com certeza seu tempo não fora gasto exclusivamente com desfiles militares e garotas suspirando por causa do uniforme. Ele certamente tinha lutado. Marchado. Matado.

Era quase impossível imaginar. Harry era um ginete fantástico e, naquela mesma tarde, Olivia pudera testemunhar a força de seu corpo musculoso, mas, ainda assim, ela o via mais como um intelectual do que como um atleta. Talvez por conta de todas aquelas tardes em que o vira debruçado sobre a escrivaninha, com a pena dançando pela página.

– O que você tanto faz aí? – perguntou ela.

– Hein?

Ela apontou na direção do cômodo atrás dele.

– Aí no seu escritório. Você passa muito tempo à escrivaninha.

Ele hesitou, então respondeu:

– Muitas coisas, mas, em geral, tradução.

– Tradução? – Ela ficou boquiaberta. – É mesmo?

Ele se remexeu, parecendo um pouco desconfortável pela primeira vez naquela noite.

– Eu já contei que falava francês.

– Mas não sabia que era tão fluente.

Modesto, ele deu de ombros.

– Passei muitos anos no continente.

Tradução. Céus, ele era ainda mais inteligente do que ela havia imaginado. Só torcia para ser capaz de acompanhá-lo. Achava que sim; gostava de acreditar que as pessoas a consideravam muito menos inteligente do que ela realmente era. Isso porque não se dava o trabalho de fingir interesse em qualquer tema aleatório e não se incomodava em se engajar em temas ou atividades com os quais não tinha a menor afinidade.

Como qualquer pessoa com um mínimo de bom senso, na opinião dela.

– É muito diferente traduzir? – perguntou ela.

Ele ergueu a sobrancelha, confuso.

– Digo, em relação a simplesmente falar – esclareceu ela. – Não falo nenhuma outra língua, então não faço ideia de como seja.

– É bem diferente – confirmou ele. – Não sei explicar. Falar é... inconsciente. Traduzir é quase matemática.

– Matemática?

Harry ficou um pouco sem graça.

– Eu avisei que não sabia explicar.

– Não, não – disse Olivia, pensativa –, acho que faz certo sentido. Imagino que seja como montar um quebra-cabeça.

– Um pouco, sim.

– Algo de que eu gosto, aliás – disse ela. Hesitando por um momento, acrescentou: – Já matemática, eu odeio.

– É a mesma coisa – contrapôs ele.

– Não é, não.

– Bem, você deve ter tido péssimos professores para pensar assim.

– Mas isso é óbvio. Se bem se lembra, eu afugentei cinco tutoras.

Lentamente, ele foi abrindo um sorriso acolhedor, e Olivia sentiu o corpo formigar por dentro. Naquela manhã, se alguém lhe tivesse falado que ficaria encantada com uma conversa sobre matemática e quebra-cabeça, ela teria rido. Mas agora, olhando para Harry, só o que desejava era estender a mão, flutuar até a janela dele e se aninhar em seus braços.

Era loucura. E era maravilhoso.

– Bem, não quero tomar seu tempo – disse ele.

– Que tempo?

Olivia suspirou.

– Você deve ter coisas a fazer – comentou ele, com uma risadinha.

"Ir até você", foi o que ela quis dizer. Em vez disso, porém, se preparou para fechar a janela.

– E se nos encontrássemos amanhã, nessa mesma hora?

Ele fez uma mesura, e ela ofegou. Os movimentos dele eram tão graciosos que faziam Harry parecer um príncipe encantado, e ela, uma princesa na torre.

– Eu ficaria honrado.

Mais tarde, ao se deitar, Olivia ainda sorria.

Sim, o amor era mesmo um sentimento cheio de qualidades.

Uma semana depois, Harry estava sentado à escrivaninha, encarando uma folha em branco.

Não que tivesse muita intenção de escrever – era justamente daquele jeito, sentado à escrivaninha com uma folha bem centralizada em relação ao mata-borrão, que ele pensava melhor. E, assim, depois de passar um tempão deitado na cama olhando para o teto enquanto tentava pensar na melhor forma de pedir Olivia em casamento, fora ao escritório em busca de inspiração.

Não dera muito certo.

– Harry.

Ele ergueu o rosto, grato pela interrupção. Edward estava parado à porta.

– Você pediu que o avisasse quando fosse hora de começar a se arrumar – disse o irmão.

Harry agradeceu. Fazia uma semana desde aquela tarde estranha e maravilhosa em Rudland House. Sebastian praticamente morava ali com eles, tendo declarado que a casa de Harry era muito mais confortável (e servia uma comida muito melhor) do que sua própria residência.

Edward também estava passando mais tempo em casa e não tinha chegado bêbado uma única vez. Harry não havia nem pensado no príncipe Aleksei Ivánovitch Gomaróvski.

Bem, até o momento. Aquela era noite da festa da cultura russa à qual ele prometera ir. Para ser sincero, estava ansioso. Ele gostava da cultura russa, afinal. Da comida também. A última vez que comera um prato russo decente fora quando a avó ainda estava viva para gritar com as cozinheiras dos Valentines. Imaginou que era improvável que servissem caviar, mas não custava sonhar.

E Olivia estaria lá, é claro.

Ele ia pedi-la em casamento. No dia seguinte. Ainda não tinha alinhavado todos os detalhes, mas se recusava a esperar mais. A semana anterior fora, ao mesmo tempo, uma delícia e uma tortura, personificadas em uma alegre jovem loura de olhos azuis.

Olivia já devia suspeitar das intenções dele. Afinal, ele passara a semana cortejando-a de forma bem evidente – seguindo o protocolo, que incluía caminhadas no parque e conversas com a família dela. E também fizera muitas coisas proibidas: beijos roubados e conversas à meia-noite pela janela.

Harry estava apaixonado. Já tinha aceitado o fato havia tempo. Só faltava fazer o pedido.

E ela aceitar, é claro. Mas ele achava que Olivia aceitaria. Ela não se declarara a ele, mas não era o tipo de coisa que uma dama faria, certo? O homem é que deveria se declarar primeiro, e ele ainda não dissera nada.

Apenas porque estava esperando o momento perfeito. Precisavam estar a sós. E precisava ser durante o dia, porque ele queria ver o rosto dela com clareza, gravar na memória cada sutil demonstração de emoção.

Harry iria se declarar e pedir Olivia em casamento. E então ele a beijaria até deixá-la sem ar. Ou talvez até ficar, ele mesmo, sem ar.

Quem diria que ele era, no fundo, um romântico?

Harry riu consigo mesmo ao se levantar e seguir para a janela. A de Olivia estava aberta, assim como as cortinas. Curioso, ele abriu a de seu escritório e se inclinou para fora, sentindo o ar morno da primavera. Esperou um pouco, para o caso de ela ter escutado a janela dele se abrindo, e então assobiou.

Ela apareceu em poucos segundos, com alegria nos olhos e na voz.

– Boa tarde!

– Estava me esperando? – perguntou ele.

– Claro que não. Mas, estando no quarto, não havia motivo para deixar a janela fechada. – Ela se debruçou e sorriu para ele. – Está quase na hora de se arrumar.

– O que vai vestir?

Céus, ele parecia uma das amigas fofoqueiras dela. Mas não se importava. Ficar ali olhando para Olivia era bom demais para perder tempo com esse tipo de preocupação.

– Minha mãe insistiu para que eu usasse veludo vermelho, mas eu queria uma cor que você pudesse enxergar bem.

Ela rejeitava vermelho e verde por ele. Isso o deixava tão feliz que chegava a ser ridículo.

– Então talvez eu vá de azul – prosseguiu ela.

– Você fica linda de azul.

– Você está muito galante hoje.

Ele deu de ombros, ainda exibindo um sorriso que, sem dúvida, era excessivamente bobo.

– Estou de ótimo humor.

– Mesmo sabendo que será forçado a passar a noite com o príncipe Aleksei?

– Vai haver uns trezentos convidados lá. Ou seja, ele não vai ter tempo para mim.

Olivia deu uma risadinha.

– Achei que você poderia estar começando a gostar dele.

Talvez estivesse mesmo. Harry ainda achava o príncipe meio patife, mas ele tinha colocado o ombro de Sebastian no lugar. Ou melhor, tinha mandado o criado fazer isso. O que dava no mesmo, de certa forma.

O mais importante era que, por fim, Aleksei se conformara com a derrota e parara de visitar Olivia.

Por outro lado, infelizmente para Harry, o interesse do príncipe por Olivia fora substituído por uma devoção amigável a Sebastian. O príncipe tinha decidido que Seb deveria ser seu novo melhor amigo e vinha fazendo visitas diárias para acompanhar sua convalescença. Harry fazia questão de ficar no escritório durante as visitas e depois contava a Olivia os detalhes que Sebastian compartilhava com ele. No geral, Harry estava achando graça da situação, o que corroborava ainda mais o fato de que o príncipe Aleksei era inofensivo.

– Ah, minha mãe está me chamando – falou Olivia, virando-se para trás. – Eu tenho que ir.

– Vejo você mais tarde – despediu-se Harry.

Ela sorriu, respondendo:

– Mal posso esperar.

# Capítulo vinte

Quando Harry chegou à residência do embaixador, o baile já fervilhava. Não conseguiu determinar quais aspectos da cultura russa estavam sendo celebrados ali, porque a música era alemã, e a comida, francesa. Ninguém, no entanto, parecia se importar. A vodca era farta e as risadas ecoavam pelo salão.

A primeira coisa que Harry fez foi procurar Olivia, mas não a viu em lugar algum. Tinha certeza de que ela já teria chegado; sua carruagem saíra cerca de uma hora antes da dele. E o salão estava abarrotado. Haveria de encontrá-la em breve.

O ombro de Sebastian estava quase curado, mas ele insistira em usar uma tipoia – tudo para atrair a atenção das moças, dissera ele. E estava funcionando. No instante em que chegou, ele foi cercado e Harry se contentou em se divertir de longe, observando o primo se refestelar na preocupação das belas jovens londrinas.

Harry notou que Sebastian não estava fazendo um relato preciso do acidente. Na verdade, os detalhes pareciam bem vagos. Claramente não falou nada sobre ficar de pé em cima da mesa para encenar uma passagem de um romance gótico. Difícil saber ao certo o *que* Sebastian dizia, mas Harry ouviu duas moças sussurrando que ele fora atacado por bandoleiros, ah, pobrezinho.

Até o fim da noite, Harry poderia apostar que ouviria Sebastian relatando um embate mortal com um regimento francês inteiro.

Enquanto o primo aceitava com bastante garbo a preocupação de uma viúva particularmente voluptuosa, Harry aproximou-se de Edward e sussurrou:

– O que quer que aconteça, não conte a ninguém a história verdadeira. Ele jamais perdoaria você.

Edward mal aquiesceu. Estava ocupado demais observando Seb (e aprendendo seus truques) para prestar atenção no irmão.

– Ah, sim, aproveite as sobras – falou Harry ao irmão, sorrindo consigo mesmo ao perceber que ele próprio estava farto de se contentar com as aparas de Sebastian.

A vida era boa. Muito boa. De fato, mais perfeita e fabulosa do que nunca.

No dia seguinte, pediria Olivia em casamento e ela diria sim.

Ela diria sim, certo? Não era possível que ele estivesse tão enganado a respeito dos sentimentos dela.

– Viu Olivia por aí? – perguntou a Edward, que balançou a cabeça. – Bem, vou encontrá-la.

Edward assentiu.

Harry decidiu que era inútil tentar manter uma conversa enquanto houvesse tantas jovens pavoneando ao redor do irmão. Começou a atravessar o salão, sempre olhando por cima da multidão. Havia um pequeno grupo de pessoas diante do ponche, o príncipe Aleksei no meio, mas não viu Olivia. Ela dissera que estaria de azul, de modo que deveria ser fácil encontrá-la, mas era sempre mais difícil distinguir as cores à noite.

Seus cabelos, no entanto... Ah, certamente eles brilhariam como um farol.

Harry continuou avançando, olhando de um lado para outro, e então, quando já estava ficando frustrado, ouviu uma voz atrás de si:

– Procurando alguém?

Virou-se, e sentiu sua vida inteira se iluminar com o sorriso dela.

– Sim – respondeu, fingindo perplexidade –, mas não estou conseguindo encontrar.

– Ah, pare com isso – falou Olivia, dando uma palmadinha no braço dele. – Por que demorou tanto? Já estou aqui há horas.

Ao que ele ergueu a sobrancelha.

– Ah, está bem – corrigiu-se ela –, uma hora, pelo menos. Talvez uma hora e meia.

Ele olhou na direção do primo e do irmão, que ainda detinham todas as atenções do outro lado do salão, e disse:

– Demoramos para ajustar a tipoia por baixo do casaco de Sebastian.

– E dizem que as mulheres são frescas.

– Normalmente eu defenderia nossa classe, mas sempre sinto um imenso prazer em implicar com meu primo.

Ela deu uma risada, alegre e melódica, e pegou na mão dele.

– Venha comigo – disse.

Ele a seguiu pela multidão, impressionado com a determinação que Olivia demonstrava para chegar a seu destino, onde quer que fosse. Contornava os convivas, para cá e para lá, rindo o tempo todo, até que eles atravessaram um portal em forma de arco do outro lado do salão.

– O que está acontecendo? – murmurou ele.

– Ssssh – ordenou ela.

Ele a acompanhou até o corredor. Havia vários grupos espalhados, mas estava bem menos cheio do que o salão principal.

– Eu andei explorando – disse ela.

– Estou vendo.

A cada curva que Olivia fazia, viam menos pessoas, até que, por fim, ela se deteve em uma galeria silenciosa. Em um dos lados, portas se alternavam com grandes retratos na mais perfeita ordem, duas pinturas para cada porta. O outro lado tinha uma fileira de janelas.

Ela parou diante de uma delas.

– Olhe lá fora – pediu ela.

Ele obedeceu, mas não viu nada de extraordinário.

– Devo abrir? – perguntou Harry.

– Por favor.

Ele removeu o ferrolho e abriu a janela, que deslizou silenciosamente. Então pôs a cabeça para fora.

Viu as árvores.

E Olivia. Ela também pusera a cabeça para fora.

– Devo admitir que estou confuso – observou ele. – O que eu deveria estar vendo?

– Eu – falou ela, simplesmente. – Nós dois. Juntos. Na mesma janela, para variar.

Ele voltou-se para ela. Olhou em seus olhos. E então... não conseguiu se conter. Fez o que tinha que ser feito. Estendeu a mão e a puxou para perto. Olivia se aproximou por livre e espontânea vontade, com um sorriso que testemunhava a favor da vida fantástica que com certeza esperava por eles.

Harry chegou mais perto e a beijou com lábios afoitos, e notou que estava tremendo – era muito mais do que um beijo. Havia algo de sagrado naquele momento, algo sublime e verdadeiro.

– Eu te amo – sussurrou ele.

Não tivera a intenção de dizer aquilo, ainda não. Planejara se declarar quando a pedisse em casamento, mas não conseguiu evitar. A frase fora crescendo dentro dele, espalhando-se, fervilhando de calor e intensidade, impossível de reprimir.

– Eu te amo – disse outra vez. – Te amo.

Ela tocou a face dele.

– Eu também te amo.

Durante um bom tempo, ele só conseguiu encará-la, deleitando-se na solenidade do momento, permitindo que aquilo o banhasse. Então outra sensação se apossou dele, algo primitivo e poderoso, e Harry agarrou Olivia, beijando-a com a urgência de um homem que precisa reivindicar o que é seu.

Queria se embriagar em tudo nela – seu toque, seu cheiro, seu gosto. A tensão e o desejo cresciam dentro dele, e Harry sentia-se cada vez mais alheio – ao autocontrole, ao decoro, a tudo o que não fosse *ela*.

Seus dedos percorriam o tecido do vestido, desesperados para sentir a pele, o calor, a maciez de Olivia.

– Eu preciso de você – murmurou ele, beijando a face, o maxilar, o pescoço dela.

Entrelaçados, afastaram-se da janela, e Harry sentiu uma porta atrás de si. Ele girou a maçaneta e eles cambalearam para dentro do cômodo.

– Onde estamos? – perguntou Olivia, sem ar.

Ele fechou a porta. E a trancou.

– Não me importa.

Então ele a agarrou, puxando-a para mais perto. Harry deveria ser gentil, deveria ser delicado, mas já tinha passado daquele ponto havia muito. Pela primeira vez na vida se sentia impelido por algo fora de seu controle. Impelido na direção de algo a que era incapaz de resistir. Todo o seu mundo se resumia àquela mulher, aos seus corpos juntos, à necessidade de demonstrar, da forma mais fundamental possível, quanto ele a amava.

– Harry – ofegou ela, arqueando o corpo contra o dele.

Ele sentia cada curva do corpo de Olivia por cima das roupas, e tinha que... não conseguia parar...

Tinha que senti-la. Tinha que conhecê-la *a fundo*.

Pronunciou o nome dela, mal reconhecendo a própria voz rouca de desejo.

– Eu quero você – falou ele.

Ela grunhiu algo incoerente, levando os lábios ao lóbulo da orelha dele, imitando o que ele fizera segundos antes. Ele, então, repetiu:

– Quero você *agora*.

– Sim – disse ela. – Sim.

Com a respiração arquejante, ele se afastou e tomou o rosto dela nas mãos.

– Entende o que estou pedindo?

Olivia assentiu.

Não era o suficiente.

– Entende mesmo? – perguntou ele, a ansiedade deixando-o quase estridente. – Preciso ouvir você dizer.

– Eu entendo – sussurrou ela. – E eu também quero.

Ainda assim, Harry continuou se contendo, incapaz de se convencer a desatar o último nó de sanidade e decência. Sabia que estava pronto para entregar sua vida a Olivia, mas ainda não tinha feito o juramento em uma igreja, diante da família dela. Por Deus, se ela pretendia recuar, teria que fazê-lo naquele *exato* momento.

Olivia ficou imóvel e, por um momento, até pareceu que tinha parado de respirar. Então tomou o rosto dele nas mãos, exatamente como ele fizera com ela. Olhou-o dentro dos olhos, e no rosto dela Harry viu amor e confiança tão profundos que quase o paralisaram de medo.

Será que ele estava à altura de tantos sentimentos nobres? Seria capaz de protegê-la, de fazê-la feliz, de demonstrar a cada segundo de cada dia quanto a amava?

Ela sorriu. Um sorriso que começou doce, mas assumiu tons de sagacidade, talvez um toque de malícia.

– Você vai me pedir em casamento – murmurou ela –, não vai?

Harry ficou boquiaberto.

– Eu...

Olivia o interrompeu, levando a mão à boca dele.

– Não diga nada. Só responda com a cabeça.

Ele assentiu.

– Então não me peça agora. – Havia um leve toque de serenidade nela, como se fosse uma deusa cercada de mortais que seguiam ao pé da letra todos os seus desígnios. – Agora não é hora nem lugar. Quero um pedido de casamento apropriado.

Ele concordou outra vez.

– Agora que *sei* que você quer se casar comigo, posso ser persuadida a agir de uma determinada forma.

Era toda a permissão de que ele precisava. Harry a puxou outra vez, beijando-a ardentemente, tateando os botões forrados nas costas do vestido. Todos saíram das casas com facilidade e, em poucos segundos, o vestido estava embolado aos pés dela.

E ali estava ela, de combinação e espartilho, o tecido claro brilhando ao luar que entrava pelo arco da janela normanda – a única que havia no cômodo. Estava tão linda, tão etérea e pura... e ele sentiu vontade de parar e admirá-la, mesmo que seu corpo estivesse gritando para tocá-la.

Harry livrou-se da própria casaca, depois afrouxou o nó do lenço. Olivia apenas observava todo o processo, em silêncio, os olhos arregalados de fascínio e excitação. Ele abriu os primeiros botões da camisa, só o suficiente para tirá-la por cima da cabeça e, com o pouco de racionalidade que ainda lhe restava, pendurou-a numa cadeira para não amassar. Ela deu uma risadinha, cobrindo a boca com a mão.

– O que foi?

– Você é tão metódico – disse ela, quase constrangida com a observação.

Ele olhou por cima do ombro.

– Do outro lado dessa porta estão quatrocentas pessoas.

– Mas você está aqui, arruinando minha reputação.

– E não posso fazer isso direito?

Ela soltou mais uma risada. Pegou o vestido do chão e entregou a ele, dizendo:

– Que tal dobrar isto aqui para mim também?

Harry contraiu os lábios para não rir. Pegou o vestido sem dizer nada.

– Se algum dia você estiver passando necessidade – disse ela, observando-o arrumar o vestido sobre o espaldar da cadeira –, sempre há demanda para aias cuidadosas.

Ele se voltou para ela, com um sorrisinho sarcástico. Levou o dedo à têmpora, perto dos olhos, e murmurou:

– Se não se lembra, sou daltônico.

– Deus do céu – disse Olivia, unindo as mãos e fingindo uma expressão muito séria. – Isso seria um problema.

Harry foi se aproximando, devorando-a com os olhos.

– Talvez eu possa compensar essa falha com uma devoção excessiva à minha senhora.

– Lealdade e fidelidade são qualidades valorizadas em criados.

Ele chegou muito, muito perto, até quase roçar os lábios no canto da boca dela.

– E em maridos?

– Muito valorizadas em maridos também – murmurou ela.

A respiração de Olivia ficava cada vez mais irregular, e o sangue dele fervilhou só de sentir o hálito dela em sua pele. Harry correu a mão pelos cordões do espartilho.

– Eu sou muito leal.

Olivia balançou a cabeça, bruscamente.

– Que bom.

Ele puxou os cordões, desfazendo primeiro o laço, depois passando o dedo por baixo do nó.

– Sei dizer "fidelidade" em três línguas.

– É mesmo?

Harry já não se importava mais que ela soubesse. Tinha toda a intenção de fazer amor com ela em três idiomas, mas, na primeira vez, achava melhor se ater à sua língua nativa. Bem, pelo menos, na maior parte do tempo.

– Fidelidade – sussurrou ele. – *Fidelité. Vyernost.*

Então ele a beijou, antes que ela pudesse dizer qualquer outra coisa. Em breve contaria tudo a ela, mas não naquele momento. Não quando seu torso estava nu, e o espartilho dela, aberto, prestes a deslizar para o chão. Não com os dedos dele abrindo os dois botões e soltando as alças da combinação dela.

– Eu te amo – disse ele, beijando a depressão das clavículas de Olivia. – Eu te amo – repetiu, subindo pelo pescoço elegante. – Eu te amo.

A última declaração foi sedutora, ao pé do ouvido, enquanto ele se livrava da combinação e deixava a última peça de roupa cair no chão.

Ela se cobriu com os braços, e ele deu um beijo leve em seus lábios enquanto seus dedos abriam os cordões das próprias calças. Harry ardia de desejo e livrou-se das botas com tamanha agilidade que nem se deu conta do que fazia. No mesmo instante, tomou-a nos braços e a carregou para o divã.

– Você merece uma cama decente – murmurou ele –, com lençóis e travesseiros decentes...

Olivia apenas balançou a cabeça, entrelaçando os dedos na nuca dele, puxando-o para perto e beijando-o.

– Não quero saber de decência agora – sussurrou ela no ouvido de Harry.

– Só quero você.

Tinha sido inevitável. Ele já sabia desde o instante em que ela perguntara se ele planejava se casar com ela. Ainda assim, algo mudou naquele momento, fazendo Harry perder o controle, transformando a sedução na mais pura insanidade.

Ele a deitou e imediatamente cobriu com o seu corpo. O toque foi eletrizante. Pele com pele, um corpo contra o outro em um momento íntimo de tirar o fôlego. Tudo o que ele mais queria era se enterrar dentro dela, possuí-la, *conhecê-la*, mas não podia ser dessa forma. Não sabia se seria capaz de levá-la ao clímax assim; nunca fizera amor com uma virgem antes, e não fazia ideia se o orgasmo era possível nesse caso. Mas, por Deus, ele estava determinado a lhe dar prazer. Quando terminasse, ela não teria dúvida de que fora reverenciada.

Olivia saberia que era amada.

– Me diga do que você gosta – murmurou ele, beijando-a na boca e descendo para o pescoço.

Ele ouviu a respiração dela entrecortada, excitada, talvez um pouco confusa.

– Como assim?

Harry segurou o seio dela.

– Gosta disso?

Ele sentiu Olivia arquejar.

– Gosta? – repetiu ele, baixinho, beijando-a no pescoço e no ombro.

Ela assentiu em um movimento rápido e desesperado.

– Gosto.

– Me diga do que você gosta – pediu ele outra vez, e sua boca encontrou o mamilo dela. Harry soprou de leve, depois correu a língua ao redor antes de, enfim, tomá-lo nos lábios.

– Eu gosto disso – arquejou ela.

*Eu também*, pensou ele, e passou para o outro, dizendo a si mesmo que era por uma questão de equilíbrio. Na verdade, era por ele mesmo, e por ela, porque ele não suportava a ideia de deixar um milímetro da pele dela sem ser tocado.

Ela arqueou o corpo sob o dele, pressionando-se contra a boca que a acariciava, Harry deslizou a mão por baixo dela, envolvendo seu traseiro. Ele apertou, depois continuou movendo a mão até que os dedos encontraram a pele macia do interior da coxa. E, quando apertou outra vez, seus dedos estavam muito, muito perto do âmago dela, a ponto de sentir seu calor.

Harry a beijou na boca no instante em que seus dedos encontraram o ponto mais sensível do corpo de Olivia, acariciando e penetrando-a.

– Harry! – exclamou ela, surpresa.

Surpresa, mas não aborrecida.

– Me diga do que você gosta – repetiu ele.

– Disso – ela ainda conseguiu pronunciar. – Mas eu não…

Ele foi mais fundo, entrando e saindo, e ela estava tão molhada que ele ardia de desejo.

– Você não o quê? – perguntou ele.

– Eu não sei.

Ele sorriu.

– O que você não sabe?

– Eu não sei o que eu não sei – respondeu ela, quase exasperada.

Ele reprimiu uma risada e deixou os dedos imóveis.

– Não pare! – gemeu ela.

Então ele não parou. Não parou quando ela gemeu o nome dele e não parou quando apertou seus ombros com tanta força que era bem provável que ficassem com marcas. E não parou quando todo o corpo dela estremeceu, tão rápido e com tanta intensidade que quase expulsou seus dedos de dentro de si.

Um cavalheiro poderia ter parado. Ela tinha chegado ao clímax, e ainda era virgem. Talvez ele fosse um monstro por querer ir até o final e fazer amor com ela, mas Harry não conseguia… *não* querer.

Olivia era dele.

Não tanto quanto ele era dela, conforme ele mesmo começava a perceber.

Antes que Olivia se recuperasse, antes que se dissolvesse na poderosa sensação, Harry tirou os dedos e se posicionou entre as pernas dela.

– Eu te amo – disse ele, com a voz rouca e embargada de emoção. – Preciso lhe dizer isso. Preciso que você saiba. Preciso que você saiba disso *agora*.

Então ele a penetrou, mesmo esperando alguma resistência. Olivia, no entanto, estava tão excitada, tão entregue ao amor, que ele deslizou para dentro dela com facilidade. Harry estremeceu de prazer com o momento magnífico em que seus corpos se uniam. Sentia como se ele nunca tivesse feito aquilo antes, tomado de desejo, totalmente fora de controle. E, numa velocidade que teria sido vergonhosa se ele não tivesse acabado de satisfazê-la, Harry gemeu, seu corpo inteiro se retesou e, finalmente, desmoronou.

# Capítulo vinte e um

*O*livia saiu primeiro.

Não sabia ao certo quanto tempo tinham ficado deitados no divã, tentando recobrar um pouco de sanidade, e depois, quando ambos já respiravam normalmente, ainda demoraram bastante até conseguirem dar um jeito na aparência. Harry foi incapaz de reproduzir com precisão o nó na gravata que seu lacaio fizera e Olivia descobriu que um único lencinho não era suficiente para limpar...

Misericórdia, ela não conseguia nem *pensar* nas palavras. Não se arrependia do que tinha feito. Jamais. Fora a experiência mais maravilhosa, incrível e espetacular de sua vida. O problema era que agora ela estava... grudenta.

A partida também fora adiada por vários beijos roubados, pelo menos dois olhares lascivos que quase os levaram de volta ao divã e um beliscão cheio de malícia no traseiro.

Olivia ainda estava orgulhosa de si mesma pelo beliscão.

No fim, conseguiram se aprumar o suficiente para voltar à civilização e deciram que Olivia iria primeiro. Harry a seguiria cinco minutos depois.

– Tem certeza de que meu cabelo está apresentável? – perguntou ela, já com a mão na maçaneta.

– Não – admitiu ele.

Ela arregalou os olhos.

– Não está ruim – continuou ele, com aquela falta de habilidade tão típica dos homens para se referir a penteados –, mas acho que não está exatamente como quando você chegou.

Harry deu um sorriso débil, ciente de suas próprias deficiências no assunto.

Olivia correu de volta para o único espelho do quarto, mas ele ficava acima da cornija da lareira e, mesmo na ponta dos pés, ela mal via o próprio rosto por inteiro.

– Não consigo ver – resmungou ela. – Vou ter que encontrar um lavabo.

Assim, os planos mudaram. Olivia sairia, encontraria um banheiro e ficaria no mínimo dez minutos lá, para que Harry pudesse sair cinco minutos depois dela e chegar ao salão de baile cinco minutos antes.

Olivia estava exausta só de pensar nos meandros desse subterfúgio. Como as pessoas conseguiam fazer essas coisas na surdina, feito ladrões? Ela seria uma péssima espiã.

Sua frustração deve ter ficado nítida, pois Harry se aproximou e deu um beijo suave na bochecha dela.

– Logo estaremos casados – prometeu ele – e nunca mais teremos que nos esconder de novo.

Ela abriu a boca para observar que a mãe decerto insistiria que o noivado durasse pelo menos três meses, mas ele ergueu a mão e falou:

– Não se preocupe, isso *não* é o seu pedido de casamento. Quando eu o fizer, você vai saber. Prometo.

Olivia sorriu, se despediu, espiou pela fresta da porta para ver se havia alguém no corredor e, então, saiu à galeria silenciosa e banhada pelo luar.

Ela sabia como chegar ao lavabo, pois já estivera lá mais cedo. Esforçou-se para caminhar na velocidade apropriada. Não rápido demais; não queria parecer que estava correndo. Mas também não devagar demais; era sempre melhor parecer que tinha um objetivo a alcançar.

Deu graças a Deus por não esbarrar com ninguém no caminho. Contudo, assim que abriu a porta para a antecâmara, onde as damas podiam lavar as mãos e se olhar no espelho, escutou:

– Olivia!

Quase morreu de susto. Era Mary Cadogan diante do espelho, beliscando as bochechas.

– Céus, Mary – exclamou Olivia, tentando recobrar o fôlego. – Você me assustou.

A última coisa que queria era ter que jogar conversa fora com Mary, mas, por outro lado, se era para encontrar alguém naquele momento, ainda bem que era um rosto amigo. Mary poderia até estranhar a aparência desalinhada de Olivia, mas jamais adivinharia o que acontecera.

– Meu cabelo está pavoroso demais? – perguntou Olivia, tentando ajeitá-lo. – Eu caí. Alguém derramou champanhe.

– Ah, odeio quando isso acontece.

– O que você acha? – indagou Olivia, torcendo para ter conseguido despistar a amiga.

– Não está tão mau assim – consolou Mary. – Mas eu posso ajudar. Já penteei minha irmã dezenas de vezes.

Mary sentou Olivia em uma cadeira e começou a ajustar os grampos.

– Seu vestido parece intacto.

– Aposto que manchou em algum lugar – respondeu Olivia.

– Quem foi que derramou o champanhe? – perguntou Mary.

– Não sei.

– Aposto que foi o Sr. Grey. Ele está com um braço imobilizado, você viu?

– Vi – murmurou Olivia.

– Ouvi dizer que o tio dele o empurrou escada abaixo.

Mal contendo seu estarrecimento diante da fofoca, Olivia disse:

– Não pode ser.

– Por que não?

– Bem...

Olivia tentou pensar em uma resposta aceitável. Não queria revelar que Sebastian caíra de cima da mesa em sua casa. Se soubesse que Olivia tinha informações privilegiadas sobre o incidente, Mary iria *surrá-la* com perguntas. Por fim, optou por dizer:

– Se tivesse caído da escada, não acha que ele teria ferimentos mais graves?

Mary considerou o argumento.

– Talvez fosse um lance bem pequeno, não? Quem sabe os degraus da entrada?

– Talvez – falou Olivia, torcendo para que o assunto morresse.

– Se bem que – prosseguiu Mary, destruindo as esperanças de Olivia –, se tivesse sido do lado de fora, haveria testemunhas.

Olivia preferiu não opinar.

– Ou talvez tenha acontecido à noite – ponderou Mary.

Olivia estava começando a pensar que Mary deveria escrever uma novela à la *Srta. Butterworth*. Estava claro que tinha a imaginação necessária.

– Prontinho – declarou Mary. – Novinho em folha. Ou quase. Não consegui recriar muito bem o cachinho que havia em cima da sua orelha.

Olivia ficou impressionada (e talvez um pouco assustada) por Mary se lembrar do cachinho por cima da orelha; ela própria já o tinha esquecido.

– Obrigada. Fico mesmo muito grata.

Mary abriu um sorriso caloroso.

– O prazer foi todo meu. Vamos voltar para a festa?

– Pode ir na frente – falou Olivia, indicando a parte em que ficava o sanitário. – Eu ainda preciso de uns minutinhos.

– Quer que eu espere?

– Ah, não, imagina, não mesmo – retrucou Olivia, torcendo para que sua veemência não parecesse desesperada.

Precisava mesmo ficar sozinha por alguns instantes, apenas o necessário para pôr a cabeça no lugar, respirar fundo e tentar recuperar o equilíbrio.

– Ah, tudo bem. Nós nos vemos daqui a pouco, então. – Mary se despediu e saiu do pequeno cômodo, deixando Olivia sozinha.

Olivia fechou os olhos por um momento e deu o profundo suspiro de que tanto precisava. Ainda se sentia aérea, com o corpo formigando, abismada com o próprio comportamento e, ao mesmo tempo, meio zonza de prazer.

Não sabia o que era mais escandaloso: ter perdido a virgindade na casa do embaixador russo ou estar ali se preparando para voltar à festa como se nada tivesse acontecido.

Será que as pessoas descobririam tudo só de olhar para ela? Será que havia algo fundamentalmente diferente em sua aparência? Porque Deus sabia que, por dentro, ela estava fundamentalmente mudada.

Aproximou-se do espelho, tentando observar seu reflexo mais de perto. As bochechas estavam coradas, isso não havia como esconder. E talvez seus olhos estivessem um pouco mais brilhantes, quase cintilantes.

Estava exagerando. Ninguém saberia. Ninguém, exceto Harry.

O coração dela deu um salto. Literalmente pulou dentro do peito.

Harry saberia. Ele se lembraria dos mínimos detalhes e, quando olhasse para ela com aqueles olhos ardentes de desejo, Olivia se derreteria outra vez.

De repente, Olivia já não tinha mais tanta certeza se conseguiria chegar ao final daquela noite. Só de olhar para ela, ninguém saberia o que tinha feito. Mas se alguém reparasse nela quando estivesse olhando para Harry...

Ela se levantou. Endireitou os ombros. Tentou ser resoluta. Ela conseguiria. Era lady Olivia Bevelstoke afinal, uma mulher que ficava à vontade em qualquer situação social, não era? Ela era lady Olivia Bevelstoke e em breve seria...

Ela deu um gritinho só de pensar. Em breve seria lady Valentine. Gostou de como soava. Lady Valentine. Era tão romântico. Não tinha nome melhor do que aquele.

Foi até a porta. Estendeu a mão para a maçaneta.

Mas alguém havia começado a abrir primeiro e Olivia deu um passo para trás para não ser atingida.

Só que não conseguiu evitar um...

– Ah!

⁓

Onde Olivia tinha se enfiado?

Já fazia meia hora que Harry voltara à festa e nem sinal dela. Tinha cumprido seu papel à perfeição, conversando com diversas jovens e até mesmo tirando uma das Smythe-Smiths para dançar. Fora ver como Sebastian estava – não que ele precisasse disso, porque já fazia dias que o ombro não doía mais.

Olivia dissera que ia ao lavabo tentar arrumar os cabelos, então ele não esperava que voltasse imediatamente, mas àquela altura com certeza deveria ter terminado. Da última vez que a vira ela já estava ótima. O que mais poderia ter para fazer?

– Ah, sir Harry!

Ele se virou para a dona da voz. Era a jovem que acompanhava Olivia no parque. Deus do céu, como era mesmo o nome dela?

– Milorde, o senhor viu Olivia? – perguntou ela.

– Não. Mas não faz muito tempo que cheguei ao salão.

A jovem franziu a testa.

– Não sei onde ela pode ter se metido. Estive com ela ainda há pouco.

Harry a olhava com crescente interesse.

– É mesmo?

Ela assentiu, gesticulando para o lado, provavelmente na direção de outro cômodo.

– Eu a ajudei a arrumar o cabelo. Alguém derramou champanhe no vestido dela, sabe?

Harry não sabia o que isso poderia ter a ver com o cabelo de Olivia, mas entendeu que era melhor não questionar. Qualquer que fosse a história que ela tivesse inventado para convencer a amiga, parecia ter funcionado, e não seria ele a contradizê-la.

A jovem franziu a testa outra vez, olhando para um lado e para outro.

– Tenho algo importante a dizer para ela.

– Quando foi a última vez que a senhorita a viu? – perguntou Harry, mantendo um tom de voz educado, quase paternal.

– Céus, agora eu já não sei mais. Uma hora atrás? Não, não pode ter sido tudo isso.

Ela continuava a esquadrinhar a pista de dança, mas Harry não sabia se estava mesmo procurando Olivia ou só avaliando os convidados.

– Consegue vê-la? – murmurou Harry, porque era muito desconfortável estar ao lado de uma moça que olhava para todas as outras pessoas no salão exceto para ele.

Ela balançou a cabeça e, quando pareceu avistar alguém que considerava mais importante, pediu:

– Por favor, avise-me quando encontrá-la, sim?

Com um leve aceno, ela se misturou à multidão.

*Que conversa mais inútil*, pensou Harry enquanto seguia para a porta que levava ao jardim. Não achava que Olivia poderia estar ali fora, mas o salão de baile ficava em um desnível e a porta ficava três degraus acima. Era bem mais provável que dali conseguisse vê-la.

Contudo, ao chegar ao ponto mais alto, uma nova frustração. Parecia que todas as pessoas estavam no salão, menos Olivia. Lá estava Sebastian, ainda encantando as damas com suas bravatas imaginárias. Edward, colado nele, tentando parecer mais velho do que era. A amiga de Olivia (cujo nome ele ainda não lembrava) bebia limonada e fingia prestar atenção no que dizia um senhor de idade que conversava com ela aos gritos. E lá estava o irmão gêmeo de Olivia, encostado na parede dos fundos com um semblante entediado.

Viu até Vladimir atravessando o salão com determinação, empurrando inúmeras damas e cavalheiros sem sequer se incomodar em pedir licença. Harry notou que ele tinha uma expressão muito séria e começava a se per-guntar se deveria investigar quando se deu conta de que era em sua direção que o russo gigantesco caminhava.

– Você vem comigo – falou ele a Harry.

Harry se sobressaltou.

– Você fala inglês?

– *Nyeh tak khorosho, kak tiy govorish po-russki.*
*Não tão bem quanto você fala russo.*
– O que está acontecendo? – insistiu Harry. Em inglês, por precaução.
Vladimir o encarou com um olhar absolutamente resoluto.
– Eu conheço Winthrop – declarou.
Tal afirmação quase foi suficiente para convencer Harry a confiar nele.
E então Vladimir disse:
– Lady Olivia desapareceu.
De repente, confiar ou não nele tornou-se irrelevante.

 ∾

Olivia não fazia ideia de onde estava.
Nem como tinha chegado ali.
Nem por que suas mãos estavam amarradas às costas, os pés atados e a boca amordaçada.
Também não sabia, pensou ela, piscando rapidamente para se acostumar à meia-luz, por que *não* tinha sido vendada.
Estava deitada de lado em uma cama, de frente para uma parede. Talvez a pessoa que fizera aquilo com ela (fosse quem fosse) tivesse deduzido que, se não podia se mexer nem fazer barulho, não faria diferença se ela enxergasse ou não.
Mas quem? Por quê? O que tinha acontecido?
Tentou pensar, tentou acalmar a mente perturbada. Ela estava no banheiro. Mary Cadogan também, depois fora embora, e Olivia ficara sozinha – por quanto tempo? Pelo menos alguns minutos. Cinco, no mínimo.
Quando finalmente tomara coragem para voltar à festa, a porta se abrira e...
O que tinha acontecido? O quê?
*Pense, Olivia, pense.*
Por que não conseguia se lembrar? Era como se uma imensa névoa cinza encobrisse sua memória.
Sua respiração ficou mais acelerada e profunda. Num instante ela estava apavorada. Olivia já não pensava direito.
Começou a se debater, embora soubesse muito bem que era inútil. Conseguiu apenas se virar para o outro lado e ficar de costas para a parede. Não era capaz de se acalmar, nem de se concentrar, nem...

– Você acordou.

Olivia ficou paralisada. Estacou no mesmo instante, e seu único movimento era o arfar acelerado do peito.

Não reconhecia a voz. E quando seu dono se aproximou, ela viu que também não reconhecia o rosto.

*Quem é você?*

Ela não podia falar, é claro. No entanto, ele leu a pergunta em seus olhos apavorados.

– Não importa quem eu sou.

A voz tinha certo sotaque. De onde, ela não conseguiu identificar. Era tão terrível com idiomas que nem sequer era capaz de distinguir sotaques.

O homem se aproximou e se sentou em uma cadeira ao lado dela. Era mais velho do que ela, embora fosse mais novo do que seus pais, e tinha cabelos grisalhos cortados bem curtos. E os olhos... na escuridão, não dava para ver de que cor eram. Não eram castanhos. Algo mais claro.

– O príncipe Aleksei está bastante apaixonado por você – disse ele.

Ela arregalou os olhos. Aquilo era obra do *príncipe Aleksei*?

O captor deu uma risada.

– Lady Olivia, você não é lá muito boa em esconder seus pensamentos. Não foi o príncipe que trouxe você para cá. Mas vai ser o príncipe – o homem chegou mais perto de forma ameaçadora, e ela até sentiu seu hálito – que vai pagar para resgatá-la.

Olivia balançou a cabeça, grunhindo, tentando dizer que o príncipe não estava apaixonado por ela ou que, se já estivera, agora não mais.

– Se for esperta, você não vai continuar se debatendo desse jeito – declarou o homem. – Não vai conseguir se soltar, então para que desperdiçar suas forças?

Contudo, ela não conseguia *não* se debater. Estava aterrorizada e ficar quieta era uma tarefa impossível.

O homem grisalho se levantou, encarando-a com um sorriso sutil.

– Mais tarde volto para trazer comida e água.

Ele saiu do quarto, e Olivia sentiu um nó de desespero apertar sua garganta ao ouvir o ferrolho da porta se fechando, seguido do ruído das trancas.

Não havia possibilidade de sair dali. Não sozinha.

Mas será que alguém notara seu sumiço?

# Capítulo vinte e dois

— Cadê ela?

Foi tudo o que Harry conseguiu dizer antes de se atirar sobre o príncipe. Seguira Vladimir até um cômodo nos fundos da casa, mais apavorado a cada passo. Sabia que estava sendo burro; podia muito bem ser uma armadilha. Era óbvio que alguém descobrira que ele trabalhava para o Departamento de Guerra; de que outra forma Vladimir saberia que Harry falava russo?

Ele podia estar caminhando direto para a morte, mas tinha que correr o risco.

Mesmo assim, ao ver o príncipe ali de pé, à luz de uma única vela sobre uma mesa do contrário vazia, Harry perdeu a razão. O medo o deixava mais forte e, quando os dois homens foram ao chão, caíram com uma força impressionante.

– Cadê ela? – gritou Harry outra vez. – O que você fez com ela?

– Pare com isso!

Vladimir se enfiou entre os dois, afastando-os.

Foi só quando já estava de pé, sendo apartado pelo brutamontes russo, que Harry se deu conta de que o príncipe não reagira.

E então o pavor em suas entranhas se intensificou. O príncipe estava pálido, com uma expressão infeliz. Apavorada.

– O que está acontecendo? – sussurrou Harry.

Aleksei entregou-lhe uma folha de papel. À luz da vela, Harry conseguiu ler. Estava em cirílico, mas ele não se manifestou. Não era mais hora de fingir ignorância.

*"É só colaborar que a moça vive. Ela vai ser cara. Não conte a ninguém."*

Harry ergueu o rosto.

– Como sabemos que se trata de Olivia? Eles não mencionaram o nome dela.

Sem dizer nada, Aleksei estendeu a mão. Harry então viu a mecha de cabelo. Pensou em dizer que talvez não fosse dela, que talvez houvesse outra mulher com o cabelo daquele tom radiante como o sol, amanteigado, com aquele mesmo formato mais curvado que uma leve onda, mas que não chegava a ser um cacho.

Só que Harry sabia que era dela.

– Quem mandou isso? – perguntou. Em russo.

Vladimir falou primeiro:

– Achamos que foi...

– Vocês *acham*? – rugiu Harry. – Vocês *acham*? É melhor vocês pararem de achar e começarem a ter certeza, e sem demora. Se acontecer alguma coisa com ela...

– Se acontecer alguma coisa com ela – interrompeu o príncipe, enunciando as palavras com frieza e precisão –, eu vou cortar a garganta dos responsáveis com minhas próprias mãos. A justiça será feita.

Harry se voltou para ele lentamente, tentando conter o ácido que corroía seu estômago.

– Eu não quero justiça. – A raiva deixava sua voz grave e inexpressiva. – Eu quero *Olivia*.

– E nós vamos resgatá-la – Vladimir apressou-se em dizer, advertindo o príncipe com o olhar. – Nada de ruim vai acontecer.

– Quem *é você* afinal? – exigiu saber Harry.

– Não importa.

– Importa, sim.

– Eu também trabalho para o Departamento de Guerra – disse Vladimir, dando de ombros. – Às vezes.

– Me perdoe se não dou o menor crédito à sua afirmação.

Vladimir o encarou outra vez, com aquele mesmo olhar severo e direto que deixara Harry tão desconfortável no salão. Estava claro que ele era muito mais do que o criado ameaçador que vinha fingindo ser.

– Conheço Fitzwilliam – falou Vladimir, em um sussurro.

Harry congelou. Ninguém conhecia Fitzwilliam – só as pessoas que Fitzwilliam queria que o conhecessem. A mente de Harry estacou. Por que Winthrop mandara Harry ficar de olho no príncipe Aleksei se Vladimir já estava na jogada?

– Seu encarregado, Winthrop, não sabia de mim – explicou Vladimir, adivinhando a pergunta seguinte. – O posto dele não é alto o suficiente para que ele saiba sobre mim.

Até onde Harry sabia, a única pessoa cujo posto era mais alto do que o de Winthrop era o próprio Fitzwilliam.

– O que está acontecendo? – perguntou outra vez, tentando manter a voz estável.

– Não sou napoleonista – declarou o príncipe Aleksei. – Meu pai era, mas eu... – Deu uma cusparada no chão. – Eu não sou.

Harry olhou para Vladimir.

– Ele não trabalha comigo – disse Vladimir, indicando o príncipe com um meneio de cabeça. – Mas ele... nos dá apoio. Apoio financeiro. E permitiu que usássemos sua propriedade.

Harry balançou a cabeça.

– O que isso tem a ver com...

– Muitas pessoas querem usá-lo – cortou Vladimir. – Ele é muito valioso, vivo ou morto. Eu o protejo.

Inacreditável. Vladimir era mesmo guarda-costas de Aleksei. Uma única verdade no meio de uma trama de mentiras.

– Ele veio mesmo visitar o primo em Londres – prosseguiu o russo. – O que também foi uma ótima oportunidade para que eu viesse me encontrar com meus contatos. Infelizmente, o interesse do príncipe em lady Olivia não passou despercebido.

– Quem a levou?

Vladimir desviou o olhar por um instante, e foi então que Harry soube que a situação era mesmo muito ruim. Se o brutamontes não conseguia nem encará-lo, Olivia estava realmente em perigo.

– Não tenho certeza – disse Vladimir, enfim. – Não sei se há questões políticas envolvidas ou se é apenas por dinheiro. O príncipe possui uma fortuna considerável.

– Eu soube que a riqueza dele vinha diminuindo – pontuou Harry.

– E vem mesmo – confirmou Vladimir, erguendo a mão para impedir que Aleksei se defendesse. – Só que ele ainda é um homem rico. Tem terras. Muitas joias. É mais do que suficiente para que os marginais fiquem tentados a sequestrar uma pessoa próxima a ele.

– Mas ela não é...

– Acham que eu ia pedi-la em casamento – interrompeu Aleksei.

Harry se virou para ele.

– E você ia?

– Não. Posso até ter chegado a considerar. Mas ela... – Ele fez um aceno vago. – Ela está apaixonada por você. Não preciso de uma mulher que me ame, mas não vou tolerar alguém que esteja apaixonada por outro.

Harry cruzou os braços, dizendo:

– Parece que seus inimigos não compreenderam suas intenções.

– E por isso eu peço desculpas. – Aleksei engoliu em seco e, pela primeira vez desde o dia em que Harry o conhecera, o príncipe pareceu desconfortável. – Não tenho controle sobre o que os outros pensam de mim.

Harry se virou para Vladimir, perguntando:

– O que fazemos agora?

Pelo olhar do russo, Harry já sabia que não ia gostar da resposta.

– Agora aguardamos. Eles devem entrar em contato.

– Se você acha que eu vou ficar parado aqui e...

– E o que você sugere? Quer interrogar cada convidado? O bilhete mandava não dizer nada a ninguém. Já desobedecemos contando a você. Se forem mesmo os homens que acho que são, é melhor não contrariá-los.

– Mas...

– Quer dar a essa gente um motivo para machucar Olivia? – vociferou Vladimir.

Harry começou a ficar sem ar. Parecia que alguém o estrangulava, de dentro para fora. Sabia que Vladimir estava certo – ou, pelo menos, sabia que não tinha uma ideia melhor.

Sentia-se consumido por dentro. Pelo medo. Pela impotência.

– Alguém deve ter visto alguma coisa – rebateu ele.

– Vou investigar – disse Vladimir.

Imediatamente, Harry andou em direção à porta.

– Vou com você.

– Não – retrucou Vladimir, detendo-o. – Você está envolvido demais. Tomaria péssimas decisões.

– Não posso ficar aqui sem fazer nada – argumentou Harry.

Ele se sentia um garotinho outra vez, jovem e impotente, encarando um problema só para descobrir que não existia uma boa solução.

– Você não vai ficar sem fazer nada – assegurou Vladimir. – Terá muito a fazer. Mais tarde.

Harry ficou olhando Vladimir caminhar até a porta, mas antes que o outro fosse embora, exclamou:

– Espere!

O homem deu meia-volta.

– Ela esteve no lavabo – disse Harry. – Ela esteve no lavabo depois de... – Pigarreou. – Bem, eu sei que ela esteve lá.

Vladimir assentiu devagar.

– Bom saber.

E, com isso, se foi porta afora.

Harry olhou para Aleksei.

– Você fala russo – comentou Aleksei.

– Minha avó – explicou Harry. – Ela se recusava a falar em inglês conosco.

Aleksei aquiesceu, dizendo:

– Minha avó era finlandesa. Com ela era a mesma coisa.

Harry o encarou por um longo tempo, depois se afundou na cadeira, enterrando a cabeça nas mãos.

– É bom que você fale a nossa língua – continuou Aleksei. – Não é uma habilidade comum entre os seus conterrâneos.

Harry tentou ignorá-lo. Precisava pensar, mas não sabia por onde começar. Afinal, como ele poderia ajudar a determinar o paradeiro de Olivia? Mesmo assim, sentia que tinha que vasculhar cada pedacinho do cérebro.

Só que Aleksei não parava de tagarelar.

– Sempre fico surpreso quando...

– Cale a boca! – vociferou Harry. – Cale a boca. Não diga mais nada. Não quero ouvir uma única palavra da sua boca que não tenha a ver com o resgate de Olivia. Entendeu?

Aleksei ficou imóvel por um momento. Então, atravessou o cômodo em silêncio e pegou uma garrafa e dois copos. Serviu algo – vodca, provavelmente – em ambos. Sem dizer nada, pôs um diante de Harry.

– Eu não bebo – informou Harry, sem nem se incomodar em erguer o olhar.

– Vai ajudar.

– Não.

– Tem certeza que você é russo? Como assim, você não bebe vodca?

– Não bebo nada alcoólico – atalhou Harry.

Aleksei o encarou com curiosidade, depois foi se sentar no outro canto da sala.

O copo passou quase uma hora intacto, até que Aleksei finalmente aceitou que Harry estava falando a verdade, pegou o copo e bebeu ele mesmo.

⌒

Depois de uns dez minutos, Olivia finalmente conseguiu acalmar o corpo o suficiente para permitir que a mente funcionasse direito. Não fazia a menor ideia de como poderia se salvar, mas parecia prudente reunir o máximo de informações que pudesse.

Era impossível descobrir onde era aquele cativeiro. Ou será que não? Debatendo-se, ela conseguiu se sentar na cama e examinou o quarto da melhor forma que pôde. Quase não conseguia enxergar à meia-luz. Até houvera uma vela antes, mas o sujeito a levara embora ao sair.

O quarto era pequeno e minimamente mobiliado, mas não miserável. Olivia arrastou-se até a parede, analisando o reboco. Então esfregou a bochecha na superfície. O revestimento era bem-feito, sem lascas ou pontos com a tinta descascando. Olhou para cima e notou que havia sancas no teto. E a porta... Era difícil discernir daquela distância, mas a maçaneta parecia ser de alta qualidade.

Será que ainda estava na casa do embaixador? Parecia possível. Dobrou o corpo, encostando a bochecha nos braços nus. Estava quente. Se tivesse sido levada para o lado de fora, sua pele não estaria mais fria? Mas é claro que não sabia quanto tempo passara inconsciente. Podia ter sido horas. Ainda assim, ela *sentia* que não fora levada para fora.

Uma gargalhada maníaca surgiu em sua garganta. Onde estava com a *cabeça*? Ela *sentia* que não fora levada para fora? Como assim? Ia mesmo começar a tomar decisões com base em palpites vagos sobre o que podia ou não ter acontecido enquanto estivera desacordada?

Forçou-se a parar. Tinha que se acalmar. Não conseguiria nada sucumbindo à histeria a cada cinco minutos. Ela era uma garota esperta. Era capaz de manter a cabeça no lugar.

*Tinha* que manter a cabeça no lugar.

O que ela sabia sobre a residência do embaixador? Visitara-a duas vezes, primeiro durante o dia, na ocasião em que fora apresentada ao príncipe Aleksei, e depois naquela mesma noite, no baile.

Era uma propriedade imensa, uma verdadeira mansão. Com certeza havia inúmeros cômodos onde alguém poderia esconder uma pessoa. Talvez estivesse na ala dos criados. Franziu a testa, tentando se lembrar das instalações dos criados em Rudland House. Lá também havia sancas no teto? As maçanetas também eram de tão boa qualidade quanto as do restante da casa?

Olivia não fazia ideia.

Maldição. Por que ela não sabia disso? Não deveria saber?

Olivia virou-se então para a parede oposta. Havia uma janela normanda, bloqueada por pesadas cortinas de veludo. Vermelho-escuro, talvez? Ou azul-escuro? Impossível saber porque a escuridão roubava toda a cor do ambiente. A única fonte de luz era o luar que entrava pela janela em meia--lua, acima das cortinas cerradas.

Olivia pensou por alguns minutos. Uma lembrança tentava vir à tona.

Ficou imaginado se conseguiria ver alguma coisa da janela e se seria capaz de sair da cama. Seria difícil. Seus tornozelos estavam amarrados com tanta força que seria difícil dar até mesmo passinhos de formiga. E não tinha se dado conta de como seria difícil se equilibrar com as mãos amarradas às costas.

Sem falar que teria que fazer tudo isso no mais completo silêncio. Seria um desastre se seu captor voltasse e a encontrasse fora da cama – onde ele a deixara. Com muito cuidado e *muito* devagar, ela pôs as pernas para fora e foi se arrastando para a beirada até os pés tocarem o chão. Ainda com movimentos muito controlados, deu um jeito de se levantar, e então, apoiando-se na mobília, foi se arrastando até a janela.

A janela. Por que aquela janela parecia tão familiar? Provavelmente porque era uma *janela*, disse a si mesma com impaciência. E janelas não tinham lá tantos detalhes arquitetônicos memoráveis.

Ao chegar ao seu destino, inclinou-se para a frente com cuidado, tentando abrir a cortina com o rosto. Começou com a bochecha e, quando conseguiu empurrá-la um pouco para o lado, virou o rosto para a frente, tentando enganchar o tecido no nariz. Demorou, mas acabou conseguindo na quinta tentativa, e rapidamente enfiou o ombro na frente para impedir que a cortina voltasse para o lugar.

Encostando a testa no vidro, ela viu... nada. Apenas o embaçado da própria respiração. Olivia virou a cabeça outra vez, usando a bochecha para limpar o vidro, depois prendeu a respiração e voltou a olhar para a frente.

Ainda assim, não conseguiu enxergar muita coisa. Só o que dava para determinar com certeza era que estava bem no alto, talvez no quarto ou no quinto andar. Via os telhados das construções vizinhas, e não muito além disso.

A lua. Via a lua.

Já tinha visto a lua no outro cômodo, onde fizera amor com Harry. Ela a vira pela janelinha em meia-lua acima da janela normanda.

A janela normanda!

Olivia recuou, com muito cuidado, para não perder o equilíbrio. Aquela janela também era encimada por uma janelinha em arco. O que, por si só, não significaria muito, a não ser pelo fato de que ambas tinham um padrão bem específico, irradiando a partir do centro inferior da meia-lua, feito um leque.

*Exatamente* como a que havia no andar térreo.

Ainda estava na residência do embaixador. Era possível que a tivessem levado para outro prédio com padrão arquitetônico idêntico, mas também era bastante improvável, certo? E a residência do embaixador era enorme. Praticamente um palácio. Não ficava no centro de Londres, mas depois de Kensington, onde havia mais espaço para construções colossais como aquela.

Voltou à janela e novamente abriu a cortina com a cabeça – dessa vez, acertou de primeira. Olivia então colou a orelha no vidro, tentando escutar alguma coisa. Música? Pessoas?

Não deveria haver algum indício de que havia uma festa acontecendo no mesmo local?

Talvez não estivesse, afinal, na residência do embaixador... Não, não, era um prédio imenso. Poderia muito bem estar longe demais para não escutar nada.

E então começou a ouvir passos. Com o coração na boca, Olivia meio se arrastou, meio saltitou de volta para a cama, conseguindo se atirar no colchão bem na hora em que ouviu as duas trancas se abrindo.

Assim que a porta se abriu, ela começou a se debater. Era a única coisa que podia fazer para justificar a respiração ofegante.

– Eu já falei para não fazer isso – repreendeu o captor.

Ele trazia uma bandeja com um bule e duas xícaras. Mesmo do outro lado do quarto, Olivia sentiu o cheiro do chá se desprendendo das baixelas. Era um aroma divino.

– Muito civilizado de minha parte, não? – perguntou ele, erguendo de leve a bandeja antes de pôr o chá na mesa. – Já usei uma mordaça dessas. Deixa a boca muito seca.

Ela apenas o encarou. Não sabia bem como responder. Literalmente *como* responder. Ele com certeza percebia que ela não conseguiria dizer nada.

– Vou tirar a mordaça para você poder beber um pouco de chá – falou ele –, mas você precisa ficar quieta. Se fizer um barulho sequer, qualquer coisinha mais alta do que um "obrigada" sussurrado, vou ter que deixá-la inconsciente outra vez.

Ela arregalou os olhos, ao que ele deu de ombros.

– Não é difícil. Já fiz uma vez e, devo dizer, me saí muito bem. Aposto que nem ficou com dor de cabeça.

Olivia piscou, confusa. Não estava mesmo com dor de cabeça. O que ele tinha feito com ela?

– Vai ficar quieta?

Ela assentiu. Tudo o que mais queria era que ele tirasse a mordaça. Se conseguissem conversar, talvez ela o convencesse de que tudo aquilo não passava de um engano.

– Não tente nenhum ato heroico – advertiu ele, embora houvesse uma sugestão de riso em sua voz, como se ela não fosse capaz de pegá-lo de surpresa.

Olivia balançou a cabeça, tentando transmitir sinceridade no olhar. Até que ele tirasse a mordaça, aquela era a única forma de se comunicar.

Ele chegou mais perto, estendendo a mão, então se deteve e recuou.

– Acho que o chá está pronto – falou ele. – Não queremos que fique… como é que se diz?

Ele era russo. Com aquela última frase – "Como é que se diz"? –, Olivia finalmente conseguiu reconhecer o sotaque. Era idêntico ao do príncipe Aleksei.

– Ora, que distração a minha – disse o homem, servindo duas xícaras. – Você não está conseguindo falar.

Por fim, aproximou-se e tirou a mordaça. Olivia tossiu e levou alguns minutos até ter a boca úmida o suficiente para conseguir dizer alguma coisa, mas, quando o fez, encarou o captor e disse:

– Passado.

– Perdão?

– O chá. Você não queria que ele ficasse passado.

– Passado.

Ele repetiu a palavra, testando como soava na boca e aos ouvidos. Fez uma expressão de aprovação e estendeu a xícara para ela. Olivia bufou, dando de ombros. Como ele achava que ela ia segurá-la com as mãos amarradas?

Ele sorriu, mas não foi um sorriso cruel. Nem chegou a ser condescendente. Parecia estar se divertindo.

O que deu certa esperança a Olivia. Não muita, mas alguma.

– Sinto dizer que ainda não confio o suficiente em você para desamarrar suas mãos – disse ele.

– Prometo que não vou...

– Não faça promessas que não pode cumprir, lady Olivia.

Ela abriu a boca para protestar, mas ele a interrompeu:

– Veja bem, não que eu ache que prometeria algo que não iria cumprir, mas havendo a menor das oportunidades, eu imagino que não a deixará passar. Então, tomará uma atitude impensada e vou ter que machucar você.

Foi um jeito muito eficiente de encerrar a discussão.

– Imaginei que você entenderia meu argumento – disse ele. – Então, confia em mim o suficiente para permitir que eu segure a xícara para você?

Ela assentiu devagar.

Ele riu, dizendo:

– Mulher esperta. O melhor tipo de mulher. Não tenho paciência para estupidez.

– Uma pessoa que eu respeito muito me disse certa vez para nunca confiar em um homem que me diga para confiar nele – retrucou Olivia, baixinho.

O sequestrador deu outra risada.

– Essa pessoa... era um homem?

Olivia assentiu.

– Então ele é um bom amigo – concluiu ele.

– Eu sei.

– Aqui. – Ele levou a xícara aos lábios dela. – No momento, sua única opção é confiar em mim.

Olivia bebeu um gole, já que de fato não tinha escolha e estava com a garganta muito seca.

Ele largou a xícara dela e pegou a sua própria.

– Ambas vêm do mesmo bule – declarou ele, bebendo um gole, e acrescentou: – Não que você devesse confiar em mim.

Ela o encarou, dizendo:

– Não tenho nenhuma conexão com o príncipe Aleksei.

Ele deu um sorrisinho torto.

– Acha que eu sou trouxa, lady Olivia?

Ela balançou a cabeça.

– Ele tentou me cortejar – prosseguiu ela. – Mas não está cortejando mais.

O captor inclinou-se alguns centímetros para a frente.

– Hoje à noite você sumiu por quase uma hora, milady.

Olivia ficou boquiaberta. Sentiu o rubor se espalhar pelo rosto e rezou para que não ficasse evidente em meio à escuridão.

– O príncipe Aleksei também.

– Ele não estava comigo – falou ela, depressa.

Despreocupado, o sujeito grisalho tomou um gole de chá e murmurou:

– Não sei como dizer isso sem insultá-la, mas você está com cheiro de... como é que se diz mesmo?

Olivia teve a impressão de que ele sabia *exatamente* como dizer aquilo. E, por mais mortificada que estivesse, não teve escolha a não ser admitir:

– Eu estive mesmo com um homem. Mas outro homem. Não era o príncipe Aleksei.

Isso chamou a atenção dele.

– Sério?

Ela assentiu apenas uma vez, demonstrando que não tinha a menor intenção de dar maiores explicações.

– O príncipe sabe disso?

– Não é da conta dele.

Ele bebeu outro gole de chá.

– Mas ele discordaria de você a esse respeito?

– Como é?

– É possível que o príncipe Aleksei ache que é da conta dele, certo? Acha que ele vai ficar irritado?

– Não sei – falou Olivia, tentando ser sincera. – Já faz uma semana que ele não vai me visitar.

– Uma semana não é muito tempo.

– Ele conhece o outro cavalheiro e creio que sabe dos meus sentimentos por esse homem.

O sequestrador se reclinou para trás, avaliando as novas informações.

– Posso tomar um pouco mais de chá? – perguntou Olivia.

O chá estava mesmo gostoso. E ela estava com sede.

– É claro – murmurou o sujeito, estendendo a xícara outra vez.

– Acredita em mim? – indagou Olivia, ao terminar a bebida.

Ele respondeu bem devagar:

– Não sei ao certo.

Olivia esperou que ele tentasse descobrir a identidade de Harry, mas não o fez, o que ela achou curioso.

– O que você vai fazer comigo agora? – indagou ela, baixinho, rezando para que não tivesse cometido um erro ao questionar.

Ele estava encarando um ponto acima do ombro dela, mas, ao ouvir a pergunta, voltou a olhá-la nos olhos.

– Depende.

– Do quê?

– Veremos se o príncipe Aleksei ainda tem alguma estima por você. Acho que não vamos contar nada a ele sobre o seu comportamento indecoroso. Só para o caso de ele ainda desejar se casar com você.

– Eu não acho que...

– Não me interrompa, lady Olivia – rebateu o homem com uma nota de advertência na voz, apenas o suficiente para lembrá-la que não estava tomando chá com um amigo.

– Desculpe – murmurou ela.

– Se ele ainda a quiser, é melhor que continue acreditando que você é virgem. Não acha?

A considerar pelo tempo que Olivia passou imóvel, ficou muito claro que não era uma pergunta hipotética. Por fim, ela assentiu.

– E, depois que ele pagar pelo seu resgate – ele deu de ombros de forma fatalista –, vocês é que se resolvam. Não me interessa como – disse, e depois passou um bom tempo observando-a em um silêncio ensurdecedor até voltar a falar: – Aqui, tome mais um gole de chá antes que eu a amordace outra vez.

– Isso é mesmo necessário?

– Sinto muito, mas é sim. Você é muito mais esperta do que eu tinha imaginado. Não posso deixá-la de posse de nenhuma arma, incluindo sua voz.

Olivia bebeu o último gole de chá, e fechou os olhos enquanto o captor recolocava a mordaça. Quando ele terminou, ela voltou a se deitar e encarou o teto.

– Lady Olivia, recomendo que descanse – comentou ele, já à porta. – Será a única forma de ocupar seu tempo aqui.

Olivia nem se deu ao trabalho de olhar para ele. Com certeza o sujeito não devia esperar uma resposta, nem mesmo uma silenciosa, porque não disse mais nada ao fechar a porta. Olivia ouviu os dois cliques das trancas e, pela primeira vez desde o início daquele pesadelo, ela sentiu vontade de chorar. Não de protestar, não de se debater, só de chorar.

Sentiu as lágrimas, silenciosas e quentes, escorrendo pelas têmporas e caindo no travesseiro. Não conseguia nem enxugar o rosto. Por algum motivo, isso pareceu agravar ainda mais sua falta de dignidade.

O que ia fazer agora? Ficar deitada ali, esperando? *Descansar*, conforme sugerira o sequestrador? Impossível; a inércia estava acabando com ela.

Àquela altura, Harry já devia ter percebido seu sumiço. Mesmo que ela só tivesse passado alguns minutos inconsciente, ele já teria se dado conta. Já fazia no mínimo uma hora que estava trancada ali.

Mas será que ele saberia o que fazer? Tinha sido um soldado, é verdade, mas a situação era muito diferente de um campo de batalha, onde fica claro quem é o inimigo. E se ela ainda estivesse mesmo na residência do embaixador, como ele poderia interrogar as pessoas? Mais da metade dos empregados só falava russo. Harry podia saber dizer "por favor" e "obrigado" em espanhol, mas isso não seria de grande utilidade.

Olivia teria que salvar a si mesma ou, no mínimo, fazer de tudo para facilitar o trabalho de quem fosse resgatá-la.

Abandonando em definitivo a autopiedade, ela pôs as pernas para fora da cama e se sentou. Não podia ficar ali de braços cruzados.

Talvez pudesse dar um jeito nas amarras. Estavam bem firmes, mas não apertadas o bastante para chegar a feri-la. Talvez fosse capaz de alcançar os tornozelos. Seria um movimento bem desajeitado, já que teria que dobrar o corpo para trás, mas valia a tentativa.

Deitou-se de lado, dobrou as pernas para trás e se esticou... e se esticou...

E pronto! Ao alcançar, viu que não era corda, mas sim um retalho de tecido, amarrado bem firme. Ela resmungou. Era o tipo de material que ela tentaria cortar em vez de dasatar.

Nunca tivera muita paciência para esse tipo de coisa, assim como o bordado, que tanto odiava, e as aulas, que matara...

Se conseguisse desfazer aquele nó, ela aprenderia francês. Não, russo! Isso seria ainda mais difícil.

Se conseguisse desfazer aquele nó, terminaria de ler *Srta. Butterworth e o barão louco*. Chegaria até a procurar o outro volume sobre o tal coronel misterioso – e o leria também.

Escreveria mais cartas, e não só para Miranda. Participaria da entrega dos donativos para a caridade, em vez de apenas recolhê-los. Ela concluiria *tudo* o que já tinha começado.

Tudo.

E, tendo se apaixonado por sir Harry Valentine, definitivamente *não* deixaria de se casar com ele.

De jeito nenhum.

# *Capítulo vinte e três*

*H*arry continuou sentado em silêncio enquanto Aleksei virava sua segunda dose de vodca. Não disse nada quando o russo pegou a terceira, nem mesmo a quarta – que, na verdade, era o copo que ele havia servido para Harry. Mas quando ele foi pegar a garrafa para tomar a quinta...

– Não – vociferou Harry.

Surpreso, Aleksei o encarou.

– Como é?

– Não beba outra dose.

O semblante do príncipe assumiu uma expressão confusa.

– Está me dizendo para não beber? – questionou ele.

Uma das mãos de Harry se cerrou em um punho tenso.

– Estou dizendo que, se eu precisar da sua ajuda para encontrar Olivia, não quero que você esteja tropeçando ou borcando pelos corredores.

– Posso lhe assegurar de que eu nunca tropeço. E o que é isso de borcar?

– Largue a garrafa.

Aleksei não obedeceu.

– Largue. A. Garrafa.

– Acho que você está esquecendo quem eu sou.

– Eu nunca esqueço nada. E acho bom você não se esquecer disso também.

Aleksei apenas o encarou, e então disse:

– Você está sendo ridículo.

Harry se levantou.

– Não quer me provocar agora, quer?

Aleksei observou Harry por mais um momento, depois olhou para o copo e a garrafa em suas mãos. Então começou a servir.

Harry ficou vermelho.

Nunca tinha ficado daquela cor, e podia jurar que o mundo inteiro assumiu uma nuança diferente, mais quente. Ele sentiu a tensão se espalhando por sua cabeça e seus ouvidos rugiam como se ele estivesse no topo de uma montanha. Então simplesmente perdeu o controle. De tudo. O corpo dele saltou por volição própria e ficou claro que a mente não faria nada para impedir. Aterrissou sobre o príncipe como uma bola de canhão humana. Caíram juntos em cima da mesa e depois no chão, ambos encharcados de vodca.

Harry teve ânsia de vômito ao sentir o cheiro forte do álcool nas roupas, a bebida muito, muito gelada contra a pele.

Mas isso não o impediu. Nada teria sido capaz de impedi-lo. Ele não disse nada, porque não tinha nada a dizer. Pela primeira vez na vida, estava sem palavras. Sentia apenas raiva. Uma fúria pulsante percorria seu corpo e, quando ergueu o punho, prestes a socar o rosto do príncipe, tudo o que saiu de sua boca foi um berro de ira. E...

– Pare com isso!

Era Vladimir, que rapidamente arrancou Harry de cima de Aleksei e o atirou contra a parede oposta.

– Que diabo você está fazendo?

– Ele ficou louco – sibilou Aleksei, esfregando o pescoço.

Harry não fazia nada além de respirar, emitindo um som ríspido e furioso.

– Cale a boca – bradou Vladimir, olhando então para Harry de cara feia, como se estivesse antevendo uma interrupção. – Vocês dois, escutem aqui.

Vladimir avançou, chutando sem querer a garrafa no chão. Ela saiu rodopiando pela sala, aspergindo a vodca que ainda restara. O russo grunhiu de nojo, mas não disse nada. Depois de dar uma boa olhada em ambos os homens, continuou a falar:

– Inspecionei o prédio e tudo leva a crer que lady Olivia ainda está aqui dentro.

– O que o faz acreditar nisso? – perguntou Harry.

– Há guardas em todas as portas.

– Em uma festa?

Vladimir deu de ombros.

– Há muitos motivos para querer proteger o que há dentro desta casa.

Harry esperou por mais informações, mas Vladimir não as deu. Meu Deus, parecia que estava falando com Winthrop. Até aquele momento, Harry não tinha se dado conta de quanto odiava aquilo – aquele monte de frases vagas, os segredos que deveriam permanecer secretos.

– Nenhum dos guardas a viu sair – prosseguiu Vladimir. – A única porta pela qual poderia ter saído sem ser vista por eles é a principal, onde a festa está acontecendo.

– Ela não voltou para o salão, disso eu sei. – Harry explicou melhor: – Olivia foi ao lavabo, mas não voltou à festa.

– Tem certeza?

– Tenho – disse, assentindo.

– Então podemos presumir que ela não saiu daqui. Não sabemos se ela sequer chegou ao banheiro e...

– Chegou, sim – interrompeu Harry, se dando conta da burrice de não ter mencionado antes. – Ela ficou algum tempo lá. A amiga dela me contou que encontrou com ela lá dentro.

– Quem é essa amiga? – perguntou Vladimir.

Harry balançou a cabeça, dizendo:

– Não me lembro o nome. Mas acho que não deve ter nenhuma outra informação útil para nos dar. Ela disse que saiu antes de Olivia.

– Mas ela pode ter visto alguma coisa. Vá atrás dela – ordenou Vladimir. – Traga-a até aqui. Vou interrogá-la.

– Não é uma boa ideia – argumentou Harry. – A não ser que você esteja disposto a sequestrá-la também. A garota não é capaz de guardar segredo nem que a vida dela dependa disso, que dirá a de outra pessoa.

– Então vá você falar com ela e depois volte para cá. – Vladimir virou-se para Aleksei: – Você fica aqui. Para o caso de mandarem mais alguma mensagem.

Aleksei respondeu alguma coisa, mas Harry não ouviu. Já estava no meio do corredor, indo procurar a tal garota cujo nome ele não lembrava.

– Espere! – chamou Vladimir.

Harry parou, derrapando, e deu meia-volta, impaciente. Não tinha tempo a perder.

– Não precisa ir procurá-la – disse Vladimir bruscamente. – Foi só um esquema para fazer você sair da sala, deixando *ele* – meneou a cabeça na direção da saleta em que Aleksei aguardava – lá dentro.

A cabeça de Harry fervilhava, mas sua voz saiu estável ao perguntar:

– Você suspeita que ele esteja envolvido?

– *Nyet*. Mas ele será um aborrecimento. Você, por outro lado, agora que teve tempo de se acalmar...

– Não pense, nem por um momento, que estou calmo – retrucou Harry, de má vontade.

Vladimir ergueu a sobrancelha; mesmo assim, enfiou a mão no casaco e tirou uma arma, estendendo a empunhadura para Harry.

– Acho que você não faria algo estúpido – concluiu ele.

Harry aceitou a arma, mas Vladimir não a soltou.

– Ou faria? – perguntou ele.

*O quê, algo estúpido?*

– Não – respondeu Harry, rezando para que fosse verdade.

Vladimir continuou segurando a arma por mais alguns instantes e então soltou-a de forma abrupta. Observou Harry inspecioná-la e depois disse:

– Vamos.

Seguiram juntos pelo corredor, apressados. Fizeram uma curva e Vladimir parou diante de uma porta, mas olhou para os dois lados antes de se enfiar no cômodo vazio e pedir que Harry o acompanhasse. Vladimir levou o dedo aos lábios e foi inspecionar o aposento para se certificar de que estava mesmo vazio.

– Foi o embaixador quem pegou Olivia – revelou ele. – Ou melhor, os homens dele. Ele ainda está na festa.

– O quê?

Harry só conhecera o sujeito naquela noite, quando o anfitrião recebera os convidados, mas, ainda assim, era difícil de acreditar.

– Ele está precisando de dinheiro. Logo será chamado de volta à Rússia e seus recursos são limitados.

Dando de ombros, Vladimir abriu os braços aludindo à opulência que os cercava.

– Ele se acostumou a viver neste palácio. E sempre teve inveja do primo – acrescentou o russo.

– Por que você acha que foi ele quem sequestrou Olivia?

– Tenho outros homens atuando no momento – respondeu Vladimir, de forma vaga.

– E você não vai me dizer nada além disso.

Harry estava irritado, cansado de nunca saber cem por cento da história.

– E eu não vou dizer nada além disso, meu amigo – repetiu o russo, dando de ombros outra vez. – Assim é mais seguro.

Harry ficou calado, já que talvez não respondesse por si.

– Os pais de lady Olivia notaram a ausência dela – falou Vladimir.

Harry não estava surpreso. Já fazia mais de uma hora.

– Até onde sei, ninguém mais se deu conta – prosseguiu Vladimir. – A festa está regada a álcool. Acho que não perceberam que tem um pouco de vodca na limonada.

Harry o encarou, pasmo.

– O quê?

– Você não sabia?

Ele balançou a cabeça. Quantos copos de limonada tinha tomado? Que diabo! Ele sentia que estava com a cabeça no lugar, mas será que conseguiria perceber a diferença? Nunca ficara bêbado, afinal. Nem ligeiramente alterado.

– A ausência do príncipe também já foi notada – prosseguiu Vladimir. – Os pais dela estão com medo de que os dois estejam juntos.

Harry contraiu os lábios com força e seu peito ardeu só de pensar na insinuação, mas não era hora de sentir ciúmes.

– Eles querem manter tudo debaixo dos panos. Os dois estão com o embaixador agora mesmo.

– Com o embaixador? Mas ele...

– Ele está representando à perfeição o papel de anfitrião preocupado. – Vladimir cuspiu no chão. – Nunca confiei nesse sujeito.

Um tanto surpreso, Harry olhou para cusparada no chão. Era a maior demonstração de emoção que já vira do russo. Ao erguer o rosto, Vladimir notou a curiosidade no semblante de Harry e sustentou o olhar, implacável.

– Se tem algo que não suporto é um homem que se aproveita das mulheres.

Havia um mundo inteiro por trás daquele comentário, mas Harry sabia que era melhor não perguntar. Aquiesceu uma vez, para demonstrar respeito, e então indagou:

– E agora?

– Eles sabem onde o príncipe está. Então é para lá que vão mandar qualquer bilhete. Instruí Aleksei a não fazer nada, e acho que ele não é idiota a ponto de me desobedecer.

Harry torcia para que fosse verdade. Achava que sim, mas, por outro lado, o príncipe tinha bebido.

– Enquanto ele espera, vamos procurar.

– Quantos cômodos tem esse maldito mausoléu?

– Não sei ao certo – disse Vladimir, balançando a cabeça. – Uns quarenta, no mínimo. Talvez mais. Mas se eu fosse sequestrar uma garota, eu a levaria para a ala norte.

– Por quê?

– É mais erma. E os quartos são menores.

– Não seria de se pensar que procurariam lá primeiro?

Vladimir seguiu na direção da porta.

– O sequestrador não sabe que tem alguém procurando. Acha que eu não passo de um criado burro. – Ele lançou um olhar penetrante para Harry. – E não faz ideia de quem você é. – Pôs a mão na maçaneta. – Pronto?

Harry segurou a arma com força.

– Pode ir na frente.

Levou cerca de meia hora. Olivia sentia que os braços estavam prestes a se desgrudar dos ombros quando finalmente passou os dedos por baixo de um nó que estava começando a desfazer. Parou, ouvindo com atenção – teria escutado passos?

Ela esticou o corpo, voltando à mesma posição em que estava quando seu captor se fora.

Mas não, nada. Nada de trincos se destrancando, nada de porta se abrindo. Voltou a se dobrar para trás até tatear outra vez o nó nos tornozelos. Com certeza estava menor, mas ela ainda tinha muito trabalho pela frente. Muito mesmo. Não dava para ter certeza, mas parecia um nó quadrado duplo. Na verdade, agora era um e meio. Se conseguisse desfazer a seção seguinte, ela...

Ela ainda estaria presa.

Suspirou profundamente, de desânimo e exaustão. Se tinha demorado todo aquele tempo para desfazer uma parte tão pequena do nó...

*Não!*, repreendeu-se Olivia. Tinha que persistir. Se conseguisse desfazer mais duas seções, daria para se livrar do restante do nó.

Ela conseguiria.

Trincando os dentes, retomou o trabalho. Agora que já sabia o que estava fazendo, talvez o próximo trecho se desfizesse com mais facilidade. Olivia já tinha entendido o jeito certo de mexer os dedos, enfiando um pela borda para esgarçá-la, de um lado para outro, até afrouxar o nó.

Ou talvez fosse mais rápido porque seus ombros estavam completamente dormentes. A ausência de dor certamente agiria a seu favor.

Ela se contorceu... e se remexeu... e se contorceu... e se remexeu... e arqueou as costas... e se esticou... e rolou... e rolou de novo e...

Perdeu o equilíbrio.

Caiu estatelada no chão com um baque alto. Um baque muito alto. Olivia estremeceu, rezando para que o homem não notasse que as amarras dos tornozelos estavam mais frouxas, e esperou o clique dos trincos.

Mas não houve nada.

Como ele não a ouvira? Parecia impossível. Olivia nunca fora uma pessoa graciosa; com ambas as mãos e os pés amarrados, então, era uma pateta. Não precisava nem dizer que havia caído de um jeito bem barulhento.

Bem, talvez não houvesse ninguém lá fora. Olivia presumira que o captor estava sentado numa cadeira do lado de fora do quarto, mas não havia, na verdade, nenhum motivo para tal. Certamente ele achava que ela não conseguiria escapar, e Olivia tinha bastante certeza de que, a não ser por ela, aquela ala da mansão estava deserta. Os únicos passos que ouvira foram imediatamente seguidos pela aparição do sujeito grisalho.

Passou mais um segundo deitada no chão, esperando, só para o caso de alguém aparecer, então se arrastou pelo assoalho até a porta para espiar pela fresta. Não era maior que meio centímetro e não dava para ver muita coisa – o corredor era quase tão mal iluminado quanto o quarto. Ela pensou que, se houvesse alguma sombra por ali, daria para ver pela fresta.

Mas não viu nenhuma.

Então não havia ninguém de guarda. Tinha que ser uma informação útil, mas, amarrada como estava, não sabia como usá-la. E não tinha muita certeza de como conseguiria voltar para o colchão. Podia tentar se apoiar em uma das pernas da cama, mas a mesa com o bule estava bloqueando a perna mais próxima da cabeceira, e...

O bule!

Olivia foi arrebatada por tamanho entusiasmo e força que, no mesmo instante, deu um jeito de virar o corpo e seguiu o mais rápido possível para a mesa. Depois de se arrastar, empurrar, se arrastar...

Ali estava ela. E agora? Como derrubar tudo no chão? Se conseguisse quebrar o bule, poderia usar um caco para cortar o retalho que a amarrava.

Com esforço, Olivia pôs os pés embaixo do corpo. Usando a lateral da cama como apoio, foi se erguendo devagar, os músculos reclamando de todo aquele empenho, até conseguir ficar de pé. Passou alguns instantes se recuperando, depois seguiu de costas até a mesinha, dobrando as pernas até as mãos ficarem na altura certa para pegar o cabo do bule.

*Por favor, que não haja ninguém lá fora, que não haja ninguém lá fora.*

Seria preciso usar muita força. Não podia simplesmente largar o troço no chão. Olivia esquadrinhou o cômodo em busca de inspiração. Começou a girar.

*Por favor por favor por favor.*

Foi girando cada vez mais rápido e então... mandou o bule pelos ares.

Ele bateu na parede com um estrondo considerável, e Olivia, morrendo de medo de que alguém irrompesse porta adentro, foi quicando de volta à cama e se deitou de costas, embora não fizesse ideia de como explicaria o bule quebrado perto da parede.

Mais uma vez, ninguém apareceu.

Ela prendeu a respiração. Começou a se levantar. Seus sapatos tocaram o chão, e então...

Passos. Acelerados, vindo em sua direção.

*Ah, meu Deus.*

Vozes também. Falando russo. Pareciam apressadas. Irritadas.

Eles não fariam nada com ela, certo? Era valiosa demais. O príncipe Aleksei pagaria seu resgate, e...

E se o príncipe Aleksei a mandasse às favas? Afinal, ele não a cortejava mais. E sabia que ela estava interessada em Harry. E se ele se sentisse rejeitado? E se quisesse se vingar?

Olivia voltou à cama, encolhendo-se no cantinho, assustada. Seria tão bom ser corajosa, encarar com o queixo erguido e um olhar desafiador o que quer que viesse, mas ela não era Maria Antonieta, vestindo-se de branco para o cadafalso, pedindo perdão ao carrasco de forma magnânima por ter pisado acidentalmente no pé dele.

Não, ela era Olivia Bevelstoke, e não queria morrer nem se fosse com dignidade. Não queria estar ali, não queria sentir aquele pavor horroroso que a dilacerava por dentro.

Alguém começou a bater à porta – de forma rápida, rítmica e brutal.

Olivia começou a tremer. Encolheu-se o máximo que pôde, enterrando a cabeça entre os joelhos. *Por favor por favor por favor*, entoava ela mentalmente, sem parar. Pensou em Harry, na família, em...

A madeira da porta começou a se soltar. Olivia rezava para não entrar em pânico. E então tudo veio abaixo.

E aí ela gritou, um som gutural que veio do fundo de seu ser. A mordaça parecia se enterrar em sua língua, como se um ar seco, calcinante, descesse por sua traqueia.

E então alguém chamou o nome dela.

Em meio ao ar obscurecido pela poeira e pela noite, ela só conseguiu ver a silhueta de um homem enorme seguindo em sua direção.

– Lady Olivia. – A voz dele era rouca e grave. E tinha um sotaque carregado. – A senhorita está ferida?

Era Vladimir, o criado corpulento e costumeiramente silencioso do príncipe Aleksei. De repente, ela só conseguia pensar no jeito como ele puxara e torcera o braço de Sebastian Grey, e... Deus do céu. Se o homem era capaz de fazer aquilo, com certeza a partiria em duas, e...

– Deixe-me ajudá-la – disse ele.

Ele falava inglês? Desde quando ele falava inglês?

– Lady Olivia? – A voz grave dele saiu pouco mais alta que um grunhido.

Olivia se retraiu completamente quando ele pegou uma faca, mas Vladimir foi ágil em cortar as tiras da mordaça. Ela tossiu, engasgada, mal ouvindo quando ele gritou algo em russo. Alguém respondeu, também em russo, e Olivia ouviu passos apressados... se aproximando... e então...

*Harry?*

– Olivia! – gritou ele, correndo na direção dela.

Vladimir disse algo a ele (em russo) e Harry deu uma resposta curta.

Também em russo.

Ela encarava ambos, em choque. O que estava acontecendo? Por que Vladimir estava falando inglês?

*Por que Harry estava falando russo?*

– Olivia, graças a Deus! – Harry tomou o rosto dela nas mãos. – Diga que você não está ferida. Por favor, o que aconteceu?

Mas ela não conseguia se mexer, não conseguia pensar direito.

Ele tinha falado russo e parecera até uma pessoa completamente diferente. Voz diferente, *rosto* diferente, a boca e os músculos da face se mexendo de forma completamente diferente. Ela se retraiu. Será que o conhecia? Será que o conhecia mesmo? Ele contara que o pai era alcóolatra, que fora criado pela avó... Será que *alguma dessas* coisas era verdade?

Deus do céu, o que ela fizera? Tinha se entregado a alguém que não conhecia, em quem não podia confiar.

Vladimir entregou algo a Harry, que assentiu e disse outra coisa em russo.

Olivia tentou se afastar, mas já estava acuada à parede.Com a respiração alterada, encurralada. Não queria estar ali com aquele homem que *não era* Harry, e...

– Fique parada – disse ele, levantando a faca.

Olivia ergueu o rosto, viu o brilho do metal se aproximando e gritou.

Harry nunca mais queria ouvir aquele som.

– Não vou machucá-la – disse ele, tentando soar o mais calmo e tranquilizador possível.

As mãos que cortaram as amarras dela eram firmes, mas por dentro Harry ainda estava trêmulo. Já sabia que a amava. Já sabia que precisava dela, que jamais seria feliz sem ela. Só que até aquele momento não tinha entendido a extensão e a profundidade de seus sentimentos, não tinha compreendido que, sem ela, ele não era nada.

Então ela gritou, com medo *dele*.

Harry quase sufocou de angústia.

Soltou os tornozelos primeiro, depois os pulsos, mas, quando estendeu a mão para confortá-la, ela emitiu um ganido quase inumano e saltou da cama. Foi tão rápida que ele não conseguiu contê-la. Olivia tentou se levantar, mas seus pés deviam estar dormentes, porque as pernas se dobraram e ela caiu no chão.

Deus do céu, ela estava apavorada. Com medo *dele*. O que tinham lhe dito? O que tinham feito com ela?

– Olivia – disse ele, com cautela, estendendo a mão lentamente.

– Não encoste em mim.

Olivia tentou engatinhar para longe, arrastando os pés inúteis.

– Olivia, deixe-me ajudar você.

Foi como se ela não tivesse ouvido.

– Temos que ir – falou Vladimir, em russo.

Harry nem ergueu o rosto ao pedir mais um minuto, em russo, sem nem pensar.

Olivia arregalou os olhos, desesperada, e fitou a porta: ficou claro que tentaria fugir.

– Eu deveria ter contado a você – falou Harry, de súbito, dando-se conta do que desencadeara o pânico dela. – Minha avó era russa. Ela só falava em russo comigo quando eu era criança. É por isso que...

– Não temos tempo para explicações – cortou Vladimir, ríspido. – Lady Olivia, temos que ir *agora*.

Respondendo ao tom autoritário, talvez, Olivia aquiesceu, embora ainda instável e apavorada, e permitiu que Harry a ajudasse a se levantar.

– Vou explicar tudo assim que puder – prometeu ele. – Juro.

– Como vocês me encontraram? – murmurou ela.

Enquanto deixavam o quarto às pressas, ele olhou bem nos olhos dela. Algo havia mudado; Olivia ainda estava abalada, mas Harry já conseguia vislumbrar sua essência. Porque, antes, tudo que vira fora o mais puro terror.

– Ouvimos o barulho que você fez – falou Vladimir, com a arma a postos enquanto espiava a próxima curva. – Você deu muita sorte. Embora, talvez, tenha sido burrice da sua parte, ainda bem que agiu assim.

Olivia assentiu e então perguntou para Harry:

– Por que ele está falando inglês?

– Ele não é apenas um simples guarda-costas – contou Harry.

Torcia para que aquela explicação fosse suficiente por ora. Não convinha desenredar a história toda naquele momento.

– Vamos – exclamou Vladimir, chamando-os.

– Quem é ele? – sussurrou Olivia.

– Não sei dizer – respondeu Harry.

– Vocês nunca mais me verão novamente – disse Vladimir, num tom quase casual.

Por mais que estivesse começando a respeitar o sujeito (e inclusive a gostar dele), torcia fervorosamente para que fosse verdade. E então decidiu que tinha chegado ao limite. Quando saísse daquela casa, pediria demissão do Departamento de Guerra. Ia se casar com Olivia e a levaria para Hampshire, onde teriam um monte de filhos bilíngues e, ao se sentar à mesa de seu escritório todos os dias, ele desempenharia a exótica tarefa de cuidar da contabilidade da propriedade.

Gostava da monotonia. *Ansiava* pela monotonia.

Contudo, essa não seria a tônica do restante da noite...

# Capítulo vinte e quatro

Quando chegaram ao térreo, Olivia já sentia os pés outra vez e não dependia tanto de Harry. Mas não soltou a mão dele.

Ainda estava apavorada, com o coração na boca e o sangue rugindo nos ouvidos, incapaz de assimilar o fato de que ele falava russo e tinha uma arma na mão. Não sabia se podia mesmo confiar nele e, para piorar, não sabia se podia confiar no próprio discernimento – temia ter se apaixonado por uma ilusão, por um homem que não existia.

Ainda assim, não soltou a mão dele. Naquele momento apavorante, a mão de Harry era sua única segurança.

– Por aqui – chamou Vladimir, seco, indicando o caminho.

Estavam indo para o escritório do embaixador, onde os pais dela esperavam. A julgar pelo silêncio nos corredores, Olivia presumiu que ficava longe dali. Quando voltasse a ouvir os sons da festa, enfim estariam chegando.

Mas avançavam lentamente. A cada curva, bem como no topo e aos pés de cada escadaria, Vladimir parava, pedia silêncio e se colava à parede para investigar o caminho à frente. E todas as vezes, Harry a empurrava para trás e a protegia com o próprio corpo.

Olivia entendia a necessidade de serem cautelosos, mas algo dentro dela parecia prestes a explodir. Tudo que Olivia queria era deixar os dois ali e sair correndo, sentir o vento batendo no rosto enquanto seguia em disparada pelos corredores.

Queria ir para casa. Queria ver a mãe.

Queria arrancar aquele vestido e queimá-lo, queria tomar um longo banho, beber alguma coisa doce ou amarga ou refrescante – qualquer coisa que apagasse depressa o gosto do medo na boca.

Queria se encolher na cama e cobrir o rosto com o travesseiro – não queria nem pensar em nada daquilo. Pela primeira vez na vida, Olivia *não estava* curiosa. Era bem possível que, no dia seguinte, fosse querer saber os mínimos detalhes daquela situação toda, mas naquele exato momento ela só queria fechar os olhos.

E continuar segurando a mão de Harry.

– Olivia.

Ela olhou para ele e, só então, notou que tinha *mesmo* fechado os olhos. E quase perdera o equilíbrio.

– Você está bem? – sussurrou ele.

Olivia assentiu, embora não estivesse. Mas achava que estava bem o suficiente para chegar ao fim da noite e fazer o que deveria ser feito.

– Você consegue continuar? – perguntou ele.

– Tenho que conseguir, não é?

Porque, sinceramente, que outra saída havia?

Ele apertou a mão dela.

Olivia engoliu em seco, olhando o ponto em que sua pele encontrava a dele. O toque era quente, muito quente, e ela ficou se perguntando se, para Harry, os dedos dela não estariam parecendo pequenas pedrinhas de gelo pontiagudas.

– Não falta muito – garantiu ele.

*Por que você estava falando em russo?*

As palavras chegaram à ponta da língua e quase se atropelaram boca afora, mas Olivia as conteve a tempo. Não era hora para perguntas. Tinha que se concentrar no que estava fazendo, no que *ele* estava fazendo por ela. A casa do embaixador era imensa e, quando fora levada para aquele quarto, ela se encontrava desacordada. Duvidava que teria sido capaz de achar o caminho de volta para o salão de baile – pelo menos não sem se perder diversas vezes.

Olivia tinha fé de que ele a levaria de volta à segurança. Não tinha escolha. Precisava confiar nele.

Então, pela primeira vez desde que Vladimir a resgatara, ela olhou para Harry – olhou de verdade. E sentiu que enfim se dissipava a névoa difusa e estranha que a envolvera antes. Finalmente voltava a pensar com clareza. Pelo menos, refletiu ela, com um sorrisinho pesaroso, com clareza suficiente para saber que confiava nele de verdade.

Não porque não tivesse escolha, mas porque confiava mesmo. Porque o amava. E, por mais que não entendesse por que ele não lhe contara que sabia falar russo, ela o conhecia *de verdade*. Ao olhar para o rosto de Harry, ela o via lendo *Srta. Butterworth* para ela, repreendendo-a por interromper. Ela o via na sala de visitas, insistindo em protegê-la do príncipe.

Ela o via sorrir. Ela o via gargalhar.

E via, através de seus olhos francos, a alma de Harry ao dizer que a amava.

– Eu confio em você – sussurrou ela.

Harry não ouviu, mas não importava. Não era para ele que ela tinha falado.

Era para si mesma.

⁓

Harry tinha esquecido quanto odiava estar numa situação como aquela. Lutara batalhas suficientes para aprender que alguns homens eram viciados em perigo – e também para reconhecer que não era um deles.

Conseguia agir de forma calma e racional, mas depois, protegido pelo manto da segurança, sofria de tremores. Sua respiração acelerava e, mais de uma vez, chegara até mesmo a vomitar.

Não gostava de sentir medo.

E em toda a sua vida nunca sentira tanto medo como naquela noite.

Os homens que levaram Olivia eram implacáveis, dissera Vladimir enquanto procuravam por ela. Fazia anos que serviam ao embaixador, recebendo recompensas vultosas por seus atos condenáveis. Eram leais e violentos – uma combinação aterrorizante. Seu único consolo era que não fariam mal a Olivia enquanto achassem que ela tinha algum valor para o príncipe. Agora que Olivia tinha escapado, só Deus sabia como iriam tratá-la. Talvez considerassem que estava arruinada e que, portanto, não valia mais nada.

– Não falta muito – falou Vladimir, em russo, ao chegarem ao pé da escada.

Só precisavam atravessar a longa galeria para voltar à parte pública da residência. Lá estariam a salvo. A festa ainda acontecia a todo vapor e ninguém tentaria nada contra Olivia diante dos olhos de centenas das figuras mais proeminentes da Inglaterra.

– Estamos quase lá – sussurrou Harry para Olivia, que estava com as mãos geladas, mas parecia ter recobrado boa parte do ânimo.

Vladimir se esgueirava à frente. Pegaram a escada de serviço que, infelizmente, os levou a uma porta fechada. Com o ouvido colado à madeira, o russo se pôs a escutar.

Harry puxou Olivia para mais perto.

– Agora – falou Vladimir, em voz baixa.

Ele abriu a porta bem devagar, saiu e então fez um gesto para que eles o seguissem.

Harry deu um passo, depois outro, com Olivia logo atrás.

– Vamos, vamos – sussurrou Vladimir.

Moveram-se rápida e silenciosamente, até que de repente...

*Pá!*

Por reflexo, Harry puxou a mão de Olivia com força, para protegê-la com seu próprio corpo, mas não havia abrigo ou proteção à vista. Apenas o corredor amplo e exposto – e, em algum lugar, alguém apontando uma arma para eles.

– Corram! – berrou Vladimir.

Harry largou a mão de Olivia – ela correria melhor com os dois braços livres – e gritou:

– Vai!

Então saíram correndo. Passaram a toda pelo corredor, derrapando atrás de Vladimir, numa curva. Atrás deles, uma voz gritava em russo, ordenando que parassem.

– Não pare! – gritou Harry para Olivia.

Outro tiro soou, mais perto desta vez, cortando o ar acima do ombro de Harry. Ou talvez o próprio ombro. Ele não sabia dizer.

– Por aqui! – ordenou Vladimir.

Fizeram outra curva, depois atravessaram outro corredor.

Os tiros pararam, os passos atrás deles também, e então, sabe-se lá como, os três irromperam no escritório do embaixador.

– Olivia! – guinchou a mãe, correndo para abraçá-la.

Harry observou Olivia, que até então não derramara uma única lágrima (pelo menos, não que ele tivesse visto), se debulhar nos braços da mãe.

Procurou apoio na parede. Estava zonzo.

– Você está bem?

Harry piscou, confuso. Era o príncipe Aleksei, que o encarava com preocupação.

– Você está sangrando.

Harry olhou para baixo. Segurava o próprio ombro. Nem se dera conta de que estava fazendo isso. Quando ergueu a mão, viu o próprio sangue. O que era estranho, porque não estava sentindo dor. Talvez fosse o ombro de outra pessoa.

Seus joelhos cederam.

– Harry!

Então, ficou tudo... bem, não exatamente escuro. Por que todos sempre dizem que tudo fica escuro antes de um desmaio? Estava tudo vermelho. Ou talvez verde.

Ou talvez...

*Dois dias depois*

## Experiências que espero nunca ter que repetir
### por Olivia Bevelstoke

Olivia hesitou e tomou um gole do chá que seus pais, preocupados, tinham mandado levar ao quarto dela junto com uma travessa grande de biscoitos. Honestamente, por onde começar uma lista como essa? Vejamos, ficara inconsciente (soube depois que tinha se tratado de um pano embebido com algum tipo de droga), amordaçada e com os pulsos e tornozelos amarrados.

Ah, e não podia deixar de mencionar o fato de ter bebido chá das mãos do homem responsável por todos os itens anteriores. Mais uma afronta à dignidade do que qualquer outra coisa, o que certamente ocuparia o topo da lista.

Olivia prezava muito a própria dignidade.

O que mais? Testemunhar uma porta sendo quebrada não tinha sido nem um pouco divertido. A expressão no rosto dos pais quando ela finalmente voltou para eles – muito aliviados, é claro, mas o tipo de alívio que vinha ao custo de um pavor incomensurável, e Olivia nunca mais queria ver aquele sentimento nos olhos das pessoas que amava.

E então, esta que, por Deus, tinha sido a pior de todas: ver Harry desabar no chão do escritório do embaixador. Ela não tinha se dado conta de que ele fora baleado. Como pudera deixar isso passar? Estava ocupada demais chorando nos braços da mãe para ver que ele segurava o próprio ombro e estava pálido como a morte.

Até aquele momento, Olivia tinha sentido muito medo, mas nada – nada – se comparava ao pavor dos trinta segundos que transcorreram entre a queda de Harry e o instante em que Vladimir afirmou que o ferimento era superficial.

De fato, era mesmo. Logo no dia seguinte, ficou comprovado que Vladimir tinha razão, pois Harry já estava de pé. Ele fora visitá-la no desjejum, quando, enfim, explicara tudo: por que não tinha revelado que sabia falar russo, o que ele realmente fazia durante as tardes em que ela o espionara à escrivaninha e até mesmo o motivo pelo qual fora vê-la naquela primeira tarde louca e maravilhosa, quando lhe dera *Srta. Butterworth*. Não tinha sido apenas cordialidade entre vizinhos, muito menos porque nutria por ela algum sentimento além do desdém. Ele estava seguindo *ordens*. Do Departamento de Guerra, ainda por cima.

Era muito para assimilar enquanto comia ovos cozidos e tomava chá.

Mas Olivia continuou ouvindo, e compreendeu. Agora tudo estava resolvido, todas as arestas aparadas. O embaixador e seus homens foram detidos, entre eles o captor grisalho. O príncipe Aleksei enviara um pedido de desculpas formal em nome de toda a nação russa, e Vladimir cumprira sua promessa e desaparecera.

Contudo, passaram-se 24 horas e ela não vira nem sinal de Harry. Ele fora embora depois do café da manhã, e Olivia presumira que ele voltaria, mas...

Nada.

Não estava preocupada. Nem um pouco. Mas era estranho. Muito estranho.

Bebeu mais um gole do chá e deixou a xícara no pires. Então pôs as louças em cima de *Srta. Butterworth*, porque o tempo todo sentiu um impulso de pegar o livro.

E ela não queria ceder. Não sem Harry. Além do mais, ainda não havia terminado de ler o jornal. Já tinha lido metade e queria chegar logo às notícias mais interessantes. Houvera rumores de que a saúde de monsieur Bonaparte estava cada vez pior. Olivia imaginava que ele não tinha morrido ainda, porque uma notícia dessas estamparia a primeira página com uma manchete tão proeminente que ela não conseguiria deixar de notar.

Mesmo assim, podia haver algo interessante, de modo que voltou a pegar o periódico. Tinha acabado de encontrar um artigo interessante quando ouviu alguém bater à porta.

Huntley, com um pequeno pedaço de papel. Quando se aproximou, Olivia notou que era um bilhete, dobrado em três e lacrado com cera azul-escura. Ela agradeceu e, enquanto o mordomo se retirava, examinou o selo. Era bem simples: apenas um V, numa caligrafia elegante e cheia de floreios.

Ela abriu o lacre e desdobrou o bilhete.

*Venha à janela.*

Só isso. Apenas uma frase. Olivia sorriu, lendo as palavras mais uma vez antes de se levantar da cama. Então ficou de pé num pulo, mas se deteve por alguns segundos antes de atravessar o cômodo.

Precisava esperar. Queria saborear aquele momento porque…

Porque *ele* o tinha criado. Harry imaginara aquele momento. E ela o amava.

*Venha à janela.*

Ela se flagrou abrindo um sorriso bobo. Em geral, Olivia não gostava de receber ordens, mas, naquela ocasião, estava extasiada.

Foi até a janela e abriu as cortinas. E então o viu esperando por ela.

Olivia abriu a o vidro.

– Bom dia – disse Harry.

Tinha um ar bastante solene. Ou melhor, só do nariz para baixo. Porque os olhos eram os de quem estava aprontando algo.

Ela sentiu que os próprios olhos brilhavam. Não era uma sensação curiosa?

– Bom dia – respondeu ela.

– Como você está?

– Muito melhor, obrigada. Acho que eu precisava descansar.

Ele concordou:

– Depois de um choque, descanso é mesmo necessário.

– Fala por experiência própria? – indagou ela.

Mas a pergunta não era necessária; a expressão no rosto dele deixava claro que sim.

– Sim, em função do tempo que passei no Exército.

Curioso. A conversa era simples, mas não tediosa. Não havia desconforto entre eles; estavam apenas aquecendo. E Olivia já sentia as primeiras comichões de expectativa.

– Comprei outro exemplar de *Srta. Butterworth* – disse ele.

– É? – Olivia se debruçou na janela. – E terminou de ler?

– Com certeza.

– Fica melhor?

– Bem, ela descreve o episódio dos pombos com uma surpreendente riqueza de detalhes.

– *Não!*

Ah, céus, ela *ia* terminar de ler aquele maldito livro. Se a autora realmente retratava uma morte causada por um ataque de pombos... agora, sim, valia o esforço.

– É verdade – falou Harry. – E a Srta. Butterworth testemunhou todo o infeliz evento. Ela o revive em um sonho.

Olivia deu de ombros.

– O príncipe Aleksei vai amar.

– Na verdade, ele me contratou para verter o livro *inteiro* para o russo.

– Mentira!

– Verdade. – Ele olhou para Olivia com um misto de timidez e orgulho. – Já comecei a traduzir o primeiro capítulo.

– Nossa, que empolgante. Quero dizer, que horrível também, já que você terá que ler esse maldito livro de novo, mas imagino que seja diferente quando se está sendo pago para isso.

Harry deu uma risadinha.

– Devo admitir que é bem diferente dos documentos do Departamento de Guerra.

– Sabe que eu acho que até gostaria mais deles?

Fatos secos e sem emoção faziam mais o tipo dela.

– Aposto que sim – concordou ele. – Você é mesmo uma mulher muito esquisita.

– Como sempre, sir Harry, seus elogios são mui lisonjeiros.

– O que era de se esperar, considerando que sou um artesão das palavras.

Ela se pegou sorrindo. Tinha meio corpo pendurado para fora da janela e um sorriso nos lábios. E estava felicíssima.

– O príncipe Aleksei paga muito bem – acrescentou Harry. – Ele acha que *Srta. Butterworth* será um sucesso estrondoso na Rússia.

– Bem, ele e Vladimir, pelo menos, gostaram muito.

Harry aquiesceu.

– Graças a isso posso me afastar do Departamento de Guerra.

– É isso mesmo que você quer? – perguntou Olivia.

Fazia bem pouco tempo que Olivia tomara ciência do trabalho dele, mas tinha a sensação de que ele não gostava muito do que fazia.

– É – respondeu ele. – Acho que nessas últimas semanas eu finalmente me dei conta de que estou cansado de tantos segredos. Gosto de traduzir, mas se eu puder me limitar aos romances góticos...

– Romances góticos *sombrios* – corrigiu ela.

– Exato – concordou Harry. – Eu... Ah, um segundo, nosso outro convidado chegou.

– Nosso outro... – Ela olhou para um lado e para outro, confusa. – Há mais alguém aqui?

– Olá, lorde Rudland – cumprimentou Harry, fazendo uma mesura respeitosa para a janela à esquerda e abaixo de Olivia.

– Pai?

Olivia olhou para baixo, pasma. E talvez um pouco encabulada.

– Olivia?

O pai dela pôs metade do corpo para fora, virando-se para cima de forma canhestra para tentar vê-la.

– O que está fazendo aí? – indagou ele.

– Eu ia fazer a mesmíssima pergunta ao senhor – disse ela, o constrangimento na voz ajudando a mascarar um pouco a empáfia.

– Recebi um bilhete de sir Harry requisitando minha presença nesta janela – disse lorde Rudland, que se destorceu e voltou a encarar Harry. – Do que se trata, meu jovem? E por que minha filha está pendurada na janela feito uma fofoqueira?

– Mamãe também veio? – questionou Olivia.

– Sua mãe também veio?

– Não, papai, eu é que estou perguntando, já que o *senhor* está aqui e...

– Lorde Rudland – chamou Harry, o tom de voz suficientemente alto para interromper os dois –, gostaria de pedir a mão de sua filha em casamento.

Olivia arquejou, depois soltou um gritinho e, então, saltitou – uma péssima ideia, porque bateu com a cabeça na janela. Recobrando a compostura, voltou a se debruçar na janela e olhou para Harry com os olhos marejados.

– Ah, Harry – suspirou ela.

Ele tinha prometido um pedido decente de casamento. E ali estava ele. Não podia ter sido mais perfeito.

– Olivia – disse o pai dela.

Ela olhou para baixo, enxugando os olhos.

– Por que sir Harry está fazendo esse pedido pela janela?

Olivia cogitou responder, pensou no que diria e decidiu que a honestidade era o melhor caminho.

– Com todo o respeito, o senhor não vai querer saber a resposta – disse ela.

O pai fechou os olhos e balançou a cabeça. Ela já tinha visto aquele gesto muitas vezes. Significava que ele não sabia o que fazer com ela. Mas, para a sorte de lorde Rudland, ele estava prestes a passar adiante aquela dor de cabeça.

– Eu amo sua filha, lorde Rudland – falou Harry.

Olivia pôs a mão no coração e deu mais um gritinho. Não sabia por que o fizera; apenas saiu, como uma bolha de sabão feita da mais pura alegria. Aquelas palavras eram a declaração de amor mais perfeita que ela poderia imaginar.

– Ela é linda – prosseguiu Harry –, tão linda que chega a doer nos dentes, mas não é por isso que eu a amo.

Não, *aquilo* foi ainda mais perfeito, mesmo com a menção à dor nos dentes.

– Amo o fato de ela ler o jornal todos os dias.

Olivia olhou para o pai, que encarava Harry como se o rapaz tivesse perdido a razão.

– Amo o fato de ela não ter a menor paciência para estupidez.

Isso era verdade mesmo, pensou Olivia, com um sorriso bobo. Ele realmente a conhecia muito bem.

– Amo o fato de eu dançar melhor do que ela.

O sorriso dela diminuiu, mas Olivia não pôde deixar de reconhecer a verdade naquelas palavras.

– Amo o fato de ela se dar tão bem com crianças pequenas e cachorros grandes.

*Hein?* Ela o encarou com uma interrogação no olhar.

– Isso eu estou presumindo – admitiu ele. – Parece bem do seu feitio.

Ela cerrou os lábios com força para não rir.

– Acima de tudo – prosseguiu Harry, que, embora não tivesse tirado os olhos do pai de Olivia, parecia estar olhando dentro dos olhos dela –, eu amo a sua filha do jeito que ela é. Eu a adoro. E tudo o que eu mais quero é passar o resto da minha vida ao lado dela, como marido.

Olivia olhou para o pai na janela de baixo. Ele ainda encarava Harry com uma expressão estarrecida.

– Pai? – disse ela, hesitante.

– Isso é bastante inesperado – comentou ele, mas não parecia bravo, apenas pasmo.

– Eu daria minha vida por ela – argumentou Harry.

– Daria? – perguntou ela, com a voz esganiçada, cheia de esperança e felicidade. – Ah, Harry, eu…

– Quietinha – pediu ele –, estou falando com o seu pai.

– Vocês têm minha bênção – anunciou lorde Rudland, de repente.

A boca de Olivia formou um O de indignação.

– Só porque ele me mandou ficar quieta?

O pai ergueu o olhar para Olivia, declarando:

– Isso já é um indicativo ímpar de bom senso.

– *Quê?*

– E de uma dose saudável de autopreservação – acrescentou Harry.

– Estou começando a gostar desse rapaz – falou lorde Rudland.

E então, de súbito, Olivia ouviu outra janela se abrindo.

– O que está acontecendo aqui?

Lady Rudland surgiu na sala de visitas, a exatas três janelas do marido.

– Com quem vocês estão falando? – perguntou ela.

– Querida, Olivia vai se casar – informou lorde Rudland.

– Bom dia, mamãe.

A mãe dela olhou para cima, confusa.

– O que está fazendo?

– Ao que tudo indica, ficando noiva – falou Olivia, com um sorriso bobo nos lábios.

– De mim – esclareceu Harry.

– Ah, sir Harry, hum… Que prazer revê-lo. – Perplexa, lady Rudland olhou para ele, na casa em frente. – Não vi que o senhor estava aí.

Ele cumprimentou graciosamente a futura sogra. Lady Rudland se virou para o marido, perguntando:

– Ela está noiva dele?

Lorde Rudland assentiu.

– Com minha bênção.

Lady Rudland ponderou, então disse a Harry:

– Bem, vocês podem se casar em cerca de quatro meses. – Então, ergueu o rosto para Olivia. – Eu e você temos muito a planejar.

– Nos meus planos, estava mais para quatro semanas – comentou Harry.

Lady Rudland o encarou com uma expressão implacável, o dedo indicador em riste. Era um gesto que Olivia conhecia muito bem: significava que a pessoa que a contrariasse deveria fazê-lo por sua conta e risco.

– Ainda tem muito que aprender, meu garoto – falou lorde Rudland.

– Ah! – exclamou Harry, voltando-se para Olivia. – Não saia daí!

Ela aguardou e, um instante depois, ele voltou com uma caixinha.

– É um anel – falou ele, embora fosse bastante óbvio.

Harry a abriu, mas Olivia estava longe demais para ver qualquer coisa além do cintilar da pedra.

– Consegue ver? – perguntou ele.

Ela balançou a cabeça.

– Imagino que seja lindo – respondeu.

Ele pôs meio corpo para fora da janela, estreitando os olhos ao calcular a distância.

– Você vai conseguir pegar? – perguntou ele.

Olivia ouviu a mãe perder o fôlego, chocada com aquela proposta, mas sabia que só havia uma resposta possível. Ela olhou nos olhos de seu futuro marido com uma expressão arrogante e disse:

– Se você conseguir jogar, eu consigo pegar.

Ele riu. E atirou. Ela não conseguiu. De propósito.

Na verdade, refletiu Olivia quando se encontraram entre as duas casas para procurar o anel, tinha sido melhor assim. Um pedido decente de casamento pedia um beijo decente.

Ou, como Harry sussurrou, bem à vista de lorde e lady Rudland: quem sabe um beijo indecente...?

*Indecente*, pensou Olivia, quando os lábios dele tocaram os dela. *Com certeza, indecente.*

# Agradecimentos

A autora deseja agradecer a Mitch Mitchell, Boris Skyar, Molly Skyar e Sarah Wigglesworth por dividirem seu conhecimento sobre a Rússia.

editoraarqueiro.com.br